〈한민족영토〉

두 주먹 불끈 쥐고 읽는

통한의 역사

두 주먹 불끈 쥐고 읽는

통일의역사

한민족공동체발전협회 지음

집사재

두 주먹 불끈 쥐고 읽는 통한의 역사

초판 1쇄 인쇄일 | 2005년 1월 10일
초판 1쇄 발행일 | 2005년 1월 15일
지은이 | 한민족공동체발전협회
펴낸이 | 유창언
펴낸곳 | 도서출판 집사재

기 획 | 송권호 · 정재동
책임진행 | 송권호
지도제작 | 정선여지도 · 우진지도문화사
교정 · 교열 | 한이수 · 박진수

한민족공동체발전협회(외교통상부 허가 제444호)

주소 | 서울시 마포구 서교동 353-4 첨단빌딩 7층
전화 | (02)333-5966
팩스 | (02)333-0144
홈페이지 | www.wooriminjok.org(한글도메인:우리민족)
e-mail | book@wooriminjok.org

도서출판 집사재

출판등록 | 1994년 6월 9일
등록번호 | 제10-991호
주소 | 서울시 마포구 서교동 463-28 공암빌딩 301호
전화 | 335-7353~4
팩스 | 325-4305
e-mail | pub95@hanmail.net

ISBN 89-5775-086-X   03810
값 10,000원

※잘못 만들어진 책은 구입처에서 교환해 드립니다.

21세기 최첨단 시대를 살고 있는 오늘날, 지나간 역사 특히 누구나 다 알고 있는 치욕과 통한으로 얼룩진 과거를 재차 드러내는 것은 아주 진부한 이야기로 여겨질지도 모르겠습니다. 그러나 치욕과 통한의 역사속에 감추어져 있는 우리 민족의 희망과 관련된 역사적 진실을 밝히는 것은 매우 뜻 깊은 일입니다.

역사는 과거의 단순한 기록이 아니라 끊임없이 이어지는 가운데 세상의 이치가 담겨져 있는 소중한 교훈입니다. 어느 저명한 역사학자가 말했듯이 역사란 현재와 과거와의 끊임없는 대화이며 미래에 대한 횃불입니다. 5,000년의 유구한 역사를 자랑하는 우리 민족에게는 기쁨과 환희를 간직한 기록도 있는 반면 다시는 밝히고 싶지 않은 치욕스럽고 통한스러운 기록도 있는 것이 사실입니다.

이렇게 우리 민족이 역사속에서 수난을 겪었던 것은 다름 아닌 우리 스스로 지킬 힘이 없어서 그러한 순간을 당할 수밖에 없었던 것입니다. 더욱이 우리 민족이 힘이 없다 하여 우리의 영토를 다른 나라에게 부당하게 빼앗긴 역사적 진실이 존재한다면 이것은 감추어 둘 수도 없고 묵과할 수도 없는 중차대한 일입니다. 왜냐하면 영토문제는 우리 민족의 생존과 직결되는 중요한 사안이기 때문입니다.

　그러기에 이 책에서는 오늘날 영토분쟁을 야기하는 주변국과의 영토획정 과정과 주변국에 의하여 부당하게 빼앗긴 채로 남아 있는 우리 민족의 영토회복 문제를 역사적 진실에 비추어 접근하고자 합니다.

　만주족인 청나라는 1627년, 1636년 두 차례에 걸쳐 우리 강토를 무참히 짓밟았고 명확하지는 않으나 영토경계에 관한 기록을 남겼습니다. 특히, 1712년 군신관계를 앞세운 청나라는 강압적으로 백두산정계비를 세워 조선과의 경계를 명확히 하였습니다. 그 경계는 '서위압록 동위토문(西爲鴨綠 東爲土門)'이라 하여 서쪽 경계는 압록강으로 하고 동쪽 경계는 송화강의 상류인 토문강으로 한다는 것입니다. 백두산 정계비에 따르면 우리의 영토는 압록강－백두산정계비－토문강－송화강－흑룡강－동해로 이어지는 지금의 연변 조선족 자치주가 속해 있는 간도와 러시아의 연해주가 포함된 드넓은 영토가 됩니다.

　1860년 조선의 어수선한 정세를 틈타 청나라는 연해주를 조선과 상의하거나 통고도 하지 않고 러시아에게 넘겨주었고, 조선에서의 지배력을 강화하기 위해 조선의 국모인 명성황후를 무참히 시해하는 세계사에 영원히 기록될 참혹한 만행을 저지른 일본은 을사보호조약으로 외교권을 침탈한 후, 1909년 경제적 이권을 앞세워 간도마저도 청나라에 넘겨주었습니다. 이렇듯 우리의 영토가 우리 민족의 의사와 상관없이 타국 간에 넘겨주고 받는 어처구니 없는 일이 발생하였고, 현재까지 그것이 당연하다는 듯 왜곡되어 흘러온 것입니다.

그러나 역사적 사실은 숨기고 왜곡될지 모르나, 역사적 진실은 절대로 왜곡될 수 없습니다. 왜곡된 진실을 반드시 밝혀내어 조상이 남겨준 영토를 회복함으로써 우리 민족의 새 역사를 창조하는 것이 이 시대를 살고 있는 우리의 사명이라 생각합니다.

해방 이후 오늘날까지 북방영토 회복에 앞장섰던 백산학회를 비롯한 학계와 많은 학자들에 의하여 영토문제와 관련된 끊임없는 연구와 발표가 이루어졌으나 불행하게도 일반 국민들은 북방영토에 대한 관심이 희박한 것이 사실입니다. 이것은 어릴 적부터 한반도에 한정된 영토 관념이 고정화되어 있고 한반도의 2배가 넘는 광활한 북방영토 즉, 간도와 연해주가 포함된 북방영토가 우리의 영토라는 사실을 잘 모르는 데서 기인한 것으로 생각됩니다.

우리가 북방영토에 대하여 영유권을 주장하는 것은, 우리의 선조인 고조선·고구려·발해가 3,000년 이상 지배한 땅이었다는 것과, 지금도 유적과 유물이 산재해 있다는 감상적인 차원에서 비롯되는 것이 아닙니다. 우리 민족의 영토가 확실하다는 역사적 진실과 국제법적 정당성에 근거하여 분명히 주장하는 것입니다.

우리 민족의 북방영토를 회복하기 위해서는, 불법으로 점유하고 있는 상대국가에 대하여 감정적으로 접근하는 것은 실익이 없습니다. 그들이 가장 두려워하는 것은 우리의 관심과 신념, 그리고 그 의지입니다. 최우선적으로, 전 국민이 북방영토에 대한 의식을 새롭게 하고 되찾고자 하는 관심과, 되찾을 수 있다는 신념과, 되찾고야 말겠다는 의지가 선행되어야 합니다. 그리고 전문 지식을 갖춘 학자들의 폭넓은 연구와 관련 단체들의 교류를 통하여 국제 사회의 지지를 확보하는 것이 무엇보다도 중요합니다.

우리 민족이 처한 현실에서 지금 당장에 북방영토를 회복하는 것은 어려울지 모릅니다. 하지만 우리에게는 우리의 후대에서 찾을 수 있는 여건만은 만들어 주어야 할 의무가 있으며, 이것은 우리 민족의 역사

진행 과정에서 피할 수 없는 과제입니다.

　잠 못 이루는 밤!

　청나라의 강압에도 굴하지 않고 국토를 지키려 했던 토문감계사 이중하의 말씀을 되새겨 봅니다.

　"내 목을 자를지언정 국토는 한 치도 내어 줄 수 없다."

사단법인 한민족공동체발전협회

총재 한화갑

제3장 이 날을 목 놓아 크게 우노라

제1장

오랑캐에게 짓밟힌 강산

1. 프롤로그 – 영광과 치욕의 역사를 담은 비석 이야기

중국에 있는 광개토대왕비 그리고 서울에 있는 대청황제공덕비

우리 민족 최고의 영웅은 누구일까? 수많은 역사인물 가운데 그 누구를 꼽을 수 있을까? 미루어 보건대 만주 벌판을 호령하던 호태왕, 곧 광개토대왕을 가장 자랑스럽게 생각한다는 사람도 적지는 않으리라. 광개토대왕은 영토를 크게 넓혔다는 뜻을 가진 호칭이다. 세계에서도 작은 나라로 통하는 오늘날의 대한민국, 그래서 광개토대왕은 우리에게 언제나 영웅이다.

광개토대왕은 고구려의 19대 왕이다. 광개토대왕의 할아버지 고국원왕은 백제의 전성시대를 연 근초고왕과의 전쟁에서 전사했다. 고국원왕을 이어 왕이 된 소수림왕은 고구려에 불교를 받아들인 왕으로 우리에게 알려져 있다. 소수림왕은 광개토대왕의 큰아버지다. 소수림왕의 동생이 왕위를 이으니 아버지 고국양왕이었다. 17세에 왕이 된 광개토대왕은 젊은 나이에 동아시아 대륙의 지배자가 되었다.

고구려의 옛 땅인 중국 길림성 집안현 통구에는 아들 장수왕이 세운 광개토대왕비가 우뚝 솟아 있다. 광개토대왕비는 고구려의 광개토대

왕이 얼마나 넓은 지역을 지배했는지를 세세하게 적어 놓았다. 광개토
대왕비는 만주벌판을 넘어서 내몽고에 이르는 드넓은 지역을 지배한
광개토대왕의 업적만큼이나 중요한 의미를 갖는다. 우리 역사에서 가
장 오래된 기록이기 때문이다. 고구려인들의 손에 의해 직접 제작된
광개토대왕비는 가장 오래된 역사책『삼국사기』보다 무려 730년 전의
기록이다. 그것도 당시에 광개토대왕과 함께 했던 사람들이 기록한 역
사이다. 우리는 광개토대왕비를 통해 당시의 고구려 영토가 얼마나 넓
었는지, 고구려가 동아시아의 지배자로 얼마나 강력한 강대국이었는
지를 분명히 알 수 있다.

광개토대왕비가 얼마나 웅장한지 제대로 알고 싶다면 만주를 가 볼
일이다. 하지만 만주에 가지 않더라도 광개토대왕비를 볼 수 있는 곳
이 있다. 서울 용산에 있는 전쟁박물관과 천안의 독립기념관이다. 그
곳에는 광개토대왕비의 복제품이 실물 크기로 서 있다.

서울의 잠실에 있는 롯데호텔 뒤편에는 석촌호수가 있다. 시민들의
휴식공간으로 사랑받고 있는 그 호숫가 뒤편 석촌역 6번 출구를 나와
삼전동 방향으로 걷다 보면 골목길 안쪽에 공원이 보인다. 그곳에 대
리석으로 된 커다란 돌비석 하나가 서 있다. 그곳을 지나는 사람들은
많지만 우리나라에서 나지 않는 대리석으로 만든 그 큰 비석에 신경쓰
는 사람은 거의 없다. 그 비석이 왜 거기 서 있는지, 그 비석의 내용이
무엇인지 관심을 가진 사람은 아마 없는 듯하다.

그러나 역사에 조금이라도 관심을 가진 사람이라면 그 비석이 치욕
의 역사를 안고 묵묵히 오랜 세월을 그 자리에 서 있었다는 것을 안다.
그 비석은 바로 360여 년 전, 우리나라가 청나라 오랑캐의 침략에 맞서

제대로 싸워보지도 못하고 패배한 기록을 담은, 공식 명칭이 대청황제공덕비(大淸皇帝功德碑)인 삼전도비다.

한민족은 고조선 시대부터 고구려, 발해에 이르기까지 3,000년 간 만주 대륙을 지배한 위대한 민족이었다. 고구려와 발해가 멸망한 이후, 우리 한민족의 역사는 한반도를 벗어나지 못했다.

고려왕조 때는 몽고족인 원나라의 침입에 굴복하여 왕의 시호(왕이 죽은 뒤에 붙이는 이름)조차 충(忠, 원나라에 충성한다는 뜻으로 붙여야 했다)을 써야 하는 굴욕을 겪었다.

고려를 멸망시키고 일어선 조선은 개국 200년 만에 7년 동안 전 국토를 쑥대밭으로 만든 임진왜란을 겪으며 국력을 소진했다. 이어서 오랑캐라고 얕잡아 부르던 북쪽의 여진족에게 두 차례의 침략을 당하고 조선의 임금이 오랑캐의 왕에게 무릎을 꿇고 항복한 곳이 바로 삼전도이다. 병자호란의 패전을 청나라 태종의 승전으로 기념한 것이 바로 삼전도비다. 우리 민족은 일제의 한일합방에 의한 36년 간의 뼈아픈 식민통치를 겪었다. 우리 민족에게 그에 못지않은 큰 상처를 남긴 삼전도비는 우리나라 역사상 가장 수치스러운 '병자호란' 패전의 비극을 고스란히 담고 있다.

우리 민족의 가장 큰 영광을 자랑하는 광개토대왕비는 중국의 만주에 있고, 치욕을 대표하는 삼전도비인 대청황제공덕비는 서울에 있다. 오늘날 중국은 우리 민족에게 가장 자랑스러운 고구려의 역사를 자신들의 역사로 가로채려 하고 있고, 우리 앞에는 치욕의 역사를 담은, 누구도 눈여겨보지 않는 삼전도비가 있을 뿐이다.

2. 잘난 임금 몰아내고 못난 임금이?

왕이 되는 것보다는 하늘의 별을 따는 것이 쉽다

MBC 드라마 〈허준〉에는, 허준이 선조의 후궁과 그 아들들을 치료하는 장면이 나온다. 그 후궁이 공빈이고, 공빈의 둘째 아들이 바로 광해군이다. 허준이 세계 최고의 의학서적인 『동의보감』을 완성한 것은 광해군의 보살핌이 있었기 때문이다.

임진왜란이 일어났을 때 광해군은 열여덟 살이었다. 아버지 선조임금이 의주로 가는 피난길에서 똑똑한 광해군을 세자로 책봉하고 조정을 둘로 나누었다. 전란이 일어났으니, 만일을 대비해 왕권(사직)을 보호하기 위해서였다. 왕과 왕세자가 서로 다른 곳에 있고, 그에 따라 조정도 나뉘어 왕과 왕세자의 곁에 있게 되었다. 광해군은 도망간 아버지와 달리 직접 전쟁에 참여하였다. 그는 적이 곳곳에 출몰하는 평안도, 함경도를 거쳐 강원도까지 깊숙이 내려가면서 열심히 활동하였다. 곳곳에서 백성들과 각 지역의 유지들을 설득해 의병을 일으켜 왜적과 싸우도록 하였다. 백성들은 도망간 왕보다는 몸소 앞장서서 열심히 싸우는 왕세자 광해군을 믿고 따랐다. 조선왕조 개국 이래 500년 동안 전쟁을 몸소 겪은 왕은 광해군 하나 밖에 없었다.

선조임금은 왕자를 모두 열넷이나 낳았다. 광해군이 임금이 된다는 것은 다른 왕자 그 누구라도 왕이 될 수 있었다는 말이 된다. 사실 광해군은 세자였지만 왕이 될 자격이 없었다. 후궁의 아들, 그것도 둘째였기 때문이다. 전쟁이 끝나고 서울로 돌아온 선조임금은 새 왕비를 맞아들였다. 왕비의 몸에서 아들 곧 적자가 태어나니, 영창대군이었다. 영창대군이 태어나자 슬슬 왕위에 대한 시비가 일어나기 시작했다. 선조임금은 전쟁에 직접 참여해 도망간 자신보다 백성의 사랑을 받는 광해군이 싫었다. 영창대군이 태어난 이후 선조는 광해군이 문안을 할 때마다 못마땅해하며 이렇게 말했다.

"명나라의 책봉도 받지 못한 몸으로 어찌 세자 행세를 하느냐? 다음부터는 문안도 하지 말라."

선조는 왕위를 세자인 광해군에게 잇도록 하라는 교지(임금님의 명령을 담은 문서)를 내렸다. 그러나 영의정 유영경은 이를 집에 감춰두고 내놓지 않았다. 선조는 이 사실을 알고도 유영경을 처벌하지 않았고 더구나 갑자기 죽었다.

세자 광해군은 왕위에 오를 수 있을지 알 수가 없었다. 만일 광해군이 폐위되고 영창대군이 왕이 된다면 목숨을 보전하기 어려울지도 몰랐다. 선조의 유일한 적자인 영창대군은 겨우 3살이었다. 선조의 후비인 인목대비는 왕이 되기에는 영창대군이 너무 어리다고 생각했다. 인목대비는 언문(한글로 적은)교지를 내려 광해군에게 왕위를 잇게 했다. 광해군은 선조의 정식 교지가 아니라 인목대비의 도움으로 겨우 왕이 되었다.

그런데 이번엔 명나라가 광해군의 즉위를 조사하겠다고 나섰다. 형이 살아 있는데, 왜 동생이 왕이 되었는가를 조사하겠다는 것이었다. 조선의 왕은 명나라의 책봉을 받아야 비로소 왕으로 인정받았다. 원래의 책봉은 왕이 되면 명나라에 알리고 명나라는 이를 그냥 인정하는 형식이었다. 게다가 그 이전에도 형을 제치고 동생이 왕이 된 예가 있었다. 세종대왕이 형인 양녕대군과 효령대군을 제치고 왕이 되었고, 성종임금은 형인 월산군을 제치고 왕이 되었다.

임진왜란에 원군을 보내어 조선에서의 입지가 좋아지자, 명나라는 광해군의 즉위를 둘러싸고 크게 개입하면서 적극적으로 조선을 손 안에 쥐려 했다. 명나라의 사신은 강화에 유배된 광해군의 친형 임해군을 직접 만나야겠다고 우겼고, 서울로 불려온 임해군은 미친 척을 하고는 강화로 돌아갔다고 한다.

어렵게 왕이 된 만큼 광해군의 권력기반은 약할 수밖에 없었다. 나라를 다스리자면 왕권을 먼저 세워야 했다.

전쟁을 몸으로 겪은 왕이 백성을 안다

광해군은 임진왜란을 전선에서 직접 겪은 왕이었다. 그는 조선을 강한 나라로 만들고 싶었다. 그러자면 왕의 힘이 커야겠는데, 양반 계층에게는 득이 될 게 없었다. 이를 못마땅하게 생각한 반대파는 광해군 대신 왕가의 종친들을 은근히 부추겼다.

광해군은 임금의 자리를 지키기 위해서 할 수 없이 친형인 임해군을 비롯하여 영창대군, 능창군 등 왕위를 위협하는 인물들과 그들의 지지세력을 제거해야만 했다. 친형과 배다른 동생들을 죽이고, 자신을 왕이 되게 도와준 인목대비마저 유폐시킨 광해군은 폭군으로 낙인찍히게 되었다.

그럼 광해군은 정말 폭군이었을까?

왕권에 대한 도전을 피로 막아냈지만, 광해군은 임진왜란으로 인해 엉망이 되어버린 나라의 틀을 다시 세웠다. 그는 불타버린 사고(史庫, 국가의 역사인 조선왕조실록을 보관하던 서고)와 왕궁을 다시 건축하였다.

전쟁에 직접 참여했던 광해군은 백성들이 왜적을 막기 위해 얼마나 노력했는지, 얼마나 많은 사람들이 죽어갔는지 잘 알고 있었다. 광해군은 도탄에 빠진 백성을 구하기 위해 노력하는 좋은 임금이 되고자 하였다. 막대한 전쟁 비용을 감당하느라 비어 버린 국가 재정을 살리고 백성들을 살리기 위해서는 엄청난 재산을 지닌 양반들에게 많은 세금을 내게 하는 길밖에 없었다.

광해군은 50년 동안 논의만 되고 시행되지 않던 대동법을 왕이 되자마자 실시하기 시작하였다. 대동법은 특산물을 바쳐야 하는 공납을 쌀로 내게 하는 개혁법이었다. 원래 공납이라는 것은 백성들이 임금에 대한 충성심으로 자기가 사는 지역의 특산물들을 공물로 바친 데서 시작되었다. 특산물은 수천 가지로 각 지역에 똑같은 양이 배당되었다. 그러니 인구가 많은 지역은 유리하고 인구가 적은 지역은 당연히 불리했다. 부자나 가난뱅이나 똑같이 바쳐야 하는 공납은 가난뱅이를 더욱 힘들게 하였다. 공납의 부과 기준은 재산을 가진 정도가 아니라, 가구당 얼마씩 책정되었기 때문이다. 가구당 부과되던 공물을 쌀로 바꾸게 되면 공물의 양은 당연히 토지를 기준으로 매겨야 했다. 토지를 많이 가진 사람이 훨씬 많은 세금을 내게 되는데 땅을 많이 가진 지주는 거의 모두 양반이었다. 광해군은 안으로는 양반계층의 반발을 누르고 개혁적 조세제도인 대동법을 실시했다. 그러나 양반들은 자신들의 부를 나라와 나누고 싶어하지 않았다.

누구 편에 서야 하나?

여진족의 추장 누르하치는 나라 이름을 금(金, 12~13세기에 여진족이 세웠던 나라인 금을 계승한다 하여 금나라라고 하였다. 먼저의 금나라와 구분하기 위해 후금이라 부른다.)으로 정하고 만주에서 그 세력을 크게 키우고 있었다. 누르하치는 조선과 명나라가 임진왜란으로 국력이 약해진 동안 불같이 일어나 명나라를 위협할 만큼 세력이 커졌다. 1618년(광해군 10년) 누르하치는 명나라를 침략했다. 반격에 나선 명나라는 후금 토벌을 위해 10만의 대군을 일으키고, 조선에 원군을 요청하였다. 임진왜란에 원군을 보냈던 명나라의 지원군 요청을 받은 조선의 조정은 천자의 나라, 명나라에 원군을 보내자는 파병 결정을 내린다.

광해군의 생각은 달랐다. 명나라와 후금의 싸움에 조선이 끼어들어 피를 흘릴 필요가 없었다. 신하들 중에는 극소수만이 광해군과 생각을 같이 했다. 광해군은 어떻게든 파병을 막으려 했다. 명분도 있었다. 7년 간의 왜란으로 국토는 피폐하고 나라의 재정도 엉망이었다. 하지만 조정 신하들의 뜻을 꺾을 수는 없었다. 자신의 친위세력이라 믿었던 북인들까지 사대주의에 빠져 파병을 찬성하는 것을 보고 광해군은 크게 실망하였다. 그는 인목대비의 폐위를 반대하다 권력을 잃은 서인과 남인들을 등용하기 시작했다. 그러나 광해군이 서인들을 등용한 것은 광해군에게 반감을 가진 서인들에게 궁을 드나들 명분을 주었을 뿐이었다. 이는 결국 호시탐탐 기회를 노리던 서인들에게 쿠데타를 일으키기 좋은 환경을 제공한 꼴이 되고 말았다.

광해군은 북쪽 변방의 수비를 강화해야겠다고 생각했다. 그는 평양 감사 박엽, 만포 첨사 정충신을 등용하여 대포를 제조하게 하면서 국방에 힘썼다. 조정의 결정에 따라 명나라 원군을 편성, 강홍립에게 1만 군사를 주어 출병하게 했다. 광해군은 출정하는 도원수 강홍립 장군을 은밀히 불러 독대하였다.

"전세가 불리하면 후금군에 투항한 뒤 '조선은 후금과의 전쟁을 원치 않는다' 는 나의 밀지를 내보이라."

'사르후(오늘날의 무순 근처) 전투' 에서 명나라가 대패하자 강홍립은 광해군의 밀명에 따라 적당히 싸우는 체하고 후금에 투항했다.

광해군이 강홍립에게 밀지를 주어 항복하게 한 것은 국가이익을 먼저 생각한 이중외교 전략이었다. 조선은 임진왜란 때 명나라의 도움을 받았기 때문에 명나라의 원병 요청을 거절할 수 없었다. 실제로는 명나라의 장수들이 왜군의 뇌물을 받고 제대로 싸우지 않아 도움을 받았다고 할 수도 없었다. 그렇다고 해서 세력이 점점 강해지는 후금과도 적이 될 수는 없었다. 광해군은 명나라와 후금의 전쟁에서 그 어느 누구의 편도 들기가 어렵다는 것을 알았다. 명나라에게는 겉으로만 협력하는 체하면서 명분을 찾고, 후금에게는 명의 강요에 의해서 출병했을 뿐 그들과 적이 될 생각이 없다는 뜻을 분명히 한 전략이었다. 그렇게 함으로써 임진왜란으로 황폐해진 조선의 농업과 산업을 일으킬 기회를 얻고자 하였다.

강홍립은 항복하자마자 곧 누르하치를 만날 수 있었다. 그는 광해군의 밀지를 보여주고 조선의 입장을 설명하며 이해를 구했다. 누르하치는 광해군의 뜻을 충분히 받아들였다. 누르하치는 강홍립과 군 지휘부만 억류하고 항복한 조선군을 모두 풀어주어 조선으로 귀환시켰다.

명나라 조정이 조선과 후금 사이의 거래를 의심하지 않게 하려는 배려였다. 이런 광해군의 이중외교는 인조반정으로 광해군이 퇴위할 때까지 15년 동안 계속되었다.

1619년 3월 강홍립이 투항했다는 소식이 당도했다. 평양감사 박엽은 강홍립이 불충의 죄를 지었다며 그의 가족을 모두 옥에 가두었다. 조정 대신들도 강홍립이 제대로 싸우지도 않고 투항했으니 명나라를 배반한 것이라고 했다. 그들은 역적으로 다스려야 한다며 후금에 억류되어 있는 강홍립 대신에 그의 가족을 모두 죽이라고 주장했다. 광해군은 대신들의 주장을 받아들이지 않았다. 오히려 강홍립의 가족들을 서울로 데리고 오게 해 거처를 마련해주고 불편이 없도록 도와주었다.

강홍립은 광해군의 깊은 생각을 충실히 이행한 인물이었다. 강홍립은 후금에 억류되어 있으면서 갖가지 정보를 모아 광해군에게 비밀리에 보냈다. 이 비밀정보는 광해군이 후금의 형편을 정확히 이해하는데 도움이 되었다.

광해군의 중립 외교노선은 가장 지혜로운 전략이었다. 조선은 명과 후금, 두 나라 사이에서 얼마든지 실리를 챙기고, 슬기롭게 대처한다면 잃어버린 북방영토를 일부나마 되찾는 기회가 올 수도 있었을 테니 말이다.

왕을 바꾸면 만사가 해결될 텐데!

대동법의 실시로 손해를 보게 된 양반들은 광해군에게 불만이 많았다. 그러나 세금을 내지 않겠다고 주장할 수는 없는 노릇이었다. 이들은 광해군이 죽거나 쫓겨나길 바랐다. 이들 사이에서 광해군을 몰아내자는 의견이 조심스럽게 모아졌다. 무엇으로 왕을 몰아내지? 광해군을 몰아내려면 명분이 필요했다.

이들 양반들은 광해군이 친형과 동생들을 죽인 폭군이라는 것, 무리한 토목공사를 일으켜 백성들을 힘들게 했다는 것과 명나라에 충성하는 조선의 사대주의 정책을 벗어난 광해군의 외교전략을 문제 삼았다. 광해군이 폭군이라는 명분은 인목대비의 힘을 얻기 위한 것이었다. 무리한 토목공사란 불타버린 왕궁을 다시 짓는 일이었는데, 이는 당연한 일이었다. 광해군에게 트집 잡을 게 없다보니 이유가 되었을 뿐이다.

광해군에게 반대하는 서인들은 쿠데타 음모를 꾸미기 시작했다.

"광해군이 강홍립의 항복을 명했을 거요. 안 그렇다면 그의 가족에게 죄를 묻지 않을 수 있느냐 말이오. 이는 우리나라를 도와준 명나라에 대한 배신행위요."

"이대로 가다가 우리도 오랑캐의 나라가 되지 말라는 법도 없지 않겠소?"

"옳소이다. 광해군을 몰아내야 합니다. 반정을 합시다."

"능양군을 세웁시다. 인목대비도 우리 편이 되어줄 것이오."

명분은 명나라에 대한 사대주의였다. 그러나 그들의 속셈은 정권을 빼앗고 그들의 주머니에서 빠져나가는 세금을 내지 않으려는 얄팍한 계산을 감추는 것이었다.

광해군은 인조반정을 막을 수 있었을지도 모른다. 준비되는 과정에서 비밀이 새어나왔기 때문이다. 사간원과 사헌부는 역모의 기운이 있다는 첩보를 얻었다. 1623년 3월 12일, 광해군에게 '오늘 반란이 일어날 것'이라는 첩보보고가 있었다. 그러나 그는 당파간의 싸움이겠지 하며 대수롭게 생각하지 않고 보고를 무시했다. 반란군의 군사는 궁안에서 내통한 자를 포함하여 모두 1천명이 넘었다.

왕이 사태를 깨달았을 때는 이미 돌이킬 수 없을 만큼 늦어버린 후였다. 궁궐 북쪽 후원의 소나무 숲속에는 사다리가 있었다. 평상시에 궁인들이 후원에 긴 사다리를 설치하여, 밤에 출입할 때 편리하게 이용하던 것이었다. 왕은 이 사다리를 사용하여 높은 담을 넘어갔다. 젊은 내시가 왕을 업고 가고 궁인 한 사람이 앞에서 인도하여 의관 안국신의 집에 숨었다. 세자 이질은 왕을 뒤쫓다가 찾지 못하고 장의동 민가에 숨었다. 거사 이틀 후에 광해군은 안국신의 집에서 붙잡히고 말았다.

이들의 쿠데타는 완전히 성공했다. 이로써 능양군이 조선 제 16대 왕에 오르니 그가 곧 인조이다. 이때 성공한 쿠데타를 역사는 인조반정이라 한다. 광해군은 강화도로 귀양을 갔다가, 다시 제주도로 귀양지를 옮겼다. 광해군은 1641년에 67세의 나이로 그곳에서 죽었다. 왕위를 빼앗긴 지 18년 만의 일이다.

『조선왕조실록』이 광해군을 연산군과 같은 폭군으로 기록한 것은 인조반정으로 정권을 잡은 이들이 자신들의 쿠데타를 정당화하기 위해서 조작한 까닭이다. 광해군은 오히려 백성들의 가난을 구제하려고 애쓴 좋은 임금이었다. 그는 부자인 양반들에게 세금을 거두고, 후금과의 전쟁을 피해 나라를 위기에서 구하려 한 지혜로운 임금이었다.

광해군이 왕권을 위협하는 세력을 무자비하게 제거한 것은 사실이다. 하지만 광해군만 그랬던 것은 아니다. 왕권사회에서는 왕이 곧 국가다. 왕권에 도전하는 사람은 모두 죽어야 했다. 그것은 비단 조선뿐만 아니라 다른 왕권국가에서도 비일비재한 일이었다.

태종 이방원은 자신의 배다른 형제를 죽이며 왕자의 난을 일으켰다. 이 과정에서 친형제를 귀양 보냈고, 계모인 왕후 강씨의 능을 일개 후궁의 무덤으로 만들어버렸다. 수양대군으로 더 잘 알려져 있는 세조는 조카인 단종으로부터 왕위를 빼앗고 결국 죽였다. 자신을 반대하는 김종서, 사육신 등을 가차 없이 죽이고 많은 신하들을 귀양 보냈다.

조선이 그토록 받들던 사대주의의 대상인 명나라의 영락대제는 중국인들이 매우 존경하는 황제다. 명나라 태조 주원장의 아들인 영락대제는 조선의 세조처럼 어린 조카를 죽이고 황제가 되었다. 황제의 첫 칙서를 쓰라고 불려간 사람은 당시에 가장 존경받는 학자 방효유였다. 방효유는 단 네 글자만을 써서 황제에게 던졌다.

"연왕찬위(燕王簒位)"

연왕이 황제의 자리를 도둑질하였다는 뜻이었다. 연왕은 다름 아닌 영락대제였다. 영락제는 화가 머리끝까지 올랐다. 영락제는 방효유를 무섭게 노려 보았다. 그는 "칙서를 쓰지 않으면 구족을 멸하겠다"고 엄포를 놓았다. 방효유는 "구족 아니라 십족을 멸하여도 쓸 수 없다"고 버텼다. 황제는 방효유를 앉혀 놓고, 그 앞에 직계 가족을 비롯해서 친가와 외가, 처가, 사돈 할 것 없이 한 사람 한 사람을 불러내었다.

"쓰겠느냐?"

방효유는 꼼짝도 하지 않았다. 그럴 때마다 친가, 외가, 처가, 사돈이 끌려 나왔다. 사랑하는 가족들이 눈앞에서 하나하나 죽어갔다.

"쓰겠느냐?"

모든 친족인 구족이 눈 앞에서 죽었어도 꼿꼿하게 앉아 있는 방효유 앞에 이번에는 친구들과 제자들이 불려 나왔다. 그들 역시 하나하나 죽어갔다. 십족을 채운 셈이다. 영락대제는 단지 방효유의 꼿꼿한 성품을 꺾기 위해 애꿎은 목숨을 무려 847명이나 죽였다. 그는 결국 십족을 멸해도 뜻을 꺾지 않은 방효유를 마지막으로 죽여야 했다. 이 사건은 이후 유학자들이 명 왕조에 협력하지 않는 계기가 되었다.

광해군은 그들에 비하면 그리 잔인한 것도 아니었다. 그는 오히려 인목대비를 죽여야 한다는 친위세력인 북인들의 강력한 주장을 끝까지 물리쳤고 영창대군을 죽이는 것도 반대했었다.

인조반정은 그야말로 정권을 잡기 위한 쿠데타에 불과했다. 그들의 반정은 오로지 정권을 잡으려는 욕심이었을 뿐이다.

인조반정은 조선왕조의 가장 커다란 오점으로 남았다. 인조반정 이후 내내 반정과 역모를 꿈꾸는 자들에게 성공사례 모델이 되었다. 실제로 인조반정 이후 조선의 양반 사회는 왕족 하나만 잘 골라 반정을 성공한다면 권력을 잡을 수 있다는 야망을 꿈꾸는 사람들이 끝도 없이 생겨났다.

중국을 섬기지 않고, 오랑캐와 내통한 자! 그를 폐위시키노라!

광해군을 몰아내고 반정에 성공하자 인목대비는 광해군을 폐출시킨다는 교지를 내렸다. 이 교지를 보면 당시 반정 세력이 어떤 생각을 갖고 있었는지 잘 알 수 있다.

"우리나라가 중국을 섬겨온 지 2백여 년이 지났으니 의리에 있어서는 군신의 사이지만 은혜에 있어서는 부자의 사이와 같았고, 임진년에 나라를 다시 일으켜준 은혜는 영원토록 잊을 수 없는 사실이다. 이리하여 선왕(선조임금)께서 40년 간 보위에 계시면서 지성으로 중국을 섬기시며 평생에 한 번도 서쪽으로 등을 돌리고 앉으신 적이 없었다. 그런데 광해는 은덕을 저버리고 천자의 명을 두려워하지 않았으며 배반하는 마음을 품고 오랑캐와 화친하였다. 이리하여 기미년에 중국이 오랑캐를 정벌할 때 장수에게 사태를 관망하여 향배(向背)를 결정하라고 은밀히 지시하여 끝내 우리 군사 모두를 오랑캐에게 투항하게 하여 추악한 명성이 온 천하에 전파되게 하였다.

그리고 우리나라에 온 중국 사신을 구속 수금하는 데 있어 감옥의 죄수들보다 더하였고, 황제가 칙서를 여러 번 내렸으나 군사를 보낼 생각을 하지 아니하여 예의의 나라인 우리 삼한(三韓)으로 하여금 이적 금수의 나라가 되는 것을 모면하지 못하게 하였으니, 가슴아픈 일을 어떻게 다 말할 수 있겠는가. 천리(天理)를 멸절시키고 인륜을 막아 위로 중국 조정에 죄를 짓고 아래로 백성들에게 원한을 사고 있는데 이러한 죄악을 저지른 자가 어떻게 나라의 임금으로서 백성의 부모가 될 수 있으며, 조종의 보위에 있으면서 종묘사직의 신령을 받들 수 있겠는가. 이에 그를 폐위시키노라." (『조선왕조실록, 광해군일기』 15년 3월 14일)」

조선의 조정은 조선과 조선의 백성들을 위한 정책을 택하지 않았다. 쿠데타를 일으킨 반정세력은 친명반청(명나라를 떠받들고 청나라 즉, 후금을 배척하는)의 외교정책을 택했다. 조선의 반정 세력이 그저 오랑캐들이라고 무시했던 청나라는 명나라를 침략할 만큼 강대국이었다. 명나라를 추종한 조선의 조정은 천자의 나라 명나라가 오랑캐에게 멸망당하리라고는 생각도 하지 못했다. 명나라는 바다 건너에 있고, 오랑캐인 청나라는 조선과 맞닿아 있었다. 청나라는 명나라의 위협이 아니라 조선의 위협으로 다가오기 시작하였다.

상은 공평하게 줘야지!
반정에 성공한 인조는 그 동안 광해군 밑에서 득세했던 대북파 인사들을 대대적으로 숙청하였다. 정권에 대한 욕심 때문에 일어난 반정 정권의 내부에는 언제나 모순이 존재하기 마련이다. 반정 정권이 들어선 지 채 일년도 못 되어 다시 반란이 일어났다.

이괄(李适)은 기개가 있고 문장에도 뛰어난 무장이었다. 이괄은 그의 인물됨을 지켜본 반정의 주동자 이귀와 김류의 권유로 반정에 참가하였다. 그는 반정계획에 가담하여 도성 함락을 위해 앞장서서 목숨을 걸고 싸웠다.

반정이 성공하자 인조는 당연히 반정에 참여한 신하들에게 포상을 나누어주었다. 워낙 명분이 없었던 쿠데타였기에 반정주도세력인 서인들은 영의정의 자리를 남인에게 내주어야 했다. 이 논공행상에서 이괄은 2등 공신에 봉해진 채, 요직에서 밀려나 평안병사겸 부원수의 직을 받고 서북지방으로 올라가 변방 방어를 맡았다. 반정 때 그는 누구보다도 앞장서서 큰 공을 세웠다. 자기가 아니었다면 반정은 성공하지 못했을지도 몰랐다. 이괄은 병조판서 정도의 자리를 받을 줄 알았다. 이괄은 자기를 변방으로 내쫓은 왕에게 섭섭한 마음을 누를 길이 없었다.

인조 2년 1월에 이괄과 그의 아들이 반란을 꾀한다는 고발이 있고 조정이 조사에 나섰다. 그러나 무고임이 밝혀졌다. 인조는 무고한 자들을 처벌하라는 요구를 들어주지 않았다. 그의 친위세력이었기 때문이었다.

역모를 꾸민 적이 없었던 이괄은 불같이 분노하며 휘하의 장수들을 불러 모아 난을 일으킬 것을 결의했다. 인조 2년(1624) 1월 24일, 마침내 이괄은 반란군을 이끌고 한성을 향하여 진격을 개시한다.

이괄이 반란군을 이끌고 남으로 내려오고 있다는 파발이 도착하자,

겁을 먹은 인조는 도성인 한양을 버리고 허겁지겁 공주까지 피난을 가버렸다. 한양을 장악한 이괄은 다행히 장만과 정충신 등이 거느린 관군에 의하여 곧 평정되었다. 하지만 백성들은 도성을 버린 채 달아난 왕을 존경하지 않았다. 전쟁이 나면 제일 먼저 도망가는 사람이 왕이라는 것을 백성들은 이미 임진왜란 때도 겪었다. 하물며 외적의 침입도 아니고 내부 반란일 뿐이었는데 국왕이 도성을 버리고 떠나다니. 백성들은 지배계급을 조롱하고 조정은 스스로 그 충격에서 헤어나지 못했다.

3. 두 번이나 강산을 짓밟은 오랑캐

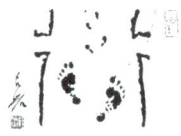

단숨에 쳐들어온 오랑캐

인조 3년인 1625년, 후금은 심양(瀋陽)으로 천도하고, 태조 누르하치의 아들 태종이 뒤를 이었다. 젊고 패기만만한 태종은 명을 정벌하기 전에, 친명반청(후금)의 정책을 내세우고 있는 조선을 정벌해야 한다고 생각했다. 어느 모로 보나 명보다는 조선을 먼저 쳐야 했다. 유목민족인 여진족은 풍부한 물산이 없었다. 명과 전쟁을 하기 전에는 옷감, 실, 식료품 등 실생활에 필요한 물품들은 명과의 무역을 통해 구했다. 명과 전쟁을 하게 되면 그 많은 물산을 생산하는 나라는 조선 밖에 없으니 당연히 조선에서 구해야 했다. 조선은 명에 복종하고 있으니, 조선을 먼저 치지 않으면 명과 조선의 협공을 받게 될 터였다.

'이괄의 난' 주모자 중의 한 사람인 한명련의 아들 한윤은 반란이 실패하자 잔당을 이끌고 후금으로 도망했다. 한윤은 후금을 배척하지 않은 광해군이 쫓겨난 것과 명나라를 섬기려는 인조가 반정으로 임금이 된 것은 부당하다고 후금의 태종에게 호소하였다. 한윤은 조선을 침략할 것을 충동질했다. 자기 부친의 원수를 갚기 위해서였다.

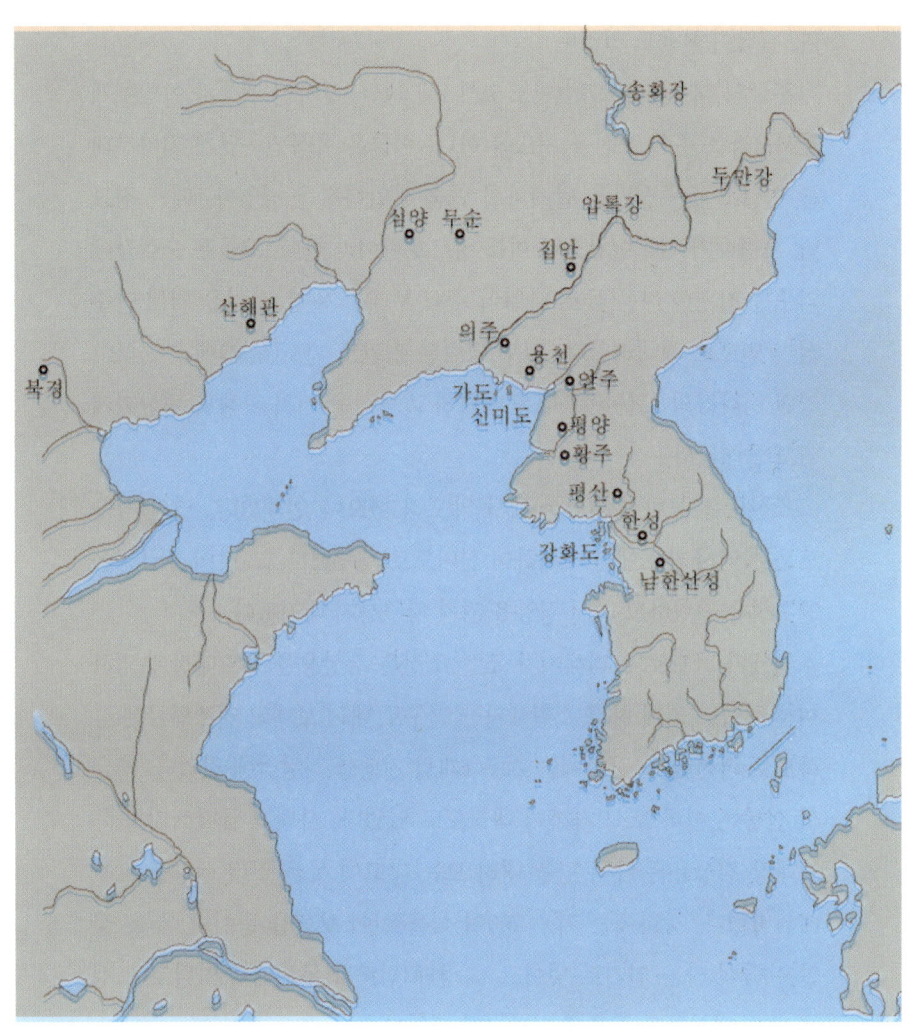

〈정묘호란과 병자호란시 지명〉

이를 계기로 태종의 조선정벌 의지는 더욱 굳어졌다. 이괄의 난 이후 조선의 국경 수비에 허점이 생긴 터라 이보다 더 좋은 기회는 없었다. 길잡이 한윤도 있었다.

　후금의 태종은 1627년(인조 5년) 1월 14일, 왕자인 패륵과 아민에게 군사 3만을 주어 조선을 치도록 한다. 이들은 유목민족답게 기마부대를 이끌고 만주벌판을 달려와서 단숨에 압록강을 넘었다. 때는 정묘년, 오랑캐가 쳐들어왔으니 이를 정묘호란이라 한다. 그들은 순식간에 의주를 점령한 다음 둘로 나뉘어 주력 부대는 용천, 선천을 거쳐 안주성 방면으로 쳐내려왔다. 일부 병력은 평안도 가도(串島)에 주둔하고 있던 명나라의 모문룡 부대를 공략하고 곽산을 거쳐 황해도 평산까지 밀고 들어왔다.

　조선군은 능한산성(곽산)에서 막으려 했으나 실패했다. 명의 장수 모문룡 역시 가도에서 대패하여 신미도로 패주했다. 그 사이 후금군은 안주성을 점령하고 다시 평양을 거쳐 황주까지 내려왔다.

　전세가 극도로 불리해지자 조선 조정은 김상용을 유도대장에 명하여 한성을 지키게 하고 소현세자는 전주로 내려 보내고 인조임금은 강화도로 피신했다. 강화에는 겨우 1개월 지탱할 식량밖에 없었다. 후금의 선봉은 이미 도성 가까이 내려오고 있었다. 사태가 급박해지자 유도대장 김상용은 급히 명을 내려 모든 창고에 불을 질러 식량을 모두 태워버렸다. 강화에는 겨우 200여 석을 실어 보냈을 뿐이다. 서울 장안은 곡식 타는 연기로 덮이고, 오랑캐 침략과 무뢰배의 약탈로 도성에 남은 백성들은 공포에 휩싸이게 되었다.

　임진왜란을 통해 전투경험을 쌓은 의병들이 전국 곳곳에서 일어나 후금의 배후를 공격하기 시작했다. 이 때문에 후금군은 더 이상 남하하지 못했다. 후금군은 황해도 평산에 머무르며 조선에 화의를 제의했다.

조선 조정은 화친을 주장하는 화친론자와 이를 반대하는 척화론자로 갈려 치열한 논쟁이 벌어졌다. 말만 많고 실제로는 아무런 준비가 되어 있지 않음을 실감한 조정은 화친론자 최명길 등이 나서서 화의 교섭을 하였다. 후금이 조선을 쳐들어온 이유는 점령하려는 것이 아니었다. 명을 치기 위해 배후 세력인 조선을 묶어두기 위한 전략이었다. 조선은 형제의 예를 갖추는 선에서 후금과 화친을 맺었다. 이것이 정묘조약이다.

'강도회맹(강화도에서 만나 형제의 맹약을 맺었다는 뜻, 나중에 병자호란 후에 강화조약은 정축년에 있었다 하여 정축화약이라고 하는데, 남한산성 아래에서 맺었다 하여 '성하지맹'이라고도 한다)'이라고도 불리는 이 정묘조약의 약정 내용은 다음과 같다.

(1) 후금의 군사는 평산(平山)에서 진격하지 않기로 맹세하고 다음 날부터 철병할 것.
(2) 후금과 조선은 형제의 나라로 칭할 것.
(3) 후금은 군사를 철수한 후에 다시는 압록강을 넘어오지 않을 것.
(4) 후금과 화친한다 해도 명나라와 적대하지 않을 것.
(5) 조선은 호군(犒軍=군사를 위로함의 뜻)의 물품을 보낼 것.
(6) 조선 왕족을 후금에 볼모로 보낼 것.

위와 같은 약정과 함께 조선은 서약도 하였다. 서약의 내용은 "우리 두 나라는 이미 화평과 우호를 다짐하였으므로 오늘 이후 두 나라가 서로 서약한 바를 존중하여 각기 경계(境界)를 봉하여 온전하게 지킨 다(各全封疆, 각전봉강)"는 것이었다. 또 두 나라 대신들도 서로 서약을 교환하였다. 그 서약문에도 "두 나라는 각기 경계를 봉한 것을 잘 지켜 원수로 삼지 않는다(兩國各守封疆不許記仇, 양국각수봉강불허기구)"라 고 기록되어 있다. 이는 서로간의 국경을 침범하지 않는다는 서약이 다.

주고받은 서약 가운데 경계를 각기 절대 넘지 않고 각기 경계를 지 킨다(各全封疆, 各守封疆 각전봉강, 각수봉강)는 약속을 지키려면 당연 히 각 나라의 경계가 설정되어 있어야 한다. 이 당시 우리나라의 북방 경계선은 변방지대로 남아 있을 뿐, 경계가 분명하게 되어 있지 못한 실정이었다. 이 강도회맹에서 양국은 국경을 정확히 정하지 않았다. 이로 인해 청나라와 조선간의 국경분쟁이 일어났을 때 청나라의 뜻대 로 경계를 정하게 되는 단초가 되었다(제5장 참조).

3월 3일에 강화성문 밖에 단(壇)을 쌓고 백마(白馬)를 잡아 하늘에 제사를 지내고, 그 피를 찍어서 맹세함으로써 두 나라는 형제의 의를 맺었다. 강화가 성립되자 청군은 물러갔다. 인조는 강화 뒤 4월 12일 에 도성으로 돌아왔다.

후금은 명나라와 대치하는 상황에서 조선에 오래 머물 수도 없었기 때문에 강화조약을 서둘렀다. 후금은 그들 목적대로 중강(중강진)에 국제시장을 열도록 하여 이곳을 통하여 많은 물자를 얻을 수 있게 되 었다. 후금은 전승국으로서 약속을 어겼다. 압록강 밖으로 철수하기로 했지만, 의주에 3,000명, 진강에 1,300명을 주둔시켜 명나라의 모문룡 을 막게 하였다.

조선의 입장에서 보아도 패전국으로서는 정묘조약의 강화 조건이 그렇게 나쁘지 않았다. 조선의 화친 조약은 한마디로 명과 후금 사이에서 중립을 지킬 테니 더 이상 조선을 침범하는 일이 없도록 하자는 것이었다. 인조의 반정 정권은 국제정세를 무시하고 명나라를 택함으로써 스스로 오랑캐를 불러들이고 말았다. 정묘호란은 결국 광해군의 정책보다 후퇴한 정묘조약을 맺고 일단락되었다.

7년 간의 임진왜란에서도 승리한 조선군이 왜 청나라에 졌을까?

조선의 군사력은 사실 크게 앞서 있었다. 7년 간의 임진왜란을 승리로 이끌었던 배경에는 명장 이순신이 바다를 지켰던 이유도 있지만, 육지에서는 왜군의 조총보다 훨씬 화력이 좋은 천자총통, 지자총통 등을 비롯한 각종 대포와, 비격진천뢰, 신기전과 같은 로켓포 등의 첨단 무기가 있었기 때문이었다.

광해군은 왕위에 있던 15년 동안 전쟁을 대비하여 국방을 튼튼히 하고, 무기들을 준비했다. 그런데 왜 청나라의 기마부대 앞에서는 그 위력을 행사할 수 없었을까? 광해군이 전쟁을 대비하였는데도, 왜 반정에 성공한 인조는 제대로 싸워보지도 못하고 지고 말았을까?

조선은 임진왜란의 후유증을 채 치유하지 못한 상태였다. 7년 간의 임진왜란은 비록 조선이 승리했지만, 전쟁의 피해는 엄청났다. 막대한 인명이 죽고 농토는 엉망이 되어 국가 재정은 매우 나빴다. 관청의 양안(토지대장)과 호적이 거의 없어져 행정은 마비상태에 빠졌다. 전란 전의 경지면적이 170만 결(結, 조세를 매기기 위한 논밭의 면적단위)이었던 것이 50여 만 결에 그칠 정도였다. 임진왜란은 경제적으로 그 피해 규모가 굉장했다. 새로운 전쟁을 감당하기에 조선의 국력은 아직 회복되지 않던 셈이다.

이번에는 조선의 군사전략을 살펴보자. 원래 건국 초기부터 조선의 군대는 북방의 여진족에 대항하기 위한 것이었다. 기마민족인 여진족의 기마부대를 상대하려면 활을 쏘는 궁수들이 많아야 했다. 그런데 임진왜란은 달랐다. 칼과 조총으로 무장한 왜군은 근접전을 벌였고, 이에 대한 방어 전략으로 개발된 것이 삼수병체제였다. 포수(총), 사수(활), 살수(창, 칼)로 구성된 삼수병체제는 걷는 왜군에게는 효과적이었지만, 말을 타고 쏜살같이 달리는 북방의 여진족과 싸우는 데는 마땅치 않았다.

조선은 적은 병력으로 많은 적의 기마부대를 막기 위해 산성을 거점으로 하는 방어전략을 써왔다. 평안도 의주의 백마산성, 황주의 정발산성, 평산의 장수산성 등을 보수하여 그 지역의 병력을 산성에 집중 배치하였다.

'조선이 산성에서 항전한다면 우리는 대로를 따라 한성으로 직행한다. 조선의 산성이 우리의 진군을 막을 수 있다고 생각하는가?'

정묘호란 뒤에 다시 쳐들어온 병자호란 때 청나라(후금의 2대조인 태종 홍타이지는 나라 이름을 후금에서 '청'으로 바꾸었다. 또한 여진족이 중국의 한족들이 비하하며 부른 칭호라 하여 만주족으로 바꿔 부르도록 했다. 이 책에서는 이후의 후금은 모두 청이라 칭하고 여진족은 만주족이라 한다.) 태종이 한 말이다. 청나라의 이러한 돌진전략 앞에 산성 중심의 방어 전략은 소용이 없었다.

그럼 예부터 행해온 산성 중심의 방어전략이 왜 소용없었을까? 그 것은 '청야작전'의 실패 때문이었다. 청야작전은 우리 민족이 고구려 때부터 써온 전략이었다. 군량과 무기를 모두 산성으로 옮기고 미처 옮기지 못한 것들은 태우거나 파괴하여 들판에는 먹을 것을 하나도 남기지 않는 작전이었다. 적은 본국으로부터 보급품을 가져와야만 했고, 많은 군사를 동원할수록 그만큼 보급품도 많아야 했다. 중국의 수나라, 당나라가 30만 대군, 100만 대군을 갖고도 고구려에게 패한 이유가 여기 있었다.

청군은 보급품을 챙기지 않았다. 왜 그랬을까? 조선군이 들판의 곡식을 그대로 둔 채 산성에 먼저 들어가려고만 한다는 것을 알고 있었던 까닭이었다. 제일 먼저 임금이 도망가는 나라의 군사들이 자기 목숨을 아끼는 것을 탓할 수 있겠는가?

정묘호란 때 의주로부터 평산에 이르는 넓은 평야지대의 창고에 들어 있던 곡식과 병기는 청군이 독차지했다. 청군은 군량이 남아돌아 본국으로 실어 나르기까지 했다. 인조는 비겁한 임금이었다. 전쟁이 터지자마자 강화도로 도망가 버린 임금이었다. 이괄의 난 때도 도성을 내주고 공주로 피난 갔던 왕이 그보다 훨씬 많은 기마부대가 쏜살같이 쳐내려오는데 도망을 가지 않고 배기겠는가? 왕이 이 모양인데 백성들만이 나라를 지키겠다고 나서봐야 무슨 소용이 있었을까 말이다.

조선은 정묘년에 호되게 당하고도 아무런 대책을 세우지 않았다. 병자년의 호란은 결국 조선의 개국 이래 최대의 치욕을 당하는 부끄러운 역사가 되고 말았다.

강화도로 가는 길이 막혔다. 남한산성으로 가자!

청나라는 내몽고를 정벌하고 북방의 패자가 되었다. 청 태종은 조선에게 '아우의 나라'에서 '신하의 나라'가 되라고 요구하였다. 이는 명나라와의 군신관계를 청산하고 청나라를 섬기라는 굴욕적인 요구였다. 대표적 척화파 홍익한은 상소를 올렸다.

"신은 이 세상에 태어난 후로 오직 대명천자(大明天子)가 있다는 말만 들었습니다. 이제 오랑캐를 섬긴다는 말이 나오니 어찌 된 일입니까?"

청이 무리하게 군신관계를 요구하자 척화론(斥和論:강화를 배척한다는 뜻으로, 청과 싸우자는 주장)이 우세해지면서 조선과 청의 관계는 악화되어갔다.

인조 14년(1636년), 후금의 태종은 국호를 청(淸)으로 고치고 스스로 황제가 되었다. 조선은 황제 대관식에 사신을 보냈다. 청나라는 사신에게 왕자를 볼모로 보내라, 척화론자들을 잡아 보내라, 아니면 대군을 일으켜 다시 조선을 공격하겠다고 협박하였다. 척화론이 우세해진 조선의 조정은 청의 요구를 묵살하였다.

이번에는 인조의 왕비가 죽어 상을 당했다. 청에서 장수 용골대(龍骨大)와 마부태(馬夫太)를 사신으로 보내왔다. 용골대와 마부태는 정묘호란에서 승리한 승전국의 사신으로서 무례한 태도를 취했다. 오랑캐인 주제에 무례하다는 소리를 전해들은 인조는 매우 화가 나서 청나라 사신을 만나지도 않았다. 많은 대신들은 오랑캐 사신들의 목을 베고 오랑캐와 싸우자고 주장하고 나섰다. 긴장된 분위기 속에 뭔가 심상치 않은 일이 일어날지도 모른다고 눈치챈 청의 사신들은 민가의 말을 빼앗아 타고 도망을 쳤다. 조선을 탈출하려고 북으로 도망가던 이들은 우연히 조정에서 평안감사에 보내는 공문서를 빼앗게 되었다. 그 내용은 청을 정벌할 계획이 은연중에 표현되어 있었다.

조선의 결의를 알게 된 청 태종은 명을 정벌하려던 계획을 바꾸어 같은 해(1636년) 12월 1일 제2차 조선침략을 결정한다. 병자년 12월 9일, 청 태종은 청군 7만, 몽고군 3만, 한족 군사 2만 등 도합 13만을 이끌고 직접 압록강을 건넜다.

세계적으로 이름난 팔기군을 주력으로 하는 만주족의 기병은 순식간에 안주까지 쳐들어왔다. 청군은 조선의 명장 임경업(林慶業)이 의주의 백마산성을 철통같이 수비하고 있음을 알고 있었다. 청군은 백마산성을 피하여 곧바로 한양을 향해 달렸다. 백마산성을 지키고 있던 임경업은 임금에게 청의 수도 심양을 공격하여 점령하겠다는 뛰어난 전략을 제안하였다. 청의 대부분의 병력이 조선을 치는 동안 심양은 비어 있었다. 그러나 이 제안은 실행되지 않았다.

12월 13일 조정은 청군이 평양에 도착했다는 장계를 받았다. 평양은 서울서 불과 200km 밖이었다. 청군은 말을 타고 달리니 순식간에 한성까지 쳐내려올 것이 분명했다. 오랑캐와 전쟁을 하자며 날뛰던 조정은 아무런 대책을 세우지도 못했다.

전쟁을 주장하던 조정대신들은 오히려 왕이 피난을 빨리 가야 한다고 주장하였다. 도성은 혼란에 빠져 어수선했다. 남대문 밖은 이미 피난 가는 사람들로 북새통을 이뤘다.

14일에 적은 벌써 개성을 통과했다. 인조는 급히 판윤 김경징을 강도검찰사로, 부제학 이민구를 부사로 명하고 강화유수 장신에게 주사대장을 겸직시켜 강화도 수비를 명령했다.

종묘와 세자빈 강씨, 원손, 둘째아들 봉림대군, 셋째아들 인평대군을 강화도로 피난시킨 인조는 자신도 그날 밤 도성을 탈출하려 했다. 남대문을 나서려는데 적의 선봉은 벌써 홍제원(지금의 서대문 밖 홍제동)까지 이르렀다. 적이 김포 양천강 앞에서 강화도로 가는 뱃길을 막고 있다는 소식이 들려왔다. 임금은 하는 수 없이 강화도를 포기하고 세자와 신하들을 데리고 남한산성으로 몸을 피했다.

청의 침입에 대한 대비책은 강화도 피난 계획을 세우고 식량과 군비를 강화도에 집중시켜 놓은 것이 전부였다. 그런데 인조가 강화도가 아니라 예정에도 없던 남한산성에 갔으니 앞날은 불을 보듯 빤한 일이었다.

광해군은 1621년(광해군 13년)에 토성이었던 남한산성을 도성의 배후 산성으로 만들고 돌로 제대로 쌓기로 했다. 광해군이 후금의 침입을 막고자 개축하기 시작한 남한산성은 인조 4년(1626년)에 준공되었다. 남한산성은 주변의 지형이 험하고 성의 중심부가 낮고 평평한 평지여서 수비하기가 쉬웠다. 하지만, 고립되어 있어 외부와 연락하기가 어려웠다. 인조가 남한산성에 도착한 것은 캄캄한 밤 2경이었다.

남한산성이 있는 경기도 광주 인근에는 병자호란 때 생긴 전설이 많이 있다. 이 가운데 인조의 피난길이 얼마나 힘들었는지를 알려주는 일화가 있다.

"인조가 남한산성의 산기슭에 다다랐을 때 너무 피로해 잘 걷지도 못하였다. 마침 근처에서 나무를 하고 있던 서흔남이라는 나무꾼이 있었다. 서흔남은 인조가 제대로 걷지 못하자 곧장 달려와 인조임금을 등에 업고 성안으로 올라갔다. 인조임금은 그 나무꾼에게 고마움을 표시하기 위해 "소원을 들어줄 테니 말해보라"고 했다. 무식한 나무꾼은 왕이 걸치고 있는 금빛 찬란한 곤룡포가 매우 멋있게 보였다. 서흔남은 그 옷이 무엇을 뜻하는지도 모르고 곤룡포를 달라고 했고, 인조임금은 벗어주고 별군관이라는 벼슬을 주었다. 서흔남은 죽을 때 곤룡포를 함께 묻어달라고 했다. 그의 무덤은 병풍산에 있는데, 지위 고하를 막론하고 관리들이 그 무덤 앞을 지날 때에는 반드시 말에서 내렸다고 한다. 곤룡포가 묻혀 있는 곳이었기 때문이다."

사실 인조가 말을 내려 걸어서 남한산성에 오르지는 않았으리라 생각된다. 하지만, 겨울이었으니 눈이 쌓여 있어 말을 내려 걸었을지도 모르겠다.

인조가 남한산성으로 피신하자 한성 주변의 관리들은 군사를 이끌고 남한산성으로 모여들었다. 총병력이 약 1만 3천이나 되었다.

산성에 군량미를 비축하기 위해서는 백성들을 동원해 부역을 시켜야 했다. 광주목사 한명윤은 광해군 때부터 산성을 개축하면서 백성들이 부역에 끌려 다니며, 제대로 농사도 못 지을 만큼 힘들었다는 사실을 알고 있었다. 그는 민폐를 끼치지 않으려고 강가에 창고를 짓고 군량을 모두 그곳에 두었다. 인조 일행이 도착했을 때 성내에는 1만 군사의 한 달 가량의 양식이 되는 14,300여 가마의 쌀과 장(醬) 220여 독, 콩 등 잡곡 3,700여 가마와 피곡 5,800여 가마가 저장되어 있을 뿐이었다. 당시 성내에는 군사가 13,800명, 신하 200여 명, 종실(宗室) 200여 명, 인솔 노비 300여 명, 총 14,500명이 넘었다. 인근의 백성들도 남한산성으로 모여들었다. 아무리 아껴 먹어도 두 달을 버티기 어려웠다. 군량도 부족했지만 식수 사정도 나빴다. 게다가 섣달 날씨는 무섭게 추웠고 군사들의 사기는 크게 떨어졌다.

영의정 김류가 인조에게 아뢰었다.

"이 성은 고성(孤城)인데다가 시초(柴草, 말먹이 풀)도 엉성하여 말이 굶고 얼어 죽을 것입니다. 어떻게 하든 강화로 피어(避御, 임금이 몸을 피함)하심이 옳사옵니다."

14일 밤 2경에 입성한 인조는 잠도 제대로 못 자고, 그 밤으로(15일 새벽) 강화로 가기 위해 다시 산성문을 나섰다. 산길도 험한데다가 눈이 녹다 얼어붙어 말이 걷지를 못하고 미끄러졌다. 말에서 내려 걷다가 인조는 발에 동상을 입었다. 어가 일행은 도저히 강화로 갈 수 없다는 사실만 뼈저리게 깨닫고 다시 산성으로 돌아가야 했다.

12월 16일 청군이 남한산성에 도착했다. 압록강을 넘은 지 7일 만이었다. 각 도에서 달려오던 지원군에는 달아나는 자들이 더 많았다. 기울어가던 명나라에 원군을 청했지만, 아무 소용없었다.

성 밖의 적들은 산성을 쉽게 함락할 수 없다는 사실을 잘 알고 있었다. 그들은 싸움을 걸지 않았다. 단지 성을 포위해서 고립시키고 밖과 내통하지 못하게 했을 뿐이었다.

12월 25일 적들은 남한산성을 빙 둘러 사람 키 두 배쯤 되는 높이의 나무를 쌓아 올려 외성을 만들었다. 외성 80보 밖에는 나무 울타리를 쳐 놓고 새끼줄로 쇠방울을 엮어 달아매었다. 소나무 외성을 넘게 되면 쇠방울 소리가 딸랑거렸다. 남한산성은 졸지에 감옥이 되었다. 아무도 모르게 성을 나갈 수는 없었다.

청 태종은 1월 1일 군사를 20만으로 늘려 남한산성을 완전히 포위했다. 별다른 전투 없이 지내는 동안 성 안의 식량은 떨어지고 군사들은 피로에 지쳤다. 싸울 의지를 완전히 상실한 군대는 그저 버티고 있을 뿐이었다.

인조가 남한산성에서 청군에 포위되어 갇혀 있는 동안 백성들은 말도 못할 참상을 겪어야 했다. 청군은 남한산성 주변의 광주를 비롯한 경기지역 전체에서 조선백성들을 약탈하고 부녀자들을 겁탈하는 만행을 저질렀다. 참으로 기가 막힐 정도였다. 엄마들은 청나라의 군막 안으로 잡혀가 청군의 노리개가 되었다. 길가에 버려진 아이들은 굶어 죽고, 얼어 죽었다. 힘없는 백성들은 전쟁의 희생물이 되고 있었다.

사람의 일은 닥쳐봐야 안다![1]

병자호란이 일어나던 해인 1636년(인조14년) 봄이었다.

영의정 김류의 부인이 생일을 맞았다. 정경부인의 생일잔치에는 많은 조정신하들의 부인들이 모여들었다.

조정에서 척화론이 우세하던 때라 전쟁을 벌여야 한다는 주장이 들끓고 있었다. 시중에도 곧 전란이 일어날지 모른다는 불안한 소문이 돌고 있었다. 잔칫상을 앞에 두고 화제는 자연 전쟁 이야기로 돌았다.

한 부인이 걱정스럽게 말했다.

"실제로 오랑캐들이 쳐들어온다면 어떻게 될까요? 만약 오랑캐 짐승들에게 붙잡히기라도 한다면 어쩌시겠습니까?"

부인들은 모두다 목을 매든 물에 뛰어들든 목숨을 끊어야지 오랑캐에게 몸을 더럽힐 수는 없지 않느냐고 말했다.

평소에 말을 아끼는 김 승지 부인이 입을 열었다.

"일이란 당해 보아야 알지 어찌 장담할 수 있겠습니까?"

"아니? 그럼 오랑캐에게 몸을 허락할 수도 있단 말이에요?"

자결해야 한다고 앞장서서 주장하던 이 참판 부인이 소리를 높였다.

"짐승에게 몸을 허락할 수 있다고 생각하는 것 자체가 짐승이나 다름없는 생각이에요!"

김 승지 부인은 이 참판 부인에게 큰 망신을 당하고 말았다.

그해 겨울에 기어이 호란이 일어나고, 인조가 남한산성으로 피난하

---

1) 경기도 광주시청 홈페이지에 수록되어 있는 민담.

자 조정 백관들의 일가붙이들도 우왕좌왕 남한산성을 향해 피난길을 재촉하였다.

대부분이 부녀자들과 노약자들로 이루어진 행렬이었는데 그 속에는 김 승지 부인과 이 참판 부인도 끼어 있었다.

일행은 광나루에서 한강을 건너자마자 용골대가 거느린 청군에게 잡히고 말았다.

젊은 부인들만 다시 가려져서 적진 안으로 끌려 들어갔다.

그날 밤, '일이란 당해 보아야 안다'고 말한 김 승지 부인은 겁탈하려고 덤벼드는 적장을 차고 있던 은장도로 찔러 죽이고 자기도 죽음을 당했다.

김 승지 부인을 모욕했던 이 참판 부인은 용골대에게 끌려가자 자진하여 온갖 아양을 부렸고, 전쟁이 끝난 뒤에는 용골대의 첩이 되어 청나라로 가버렸다.

정절을 지킨 김 승지 부인의 시체는 토막이 나서 벌판에 버려졌다.

전쟁나면 여자들만 불쌍해![2]

병자호란 때 경상 좌병사 허완과 우병사 민영이 많은 군사를 이끌고 와서 남한산성 밖 언덕에 진을 치고 있었다. 남한산성은 청군에 의해 포위되어 있었기 때문이었다. 조선군에게 보호를 받으려는 근처의 많은 백성들이 몰려들었다. 너무 많은 사람들이 몰려오자 남자들은 돌려보내고 부녀자들만 군사들이 지키게 되었다.

오랑캐들이 가는 곳마다 살육과 노략질과 부녀자들에 대한 겁탈에

---

2) 경기도 광주시청 홈페이지에 수록되어 있는 민담.

혈안이 되고 있던 때라 부녀자들만을 한 곳에 모아 보호하게 된 것이다.

마침내 적군은 대병력을 몰고 쳐들어왔다.

좌병사 허완과 우병사 민영은 전군에 명을 내렸다. 조선군은 청군을 맞아 한참 격전을 벌였다.

우병사 민영이 부하들에게 소리를 쳤다.

"아녀자들은 산성 안으로 피신시켜라!"

"안됩니다. 산성 안으로 들어가는 길이 막혀서 뚫지를 못합니다."

"그렇다면 할 수 없다! 뒷산 제일 높은 곳으로 대피시키도록 하라!"

처음에는 어느 쪽이 우세한지 분간할 수 없었다. 차츰 아군이 밀리기 시작하였다.

적군은 더욱 사납게 날뛰었다. 미쳐서 날뛰는 맹수들처럼 우리 편 군사들을 쓰러뜨리고 있었다.

그러자 경상 우병사가 부하군졸들에게 소리소리 호통을 쳤다.

"사직의 존망이 걸려 있는 싸움이다! 물러가는 자는 한 칼에 벨 것이니, 나라와 백성을 위해서 목숨을 걸고 싸워라!"

그러나 한 번 밀린 군사들은 싸울 의지를 잃고 자꾸 밀리기만 했다. 좌병사 허완은 혼자 말을 몰아 성난 사자처럼 장창을 휘두르며 적진을 누비면서 순식간에 적병을 수 없이 찔러 쓰러뜨렸다.

쫓겨 가던 군사들도 다시 힘을 얻어 싸우기 시작했다. 무수한 화살이 날고, 장검이 번득이는 속을 종횡무진으로 달리며 싸우던 허완 장군은 화살을 온몸에 받고 말 위에서 떨어지고 말았다. 대세는 또다시 바뀌어, 전세는 걷잡을 수 없이 역전되기 시작했다. 허완은 명장답게 전사를 하고 말았으나 수하에 있던 수천 군사들은 갈피를 잡지 못하고

서 우왕좌왕 뒷걸음을 치며 밀려오고 있었다.

그런 광경을 산꼭대기에서 바라보던 여인들은 절망과 비탄에 빠져 간간이 비명만을 지르고 있었다. 산 아래까지 도달한 적병들은 산 위에 있는 여자들을 보고 제각기 이상한 소리를 지르면서 기어오르기 시작했다.

이때 한 여자가 나서서 비장한 목소리로 말했다.

"이제 우리 조선군이 싸움에 졌습니다. 우리 아녀자들은 이대로 오랑캐 놈들에게 붙잡혀서 더러운 굴욕을 당하느니 스스로 생명을 버리는 것이 옳은 일일 것입니다. 온몸이 오랑캐 놈들의 손과 발에 더럽혀지다가 죽음을 당하느니 차라리 백제시대의 삼천 궁녀들처럼 깨끗하게 죽음을 택합시다."

말을 마치고는 산 뒤쪽에 있는 벼랑으로 가서 몸을 던져 버렸다. 너무나 순식간에 일어난 일이었다. 여자들은 이어서 모두 뛰어가 몸을 던져 장렬한 죽음을 택하였다(남한산성 남쪽 지금의 경기도 광주시 초월면 도평리 입구에는 낙화암이라 이름 붙인 바위가 있다. 이들 여자들이 뛰어내려 죽은 곳이다).

수백 명의 꽃 같은 여자들이 절개를 지키려고 뛰어내리는 광경을 바라본 우병사 민영 이하 전 장병들은 이를 갈며 다시 적병들과 용감하게 싸웠으나 워낙 많은 적군을 상대할 수는 없었다. 이들은 얼마 후 모두 장렬히 전사하고 말았다.

입으로만 싸울 수 있나?

곳곳에서 구원군이 모여들었지만, 남한산성에 들어가지는 못했다. 청군과 맞서 싸우는 성밖의 군사들은 번번이 패하고 말았다. 이제 구원군을 기대할 수도 없었다.

아직도 조정은 화친론과 척화론이 팽팽하게 맞서고 있었다. 12월 29일에 영의정 김류는 잘 알지도 못하면서 무모한 명령을 내려 군사를 성밖으로 내보냈다. 김류는 남쪽에 있는 적의 진영이 엉성하니 정예병을 뽑아 공격하라고 명령하였다. 무장들은 반대하였으나, 지위가 높은 영의정의 명령에 따를 수밖에 없었다. 처음에 적들은 못 본 척했다. 조선의 군사가 높은 소나무 울타리 밖으로 나가자 말을 몰아 나는 듯이 돌진하였다. 적의 복병이 사방에서 튀어나왔다. 조선군은 총 한방도 화살 하나도 쏘아보지 못하고 순식간에 패하고 말았다. 적은 2명의 전사자를 냈을 뿐인데 조선의 군사는 200여 명이나 전사하였다. 이 전투의 실패로 성내 군민의 사기가 땅으로 떨어졌다. 싸움은 이미 청군의 손에 달려 있었다. 완전히 포위되어 갇혀 있는 것인지, 농성을 하면서 버티고 있는 것인지 알 수가 없었다.

이 일로 조정에는 화친론이 우세해졌다. 입으로만 싸울 수 있나? 이제 종묘사직을 보존하고 백성을 보존하는 길은 굴욕적인 항복 밖에 다른 길은 없었다.

이조판서 최명길은 화친을 청하는 국서를 작성하였다. 좌의정 홍서봉, 호조판서 김신국 등이 청군 진영에 나가 청 태종의 뜻을 물었다. 청 태종은 인조가 친히 성밖으로 나와 군문에 항복하고 세자와 중신을 인질로 할 것이며 척화주모자들을 포승줄로 묶어 결박하여 보내라고 하였다. 남한산성의 조정은 다시 결정을 못하고 주저하고 있었다.

1월 18일, 적이 남문 밖에 와서 소리를 쳤다.

"화친할 거라면 속히 성밖으로 나와라. 아니면 19일과 21일에 공격하겠다!"

강화도가 함락되었다

19일에는 용골대가 '강화도가 함락되고 왕자와 빈궁 이하 2백여 명이 청군에 잡혀 청 태종의 군문으로 호송되었다'는 소식을 알려주었다.

이날 밤 적이 동쪽에서 공격하여 성벽이 거의 무너졌다. 많은 백성들이 성을 넘어 달아나면서 성안은 마치 호떡집에 불난 듯하였다. 이 혼란 중에 어영별장 이기축이 나서서 죽을힘을 다하여 겨우 적을 물리쳤다.

항복 조건이 너무 가혹하다는 생각으로 인조와 대신들은 "싸우자!" "항복하자" 설전만 벌이며 팽팽하게 맞서는 동안 다시 며칠이 흘렀다.

그러는 사이 적은 계속해서 성을 공격해 왔다. 25일에는 적의 대포가 명중해 망월대(望月臺)에 세워 놓은 대장기의 기둥이 꺾어지고 성벽 한 모퉁이가 거의 모두 파괴되었다. 대포에 맞아 많은 사람들이 죽었다. 군대는 곧 군량을 담았던 빈 가마니를 가져다가 흙을 가득 담아 무너진 성벽을 다시 쌓고 물을 부어 얼리는 일을 계속했다. 성 안에 있는 사람들은 모두 더 이상 버틸 수 없다는 것을 절실히 깨닫고 있었다. 조정은 여전히 결정을 못하고 시끄럽게 토론만 계속하고 있었다.

장수와 군졸들도 더 이상 전투할 능력이 없다는 사실을 충분히 알고 있었다.

"선비들이 의논만 한다고 청군이 물러가기라도 하는가? 이제부터 망월대는 선비들에게 지키게 하라."

화가 난 병사들은 시위를 벌이기도 하였다.

인조는 드디어 항복하기로 결심을 했다. 남한산성에 갇힌 상태에서 항전한 지 47일 만인 1637년 1월 30일 오전이었다.

"종묘사직과 신하와 백성이 이 지경에 이르렀는데 과인이 살아 무엇하리오? 이 외로운 성 안에서 적에 대항한 것도 종묘사직을 위하여 굴복치 않으려 했음이라. 이제는 모든 것이 허사가 되었느니. 내 이제 누구를 위하여 항전할 것이며 우리의 군사와 백성을 도탄에 빠지게 하랴?"

인조는 마지막 어전회의에서 비통한 항복의 뜻을 밝히고 사신을 적진에 보내 성을 나가겠다는 통지를 하였다. 항복하는 내용의 국서(國書)의 초안을 잡던 최명길은 붓을 놓고 하염없이 눈물을 흘리며 인조 임금에게 아뢰었다.

"전하! 한 고조(漢高祖, 한나라를 세운 유방)도 홍문(鴻門, 진시황제가 죽고 난 뒤 유방과 항우는 서로 진나라의 수도인 함양에 먼저 들어가려 했다. 항우의 초나라 군대가 훨씬 우세했다. 유방은 항우에게 도전할 의사가 없음을 알리기 위해 항우의 군대가 주둔하고 있는 홍문에 가서 항우에게 머리를 숙였다.)에서 항우에게 허리를 굽혔사옵니다. 당의 대종(代宗)은 친히 회흘(回紇, 흉노에 속하는 돌궐족, 지금의 중국 신강성에 많이 사는 위구르족이다.) 앞에 나가 말 머리에서 절하였나이다. 이것으로 임금 된 이는 국가만세의 계책을 도모하는 것이옵니다. 임금의 계책은 필부의 계책과 다른 것이니 지금의 강화는 국가를 살리기 위한 것이 아니옵니까?"

세자도 스스로 인질이 되겠다고 울면서 아뢰었다.

"아버지 임금님의 화를 면하게 할 수만 있다면 제가 비록 적의 손에 죽는다 해도 가릴 일이 있겠사옵니까?"

찢는 사람, 이어붙이는 사람

화친파의 대표인 최명길(崔鳴吉)이 임금의 명령에 따라 항복문을 작성했다.

"조선의 국왕은 삼가 대청국 관온인성(寬溫人聖) 황제께 말씀을 올리나이다. 소방(小邦, 작은 나라 조선)이 대국에 거역하여 스스로 병화(전쟁)를 재촉했고 고성(孤城, 남한산성을 뜻함)에 몸을 두게 되어 위난이 조석에 닥쳤습니다……. 소방은 이미 죄를 알고 있사오니 이 생력을 구휼(救恤, 구제)하시어 소방으로 하여금 다시 스스로 새로움을 도모하게 하시면 오늘부터 마음을 깨끗이 하여 좋아 섬기겠나이다."

'군사가 모두 죽고 남자가 다 죽은 뒤에 항복하여도 늦지 않다'고 끝까지 싸울 것을 주장하던 김상헌(金尙憲)이 달려들어 항복문을 빼앗아 찢어버리고는 통곡을 하였다.

"대감은 어찌 항복하는 글을 쓰시오. 대감의 선대부(아버지)는 명성이 있던 분이 아니오? 창피하지도 않으시오?"

최명길도 울었다. 최명길은 김상헌이 갈기갈기 찢어버린 항복문을 주우면서 말했다.

"찢는 사람도 있어야 하고 붙이는 사람도 있어야 하지 않겠습니까?

대감은 마땅히 찢을 만합니다. 그러나 종사를 보존하기 위해서 나는 다시 붙여야겠습니다."

이조판서 최명길은 오랑캐의 앞잡이라는 욕을 먹어가며 전쟁을 끝내는 것만이 나라를 살리는 길이라는 일념으로 목숨을 내놓고 적진을 드나들었다. 예조판서 김상헌은 대의명분이 무너지면 나라도 망한다는 신념으로 목숨을 내놓고 임금 앞에 엎드려 6일 동안 단식을 하였다. 무엇이 애국하는 길이며 무엇이 나라를 살리는 길이었을까? 인조가 항복할 결심을 굳히자, 예조판서 김상헌은 자살하려고 목을 맸다. 거의 죽게 된 것을 사람들이 발견하고 그를 구해냈다. 이조참의 정온도 할복자살을 기도했다.

최명길, 김신국 등이 조선의 대표로 청의 진영을 들락거리며 항복 조건을 조율하였다. 청의 용골대, 마부태 등은 청의 대표로 남한산성을 드나들며 회담을 벌였다.

청 측에서는 두 가지 방법을 제시하며 항복의 예를 갖출 것을 요구해 왔다. 첫째는 두 손을 묶고 빈 관을 메고 가는 것이었다. 죽을 죄를 지었으니 죽여도 달게 받겠다는 의사를 표하는 행위였다. 둘째는 항복단 아래서 삼배구고두(三拜九叩頭, 청나라 황제를 알현할 때 하는 인사법으로 절을 하고 머리를 땅에 부딪치기를 세 번 하는 것을 세 번 반복하는 것)를 행하는 것이었다. 사신 용골대는 둘째 절차가 낫겠다고 권했다. 사실 인조가 스스로 죄인임을 인정하고 두 손을 꽁꽁 묶고 관을 지고 가는 것은 상상할 수도 없었다. 그렇게 참혹한 수치는 입에 담을 수도 없는 일이었다. 인조가 성을 나가는 날은 30일로 정했다.

임금님 이마에 피멍이 들다

인조는 신하들을 거느리고 남한산성의 성문을 나섰다. 그날은 안개가 짙고 햇볕이 없었고 몹시 추운 날씨였다. 산성의 서문을 나선 인조의 얼굴은 벌써 파랗게 얼어 있었다. 왕은 청의 요구에 따라 곤룡포(袞龍袍)를 벗고 얇은 청나라의 남색 베옷만을 걸치고 있었다. 소현세자와 가솔들, 그리고 신하 50여 명이 인조의 뒤를 따랐다. 인조임금은 하늘 한 번 쳐다보지 못하고 무거운 마음으로 엄동설한에 10km를 훨씬 넘는 길을 가야 했다. 조선왕조가 개국한 지 246년째였다. 위로는 광해군을 빼고도 14명의 선대 임금이 있었다. 인조는 자기 대에 이르러 치욕을 당해야 하는 처지를 감당할 수 없었다.

드디어 삼전도에 도착했다.

청군 진영은 병사 수만 명을 열을 맞춰 세워 놓아 보기에도 그 기세가 하늘을 찌를 듯했다. 9층 계단을 만들어 놓은 높은 곳에 수항단(受降壇, 항복을 받기 위해 만든 단)이 있었다. 청 태종은 그 높은 곳에서 호화롭게 장식한 의자에 앉아 인조를 굽어보고 있었다.

인조는 삼정승과 육판서를 이끌고 100보 가량 앞으로 걸어나가 야만족이라 업신여겼던 오랑캐 황제에게 머리를 숙였다. 조선 사람은 아무도 임금을 바라보지 않았다. 화려하고 높은 수항단 위에서 청 태종이 거만하게 앉아 있고 그 앞에 초라한 모습으로 덜덜 떨고 있는 임금을 쳐다볼 수는 없었다.

인조임금은 만주족의 예법에 따라 절을 하기 시작하였다. 절을 한 번 하고, 머리를 땅에 세 번 부딪쳤다.

인조임금이 땅에 이마를 댈 때 갑자기 청나라 관원이 크게 소리쳤다.

"소리가 들리지 않는다. 다시 하라!"

임금의 머리가 땅에 부딪치는 소리가 청나라 황제에게 들려야 했다. 청 태종은 높은 단 위에 있었다. 인조임금은 수도 없이 머리를 땅에 부딪쳐야 했고, 그때마다 청나라 관원은 소리가 날만큼 머리를 땅에 세게 박으라고 소리를 질렀다. 왕의 이마에는 피멍이 들었다. 이를 지켜봐야 하는 왕자와 신하들은 울음을 삼키며 하염없는 눈물을 흘려야 했다.

삼배구고두가 겨우 끝났다. 인조는 그대로 땅바닥에 엎드려 울먹이며 말했다.

"무례하게 대국에 항거한 죄를 지었나이다. 용서해 주시옵소서."

조선의 왕은 백성들에게는 아버지였다. 왕은 곧 하늘이었다. 하늘이 땅에 머리를 박고 눈물을 흘리며 목숨을 구걸하는 모습을 현장에 있던 사람들은 눈을 감고 보지 않았다.

사관이 기록한 인조의 삼배고구두 장면

인조 15년인 1637년 1월 30일, 그 치욕의 현장에는 사관들도 있었다. 사관은 언제나 임금의 곁을 떠나지 않는 것이 관례였다. 사관은 정해진 규칙대로 감정을 전혀 드러내지 않고 객관적으로 기록해야 한다. 그렇다고 해서 사관인들 하늘처럼 받들던 임금이 치욕을 당하는 현장에서 눈물을 흘리지 않을 수는 없었을 것이다.

그 치욕의 날 사관은 무엇을 보았을까?

"용골대와 마부태가 남한산성 밖에 와서 임금의 출발을 재촉했다. 임금이 백마를 타고 의장은 모두 제거한 채 시종 50명을 거느리고 서문을 통해 성을 나갔는데, 왕세자(소현세자)가 따랐다. 백관으로 뒤처진 자는 서문 안에 서서 가슴을 치고 뛰면서 통곡했다. 임금이 산에서 내려가 가시를 펴고 앉았는데, 얼마 뒤 갑옷을 입은 청나라 군사 수백 기가 달려왔다. 임금이 "이들은 뭐하는 자들인가" 하니 도승지 이경직이 "이는 우리나라에서 말하는 영접하는 자들인 듯합니다" 했다. 한참 뒤에 용골대 등이 왔는데, 임금이 자리에서 일어나 그를 맞아 두 번 읍하는 예를 행하고 동서로 나누어 앉았다. 용골대 등이 위로하니 임금이 말하기를 "오늘의 일은 오로지 황제의 말과 두 대인이 힘써준 것만 믿을 뿐입니다" 하자 용골대가 말하기를 "지금부터 두 나라가 한 집안이 되는데, 무슨 걱정이 있겠습니까. 시간이 늦었으니 속히 갔으면 합니다" 하고 말을 달려 앞에서 인도했다.

　임금이 삼정승과 판서, 승지 각 5인, 한림(예문관 검열의 통칭. 사관으로 왕을 측근에서 모시는 관직), 주서(승정원 정7품) 각 1인을 거느렸고 세자는 시강원(왕세자에게 유교 경전을 가르치고 유교 도덕을 수양시키는 일을 맡은 관청), 익위사(왕세자 호위를 맡은 관청)의 관리를 거느리고 삼전도에 따라 나갔다.

　멀리 바라보니 황제(청 태종)가 황옥을 펼치고 앉아 있고 갑옷과 투구 차림에 활과 칼을 찬 자가 둥근 진을 치고 좌우에 옹립했다. 악기를 전열하여 연주했는데, 대략 중국 제도를 모방한 것이었다. 임금이 걸어서 진 앞에 이르고, 용골대 등이 임금을 진문 동쪽에 머물게 했다. 용골대가 들어가서 보고하고 나와 황제의 말을 전하기를 "지난날의 일을 말하려 하면 길다. 이제 용단을 내렸으니 다행스럽고 기쁘다" 하자 임금이 "천은이

망극합니다"고 했다. 용골대 등이 인도하여 들어가 단 아래 북쪽을 향해 자리를 마련한 후 임금이 세 번 절하고 아홉 번 머리를 조아리는 예(삼배 구고두의 예)를 행했다.

용골대 등이 임금을 인도하여 진의 동문을 통해 나왔다가 다시 동쪽에 앉게 했다. 대군 이하가 강화에서 잡혀왔는데, 단 아래 조금 서쪽에 늘어섰다. 용골대가 임금에게 단에 오르도록 청했다. 황제는 남쪽을 향해 앉고 임금은 동북 모퉁이에 서쪽을 향해 앉았는데, 모두 서쪽을 향했다. 또 청나라 왕자 4인이 서북 모퉁이에서 동쪽을 향해 앉고 두 대군이 그 아래 앉았다.

우리나라 신하에게는 단 아래 동쪽 모퉁이에 자리를 내주고 강화에서 잡혀온 신하들은 단 아래 서쪽 모퉁이에 들어가 앉게 했다. 차 한 잔을 올렸다. 황제가 용골대를 시켜 우리나라의 여러 신하들에게 고하기를 "이제는 두 나라가 한 집안이 되었다. 활 쏘는 솜씨를 보고 싶으니 각기 재주를 다하도록 하라" 했다.

우리나라 신하가 답하기를 "이곳에 온 자들은 모두 문관이기 때문에 잘 쏘지 못합니다" 했다. 용골대가 억지로 쏘게 하자 드디어 정이중이 나가서 쏘았다. 활과 화살이 우리나라 제도와 같지 않아 다섯 번 쏘았으나 모두 맞지 않았다.

청나라 왕자와 장수들이 떠들썩하게 어울려 쏘면서 놀았다. 조금 있다가 진찬(궁중 잔치)하고 행주(잔에 술을 부어 돌림)하게 했다. 술잔을 세 차례 돌린 뒤 술잔과 그릇을 치우도록 했는데, 치울 무렵 오랑캐 종 두 사람이 개를 끌고 황제의 앞에 이르자 황제가 직접 고기를 베어 던져 주었다.

임금이 하직하고 나오니 빈궁 이하 사대부 가속 등 잡힌 자들이 모두

한 곳에 모여 있었다. 용골대가 빈궁과 대군 부인에게 황제에게 절하도록 청했으므로 보는 자들은 눈물을 흘렸는데, 사실은 나인이 대신했다고 한다. 용골대 등이 황제가 준 백마에 영롱한 안장을 갖추어 끌고 나오자 임금이 친히 고삐를 잡아 받았다.

용골대 등이 또 초구(담비의 모피로 만든 옷)를 가져와서 황제의 말을 전하기를 "이 물건은 당초 주려는 생각으로 가져왔는데, 이 나라 의복제도를 보니 우리와 같지 않다. 따라서 억지로 착용케 하려는 것이 아니라 단지 정을 표시하기 위해서다" 하니 임금이 받아 입고 뜰에 들어가 사례했다.

도승지 이경직에게 국보를 받들어 올리게 하니 용골대가 받아서 갔다. 조금 있다가 용골대가 와서 힐책하기를 "고명(왕의 유고시의 일을 적은 유지)과 옥책(왕의 존호를 올릴 때 송덕문을 새긴 책)은 어찌하여 바치지 않습니까" 하니 임금이 이르기를 "옥책은 일찍이 갑자년(1624년) 변란(이괄의 난)으로 인해 잃어버렸고 고명은 강화도에 보냈는데 전쟁으로 어수선한 때에 온전하게 보전되었다고 보장하기 어렵소. 그러나 혹시 그대로 있으면 나중에 바치는 것이 뭐가 어렵겠소" 하자 용골대가 알았다고 하고 갔다.

임금은 밭 가운데 앉아 진퇴를 기다렸는데, 해질 무렵이 된 뒤에야 비로소 도성에 돌아가게 했다. 왕세자와 빈궁 및 두 대군과 부인은 모두 머물러 있도록 했는데, 이는 장차 북쪽으로 데려가려는 목적에서였다. 임금이 물러나 최명길을 머물도록 해서 빈궁을 호위하게 했다. 임금이 소파진을 경유하여 배를 타고 건넜다.

진졸(나루터를 지키는 병사)은 대부분 죽고 빈 배 두 척만이 있었는데, 백관들이 다투어 건너려고 임금의 옷을 잡아당기기까지 하면서 배에 올랐다. 임금이 건넌 뒤 황제가 말을 타고 달려와 얕은 여울로 군사들을 건너게 하고 뽕나무밭에 진을 치게 했다.

용골대에게 군병을 이끌고 행차를 호위하게 했는데, 길의 좌우를 끼고 임금을 인도해 갔다. 사로잡힌 자녀들이 울부짖으면서 "우리 임금이시여, 우리 임금이시여, 우리를 버리고 가십니까" 했는데 길을 끼고 울며 부르짖는 자가 1만 명을 헤아렸다. 인정 때가 되어서야 비로소 서울에 도달하여 창경궁 양화당에 나아갔다."(『조선왕조실록』, 『인조실록』 1637년 1월 30일)

오랑캐의 신하가 되다

병자호란에서 패한 조선은 청의 요구조건을 모두 들어주어야 했다. 이때 조약서에 명시된 청의 요구 사항은 다음과 같은 열 한가지였다. 이를 정축화약이라 한다.

① 조선은 청에 대해 군신(君臣)의 예를 할 것
② 명의 연호를 폐하고 명과의 관계를 끊을 것
③ 조선왕의 장자, 제2자 및 제대신의 아들을 심양(瀋陽)에 보내 인질로 할 것
④ 절기마다 명의 구례(舊例)에 의해 사절을 보낼 것
⑤ 청이 정명(征明)의 출병을 요구할 때는 어기지 말 것
⑥ 청이 회군할 때 가도를 공략할 것이니 병선 50척을 준비할 것
⑦ 명인(明人)의 포도(逋逃)를 감추지 말 것
⑧ 내외 제신(諸臣)과 혼인을 맺어 화호(和好)를 굳게 할 것
⑨ 조선은 성(城)을 수축하거나 신축하지 말 것

⑩ 조선의 대일무역은 종래대로 할 것

⑪ 기묘년(己卯年)부터 청에 대하여 정액의 세폐(歲幣)를 보낼 것

4. 소현세자의 못다 이룬 꿈

존경받지 못하는 임금

조선의 임금이 적 앞에 무릎을 꿇었다. 조선의 왕과 양반사회는 이제 그 권위를 완전히 상실하였다. 인조는 쿠데타를 일으켜 왕위를 빼앗은 임금이었다. 그가 몰아낸 왕은 하필이면 왕세자 시절에 죽기를 각오하고 전쟁터를 누비던 광해군이었다. 전란 후에 약해진 국력과 백성들의 보다 나은 삶을 위해 오랑캐와도 타협하려 했던 광해군은 백성들로부터 존경받은 왕이었다. 난리가 날 때마다 제일 먼저 도망친 인조임금은 더 이상 백성들이 믿고 따를 수 없는 왕이었다. 무능하고 나약한 왕은 백성들에게 부끄럽기 짝이 없었다.

임진왜란과 두 차례의 호란으로 나라의 재정은 엉망이 되었다. 백성들은 황폐해진 농토와 과중한 세금에 시달리며 그 어느 때보다 힘들게 살아야 했다. 조선의 양반들은 세금을 내지 않았다. 전쟁에 공을 세운 사람에게는 신분상승의 포상이 주어졌다. 아무리 노비라도 적의 목을 베면 노비에서 해방되었다. 10명의 적을 죽이면 관리에 등용될 수도 있었다. 돈을 내고 자기 스스로 노비에서 해방될 수 있는 권리가 법적으로 보장되고 있었다. 나라의 재정이 빈 이후 속량전은 점점 그 값이 헐했다. 많은 사람들의 신분이 상승되었다. 노비는 상민으로, 상민은 양반으로 점점 그 신분이 올랐다. 돈을 주고 관직을 사는 매관매직이 성행하면서 조선은 부정부패가 점점 심해졌다. 백성들은 더욱 살기가 힘들어졌다.

백성을 도탄에 빠뜨린 인조는 더 이상 백성의 아버지가 아니었다. 그는 나라를 바로세울 생각은 하지 않고 자신이 받았던 치욕을 괴로워했다. 그러나 청나라에 대항할 수도 없었다. 나라꼴이 이미 엉망이 되었기 때문이다. 게다가 왕위를 물려줄 소현세자와 다른 왕자들 모두 청나라에 볼모로 잡혀 있었다.

심양관의 소현세자

1637년 2월 8일 소현세자는 본국으로 돌아가는 청군을 따라 북행길에 올랐다. 전송 나온 인조임금은 착잡한 마음으로 소현세자에게 다짐하였다.

"청국에 끌려가더라도 소무(蘇武, 중국 한나라 무제 때의 사람으로 흉노에게 잡혀가 19년 동안 포로생활을 하는 동안 온갖 회유에 굴하지 않고 절개를 지킨 사람이다)를 본받아 행동하여라."

떠나는 사람도 남는 사람도 착잡하기는 매한가지였다. 왕세자가 가는 곳이니 그 수행원만도 300여 명이 넘었다. 소현세자는 심양에 건물을 지어 심양관이라 불렀다. 심양관은 청나라 안의 조선 대사관이나 다름없었다. 청은 조선과 의논할 문제가 있으면 인조와 상의하지 않고 심양관의 소현세자와 상대했다. 인조 또한 청과 직접 접촉하기를 싫어해 껄끄러운 문제는 모두 소현세자에게 넘겼다.

심양에 있는 동안에 세자 일행은 농사를 지었다. 청나라 사람들은 유목민족이라 농사에 서툴렀다. 게다가 계속되는 명나라와의 전쟁으로 물자가 늘 부족했다. 따라서 세자일행이 수확한 농산물들은 인기가 좋았다. 그렇게 모은 자금을 세자는 청나라에 끌려온 조선인들을 위해 아낌없이 베풀었다.

청 태조의 아들이자, 당시 최고의 실력자였던 청 태종의 동생 도르곤과 친교를 맺은 후로는 더욱더 적극적으로 각종 현안문제 해결에 나섰다. 그는 도르곤뿐만 아니라 용골대 같은 청나라 장수들, 실력자들과 교분을 쌓으며 우호적인 관계를 유지했다.

청나라가 명나라를 정벌하면서 조선군의 파병을 요구했다. 인조는 내키지는 않았지만 임경업에게 수군 6천 명을 주어 파병했다. 대표적인 반청인사였던 임경업은 명나라와 제대로 싸우지 않았다. 오히려 명나라에게 자신의 위치를 미리 알려주고 피해 가라고 권하기까지 하였다. 분노한 청나라는 조선의 배신행위를 조사한다며 김상헌 등의 척화론자들을 불러 심문하였다. 소현세자는 또 바쁘게 움직여야 했다. 옥에 갇힌 조선 사람들을 위해 열심히 뛰어야 했기 때문이다.

조선의 사대부들은 심양으로 끌려와서도 주장을 꺾지 않고 처형당하는 길을 택했다. 그들은 죽음을 당하면서까지 명나라에 대한 의리를 지켰고, 삼전도의 굴욕을 안겨준 오랑캐와 결코 화해하지 않았다. 한성의 조정에서는 청나라의 감옥에서 죽어가는 사람들을 우러러보았다. 그에 반해 청의 관리와 황족들을 가까이 하는 소현세자를 달갑게 생각하는 사람은 없었다. 조정에서는 소현세자를 공격하는 목소리가 높아지기 시작했다. 인조의 후궁 조씨는 인조와 세자를 이간질하는 일에 앞장섰다. 자기 소생의 아이를 왕위에 앉히고 싶었기 때문이었다. 인조는 세자를 미워하기 시작했다. 그는 첩자를 보내 세자의 일거수일투족을 감시하였다.

산해관의 문을 열어 오랑캐를 맞아들인 오삼계

명나라 백성들의 삶도 엉망이었다. 계속되는 전쟁으로 백성들은 많은 세금을 물어야 했다. 정치도 부패해 농민들의 시달림은 이만저만이 아니었다. 곳곳에서 농민들이 들고 일어났다. 산서성 농민들도 폭동을 일으켰다.

마침 명나라는 재정 지출을 줄이려고 전국의 역참을 없애버렸다. 갑자기 생계가 막막해진 역졸들과 군량미를 지급받지 못한 병사들이 폭동에 가담하면서 반란은 걷잡을 수 없이 퍼지고 말았다. 이자성은 집안이 기울어 역참의 역졸이 되었다. 그도 반란군에 뛰어들어 대장이 되었다. 이자성의 농민부대는 가는 곳마다 환영을 받았다.

명나라 주원장도 평민 출신 황제였다. 왕후장상의 씨가 따로 있나? 세력이 커진 이자성은 순(順)이라는 나라를 세우고 스스로 황제가 되어 북경을 쳐들어갔다. 명나라의 군사력은 청나라를 막기 위해 동북방에 집중되어 있었다. 명나라의 마지막 황제는 숭정제였다. 숭정제는 부들부들 떨면서 가족들을 죽이고 스스로 나무에 목을 매어 죽었다. 북경에 입성한 이자성은 관리들의 박수를 받으며 천안문을 지나 자금성으로 들어갔다. 황족과 황제의 외척들은 앞을 다투어 이자성에게 아부하며 목숨을 구걸하였다. 메뚜기도 한철이라고 이자성의 위세는 곧 끝나고 말았다.

중국은 만주평야와 화북평야가 산맥으로 경계를 이루고 있었다. 만주 오랑캐로부터 화북을 지키는 만리장성을 넘기란 매우 힘든 일이었다. 그 만리장성의 관문이 산해관이다. 당시 산해관을 지키던 명나라의 장수는 오삼계였다. 오삼계가 북경의 반란군을 진압하러 가느냐, 그래도 산해관을 지키느냐 갈팡질팡하고 있을 때 북경으로부터 연락이 왔다.

오삼계의 애첩인 진원원이 이자성의 군대에 끌려갔다는 얘기였다.

"남자로 태어나 여자 하나를 지키지 못한다면 어찌 사나이라 하겠느냐? 내가 반란군을 칠 것이다."

오삼계는 더 이상 주저하지 않고 산해관 문을 열었다.

"항복한다. 나와 함께 반란군을 치러 가자."

갑작스럽게 항복이라니 청나라는 어리둥절하였다. 청나라의 군대는 피 한 방울 흘리지 않고 산해관을 넘었다. 이자성은 명나라를 멸망시켰지만, 곧 청나라에게 내주고 말았다.

풀려난 소현세자

8년 간의 심양생활이 막바지에 접어들었다. 소현세자는 청나라 군대와 함께 북경에 들어갔다. 청나라는 소현세자에게 명나라의 멸망을 똑똑히 보여주려 했다. 다른 마음을 품지 못하게 하기 위해서였다. 명은 청나라가 들어오기도 전에 이미 무너져 있었다. 소현세자는 조선이 그토록 섬기던 명나라의 최후를 생생하게 목격하였다.

소현세자가 북경에 머문 것은 70여 일 정도였다. 그렇지만 소현세자가 받은 문화적 충격을 생각하면 굉장히 뜻깊은 시간이었다. 명나라가 이미 멸망하였으므로 청은 더 이상 소현세자를 구속할 필요가 없었다. 소현세자는 북경에서는 아무 구속도 받지 않고 자유롭게 행동할 수 있었다.

소현세자는 북경에서 그의 사상을 바꿀 만큼 중요한 사람을 만났다. 독일인 신부이자 과학자인 아담 샬(Adam Schall)이다. 아담 샬은 명나라 흠정제의 총애를 받았는데, 명나라가 망한 뒤에도 청나라 황제의 신임을 받았다. 과학에 밝은 아담 샬을 우대한 것은 그만큼 그가 국가발전에 도움이 될 것이었기 때문이었다. 마침 소현세자의 숙소와 아담 샬의 숙소는 매우 가까웠다. 소현세자는 아담 샬을 통해 역법, 천문학, 천주교 등과 같은 서양문물을 접했다. 소현세자는 새로운 과학기술 문명을 보고는 매우 큰 충격을 받았다. 아담 샬은 동방에서 온 왕세자에게 매우 친절하고 자상하게 일일이 설명해 주었다. 아담 샬은 소현세자에게 자신이 한문으로 번역한 〈천문역산서〉와 여지구(지구의), 천주상 등을 선물했다. 새로운 과학문물은 오랜 전쟁으로 피폐해진 백성들의 생활을 살찌우고 새로운 조선을 건설하는데 힘이 될 것 같았다. 소현세자는 되도록 많은 것을 배우려 했다. 새로운 문물을 가져다 조선을 발전시키겠다는 왕세자로서의 책임감 때문이었다.

나중에 아담 샬은 유럽으로 돌아가 로마에서 회고록을 출간하였다. 출간한 회고록 속에는 소현세자가 얼마나 진지한 자세로 얼마나 적극적으로 배우려 했는지를 보여주는 세자의 친필 편지가 실려 있다.

"여지구와 과학에 관한 책은 얼마나 반갑고 고마웠는지 모릅니다. 곧바로 몇 권의 책을 읽었습니다.(중략) 천문학에 관한 책은 귀국하면 곧 간행하여 학자들에게 널리 알리겠습니다. 조선인들이 서구 과학을 습득하면 큰 도움이 될 것입니다. 서로 멀리 떨어진 나라에서 태어난 우리들이 이국땅에서 상봉하여 형제와 같이 서로 사랑했으니 하늘이 아마 우리를 이끌어 준 듯합니다."

1644년 11월 26일, 소현세자는 드디어 귀국길에 오른다. 그의 짐 꾸러미 속엔 새로운 문물과, 조선을 발전시킬 계획이 들어 있었다.

그는 세계 지도를 가지고 돌아왔다. 당시 조선이 알고 있던 세계는 중국과 그 주변이 전부였다. 그가 지닌 세계지도에는 조선과 중국뿐 아니라 드넓은 지구 전체의 모습이 담겨져 있었다. 중국은 세계의 중심이 아니었다.

소현세자가 북경에서 아담 샬을 만난 때가 1644년으로 조선이 개항한 1876년보다 232년 전이었다. 일본이 미국의 페리 제독에게 개항한 것은 1854년으로 이보다 210년 후의 일이었다. 훗날 조선은 22년 먼저 개항한 일본에게 멸망당하고 말았다.

마치 독약에 중독되어 죽은 사람 같았다
소현세자가 서울에 돌아온 것은 1645년 2월 18일이었다.

소현세자는 인조에게 청의 내부 사정과 서양 문물에 대한 이야기를 소상히 아뢰었다. 인조의 표정은 무척 어두웠다. 소현세자는 왕이 자신에게 화를 내고 있다는 사실을 알지 못했다.

소현세자는 귀국한 지 두 달 만에 갑작스레 병이 들었다. 어의 이형익은 학질이라는 진단을 내리고 침을 세 번 놓았다. 당시 학질은 그리 큰 질병이 아니었다. 소현세자는 이 침을 맞고 3일 만에 죽고 말았다. 한창 때인 34세였다.

『조선왕조실록』에는 세자가 독살되었을 가능성에 대해 기록되어 있다. 실록은 조선왕조의 가장 정확하고 기본적인 역사서다. 실록은 조선의 역대 왕들 중 그 누구도 들여다 볼 수 없도록 엄격하게 관리되었다. 근거 없는 낭설이나 주관적 판단을 써내려간 잡문이 아니었다. 실록에는 세자의 시신을 본 목격자의 이름까지도 분명하게 기록되어 있다.

"세자는 본국에 돌아온 지 얼마 안 되어 병을 얻었다. 병이 난 지 수일 만에 죽었는데 온몸이 전부 검은 빛이었고, 이목구비의 일곱 구멍에서는 모두 선혈이 흘러나왔다. 검은 천으로 그 얼굴 반쪽만 덮어놓았으나 곁에 있는 사람도 그 얼굴빛을 분별할 수 없었다. 마치 독약에 중독되어 죽은 사람과 같았다. 진원군 세완의 처가 시신을 염습할 때 참여하여 그 이상한 것을 보고 나와서 다른 사람에게 전한 말이다." (『조선왕조실록, 인조실록』)

이때 입관을 지켜본 사람은 종친 셋이었다. "마치 독약에 중독되어 죽은 사람과 같았다"고 한 사람은 그 가운데 하나인 진원군 세완의 처였다. 세완은 소현세자의 어머니 인열왕후 한씨의 이복동생이었다.

소현세자는 인조에 의해 독살되었을 가능성이 높다. 소현세자의 사망사건에 대한 사후 처리와 소현세자의 장례식도 의심스러운 구석이 매우 많다. 조선시대 왕이나 왕자가 사망하면 치료를 맡았던 어의는 잘했든 못했든 국문을 당하는 것이 관례였다. 치료과정에서 잘못된 점은 없었는지, 정말 제대로 치료했는지, 자세하게 조사하고 대개는 귀양을 갔다. 어의 이형익은 흔한 질병인 학질을 제대로 치료하지 못했는데도 무사했다. 이형익은 인조의 후궁 조소용의 천거로 특채된 사람이었다. 조소용은 인조와 세자 내외를 이간하던 못된 후궁이었다. 이형익은 맘만 먹으면 세자를 살해할 수도 있었다. 사간원과 사헌부의 젊은 관리들이 이형익을 국문하라고 두 차례나 요청하였지만 인조는 받아들이지 않았다.

소현세자는 정비에서 태어난 적장자였으므로 법에 따라 삼년상을 치러야 했다. 인조는 이를 무시하고 일년 단상으로 정해 버렸다. 그나마도 1년 입도록 정해진 상복을 3개월 만에 벗게 했으며 인조 자신은 단 7일 만에 벗어버렸다. 특히 시신을 직접 볼 수 있는 염습(시신에 수의를 입히는 일)과정까지 측근의 종친 세 명 외에는 아무도 참석을 허락하지 않았고, 서둘러 입관시켜 버렸다.

조선의 왕위계승은 장자승계가 원칙이었다. 그런데 인조는 소현세자의 맏아들인 원손이 아닌 자신의 둘째아들 봉림대군을 세자로 책봉하였다. 소현세자의 주변 세력과 세자빈 강씨의 친정 오빠들은 모두 귀양을 가야 했다. 인조는 세자빈마저 후원 별장에 유폐시켰다가 결국 다음 해에 사약을 내려 죽이고, 소현세자의 세 아들은 제주도로 귀양을 보냈다. 소현세자의 두 아들은 제주도에서 죽고 막내만 겨우 살았다. 아들과 며느리, 손자 그리고 사돈까지 모두 죽인 잔인한 왕의 시호는 어질 인(仁)자를 쓴다. 인조는 광해군과는 비교가 안 되는 잔인한 사람이었다.

인조는 왜 소현세자를 죽여야만 했을까?

남한산성에서 40여 일 간의 항전 끝에 항복한 뒤 청 태종에게 머리에서 피가 나도록 절을 해야 했던 인조는 청나라에 대한 적개심을 삭이지 못했다.

후궁 조소용과 김자점 등이 소현세자가 청에서 왕 노릇을 하고 있고, 소현세자가 입국하면 왕위를 내주어야 할지도 모른다는 이야기를 틈만 나면 인조에게 속삭였다. 실제로 고려시대에 원나라가 왕을 폐하고 볼모로 잡고 있던 세자를 왕으로 추대한 일(고려 충렬왕과 충선왕)이 있었다. 이런 마당에 당시 청나라는 조선이 친명반청의 정책을 계속 고수한다면 인조를 폐하고, 새로운 왕을 세우겠다는 위협을 해왔다. 인조는 심양관의 소현세자가 청나라 사람들과 가까이 지낸다는 소식을 듣고 크게 분노했다. 인조에게 청나라는 여전히 오랑캐였다.

　인조는 왕위에 대한 욕심이 커서 쿠데타를 일으켰던 사람이다. 그런 인조에게 소현세자는 더 이상 아들이 아니었다. 자신의 왕위를 위협하는 최대의 정적이었다. 부당한 쿠데타를 통해 왕의 자리에 올랐던 인조는 자신의 아들에게도 자리를 넘겨주고 싶지 않았던 것이다.

5. 고향에 돌아와도 반겨줄 이 없네

환향녀, 고향에 돌아온 여자

일제 강점기 막바지인 1941년 12월 8일 일본은 선전포고도 없이 미국 하와이 섬의 진주만을 폭격했다. 태평양전쟁이 발발하였다. 태평양전쟁은 우리나라 사람들에게까지 피를 불렀다. 수많은 사람들이 일본군의 군복을 입고 남태평양에서, 인도차이나에서, 중국에서, 필리핀에서 죽어갔다. 군인으로 끌려가지 않은 사람은 광산으로 공장으로 징용을 가야만 했다. 정신대로 끌려가 치욕스러운 성의 노예로 살아야 했던 할머니들은 지금도 일본대사관 앞에서 매주 수요일마다 항의집회를 하고 있다.

전쟁이 일어나면 여자들은 더욱 참혹한 꼴을 겪게 된다. 조선의 꽃다운 처녀들이 정신대라는 이름으로 전장에 끌려갔다. 이들은 일본군 위안부로 성의 노예가 되었다.

항일 독립투사들 사이에 불리던 〈독립군가〉를 보자.

우리는 대한의 독립군! 조국을 찾는 용사로다!

나가나가 압록강 건너 백두산 넘어 가자!
진주! 우리나라 지옥이 되어 모두 도탄에서 헤매고 있다.
동포는 기다린다! 어서 가자 조국에!
등잔 밑에 우는 형제들 있다.
왜놈 발에 밟힌 꽃송이 있다.
우리는 대한의 독립군! 조국을 찾는 용사로다!
나가나가 압록강 건너 백두산 넘어 가자!

당시에도 많은 사람들이 우리의 처녀들이 왜놈들에게 끌려가 성의 노예가 되는 아픔을 겪는 사실을 모두 알고 있었다.

수많은 처녀들이 전쟁터에서 죽고 돌아오지 못했다. 겨우 돌아온 사람들은 고향에 갈 수 없었다. 고향에 돌아가 봐야 정상적인 삶으로 돌아갈 수 없다는 것을 알고 있었기 때문이었다.

병자호란 때도 마찬가지였다.

청군은 철군하면서 나중에 속환금을 받고 풀어줄 생각으로 20만에 달하는 조선 사람들을 끌고 갔다.

전쟁포로들을 송환하기 위해 청나라 사신으로 간 사람은 임경업과 함께 청나라에 갇혀 있다 풀려서 돌아온 최명길이었다. 그는 청나라에 있을 때 얼마나 많은 조선의 여인들이 포로로 잡혀 와 있는지 똑똑히 알게 되었다. 최명길은 연고자가 없거나, 속환에 필요한 금품을 마련할 수 없는 가난한 인질들을 위해 국고에서 은 2천 5백 냥을 마련했다.

최명길은 청 태종에게 소현세자 내외와 봉림대군 내외를 송환해줄 것, 조선의 청년들에 대한 징병을 철회할 것, 조선인 포로들을 풀어줄

것을 요구하였다. 청 태종은 첫째 조건만 거부하고 나머지 두 가지는
흔쾌히 들어주었다.

풀려난 사람은 연고자 없는 7백여 명과 연고자가 있는 2만 9천여 명
이었다. 인조 16년 2월, 최명길은 소현세자와 봉림대군 내외에게 작별
을 고하고 심양을 떠났다. 최명길을 따라 귀국하는 사람들의 행렬은
그 끝이 보이지 않았다.

영영 돌아올 수 없을 줄 알았던 가족들이 살아서 돌아온다는 소식은
조선 전체를 들뜨게 했다. 죽은 사람이 돌아오는 것과 마찬가지였기
때문이었다. 고향으로 돌아온 사람들을 환영하는 기쁨은 오래 가지 않
았다.

거기서 그냥 죽지 왜 돌아왔어?

화냥년!

청나라에서 돌아온 여인들을 환향녀(還鄕女)들을 멸시하는 호칭이
었다.

환향녀들은 꿈에 그리던 고국에 돌아가면 가족의 품에 안길 줄 알았
다. 하지만 이들의 가족들은 대문을 걸어 잠그고 열어주지 않았다. 사
대부 집안일수록 더욱 심했다. 조선사회는 가부장적 유교사회였다. 여
인들의 정절은 목숨보다 귀했다. 정절을 잃은 여자는 살아도 살아 있
는 것이 아니었다. 여자들은 품속에 은장도를 갖고 다녔다. 혹시라도
치한을 만나게 되면 스스로 목숨을 끊었다. 정절을 잃고 사느니 죽는
게 나았다. 당시에는 정절을 잃은 여자의 자식은 과거도 볼 수 없었다.
결국 집안이 망하는 것과 다름없었다. 환향녀들은 대개 강화와 광주로
피난을 갔던 양반가의 부녀자들이었다.

죽지 않고 돌아온 환향녀들은 모두 몸을 더럽힌 것으로 취급되었다. 청나라에 잡혀 있는 동안 순결을 지키지 못했던 환향녀들은 조롱과 멸시, 천대하는 사람들의 눈을 피할 길이 없었다. 환향녀들은 돌아갈 곳이 없었다. 거리를 헤매던 환향녀들은 굶어죽기도 하고, 스스로 목숨을 끊기도 했다. 곳곳마다 여자들의 시체가 즐비했다.

도대체 이 여인들이 무슨 잘못을 저질렀을까? 이 여인들이 잡혀가기 전에 지켜주지 못했던 책임은 누가 져야 할까? 나라의 힘이 약해서, 아니 위정자들이 치세를 잘못한 탓에 당한 수모를 왜 힘없는 여자들이 책임져야 할까? 조선의 사대부들, 양반사회는 지배계급으로서 전쟁에 패한 책임을 져야 했다. 죄 없이 끌려가 곤욕을 치러야 했던 젊은 여인들을 지켜주지 못한 책임은 위정자들에게 있었다. 책임은커녕 오히려 고향에 돌아온 환향녀들을 다시 버린 것은 그들이었다. 아내를 지켜주지 못한 부끄러움을 아는 남편도 없었다. 자기가 지켜주지 못한 아내를 다시 저버리는 남자들은 인의예지를 부르짖던 사대부들이었다.

정절을 잃은 여자들은 이혼을 당하는 것이 당시의 관습이었다. 당시 좌의정은 신풍부원군 장유였다. 그의 외아들의 아내도 강화도로 피난하였다가 청군의 포로로 심양으로 끌려갔다가 돌아온 환향녀였다. 장유는 정절을 잃은 며느리에게 제사를 맡길 수 없고, 대를 잇는 자식을 낳게 할 수 없다는 이유로 예조에 이혼을 허락해줄 것을 청했다. 당시 양반가의 이혼은 왕의 허락을 받아야 했다. 왕과 조정은 이혼을 허락할 수는 없었다. 이혼을 허락하면 포로생활을 끝내고 돌아온 수많은 여자들에게 죽으라는 것이나 같았다. 그렇다고 사대부의 집안에서 정절을 잃은 여인을 인정하는 것은 가문이 망하는 일이었다.

환향녀는 사회적으로 커다란 문제가 되었다. 환향녀들을 데리고 온 최명길은 뭔가 대책을 세워야겠다고 생각하며 임금에게 청하였다.

"전하께 아뢰나이다. 환향녀들이 비록 절개를 잃고 몸을 망쳤다고 해도, 이는 스스로 음행한 것이 아니옵니다. 극심한 전란 때문에 적지에 인질로 잡혀간 데서 비롯된 일이라 사료되옵니다. 신이 차마 입에 담기 송구하오나, 나라가 힘이 있었던들 어찌 이 같은 일이 있었겠나이까."

인조는 한숨만 내쉬었다. 최명길의 제안을 받아들인 인조는 궁색한 교지를 내린다.

"도성과 경기도는 한강, 강원도는 소양강, 충청도는 금강, 황해도는 예성강, 평안도는 대동강을 회절(절개를 되찾는)강으로 삼는다. 환향녀들은 절개를 되찾는 정성으로 이들 강물에 몸과 마음을 깨끗이 씻고 각자 집으로 돌아가도록 하라. 만일 회절강에서 몸을 씻고 절개를 되찾은 환향녀를 받아들이지 않는 자가 있다면 국법으로 다스릴 것이다."

사대부가에서는 할 수 없이 환향녀들을 받아들이기 시작했다. 그렇다고 해서 집으로 돌아간 환향녀들이 행복한 여생을 살지는 못했다. 거들떠보지도 않는 남편과 "죽어버리지 왜 돌아와서 눈앞에서 얼쩡대는 거야!" 라고 면박을 주며 구박해대는 시댁 식구들과 편안한 생활을 할 수는 없었다. 오죽했으면 환향녀가 화냥년으로 변해 음란한 여성을 지칭하는 욕이 되어 오늘날까지 쓰이고 있겠는가 말이다.

세계에서 가장 넓은 영토를 가졌던 몽골제국의 징기스칸 역시 아내를 지켜주지 못한 때가 있었다. 징기스칸이 젊은 테무친이었던 시절

이야기다. 그의 부인 부르테는 매르키트 부족에게 납치되었다가 9개월 만에 돌아와 아들 주치를 낳았다. 징기스칸은 언제나 주치를 자신의 큰 아들로 여겼다. 부르테는 환향녀였지만 죽을 때까지 징기스칸의 아내였다.

유목민인 몽골의 기마부대의 법은 매우 가혹했는데 살인하거나, 도둑질하거나, 이간질하거나, 간통하거나, 훔친 물건을 거래하면 무조건 사형에 처했다. 그러나 적에게 끌려가 정조를 잃은 것은 간통으로 생각하지 않았다.

6. 삼전도비를 통해 배우는 역사

대청황제공덕비(大淸皇帝功德碑)

청 태종은 조선 조정에 전쟁의 책임을 지라고 요구했다. 원래 전쟁에 패하면 모든 것을 잃게 마련이다. 청 태종은 인조의 항복을 받았던 곳에 비석을 세워, 청 태종의 위대함을 영원히 기념하라고 요구했다. 패전국 조선은 청나라의 승전비를 세워야 했다. 그것이 바로 삼전도비다.

조선 조정은 오랜 논의 끝에 대제학 이경석에게 비문을 짓게 하고, 당시의 명필인 참판 오준에게 글씨를 쓰게 했다. 두 사람은 오랑캐의 수장을 황제라 칭하고, 그의 은혜로 조선의 종묘사직이 유지되었다는 것, 백성들이 편하게 살게 된 것도 청 태종의 덕이라고 비석에 새겨 만세에 전해야 했다. 치욕스러운 문장을 짓는 일은 두고두고 가문의 수치가 될 일이었다. 실제로 이들은 삼전도비의 비문을 썼던 것을 평생의 치욕으로 여겼다.

삼전도비는 조선 역사의 치욕의 상징이다.

1894년 청일전쟁에서 패배한 청나라는 더 이상 조선에 간섭할 수 없었다. 1895년 고종은 "굴욕적인 비석을 보고 싶지 않다" 면서 삼전도비를 한강에 빠뜨리라고 했다. 1913년 일제는 조선사람들의 수치심을 자극하기 위해 이 비석을 건져 올렸다고 한다. 1945년 광복이 되자 지역 주민들이 다시 이 비석을 땅 속에 묻었다.

1963년에 홍수가 났는데 비석이 다시 발견되었다. 당시 문교부 문화재관리국(현 문화재청)은 송파나루터 동남쪽인 석촌동에 이 비석을 세워 놓았다. 1983년 서울시가 송파대로를 확장하면서 지금의 위치로 자리를 옮겼다. 후세 사람들에게 패배와 치욕의 사실(史實)을 그대로 보여 역사의 교훈이 되도록 비 일대에 500평 규모의 소공원을 조성하고, 그 해 5월 문을 열었다. 하지만 삼전도비의 관리자인 송파구청이나 송파문화원 홈페이지 어디에도 400년 가까이 서 있는 이 비석에 대한 안내가 전혀 없다.

치욕과 상처는 감춘다고 해서 없어지는 것이 아니다. 오히려 상처를 정확히 알고 치유해야 한다.

삼전도비에는 뭐라고 적혀 있을까?

〈삼전도비(대청황제공덕비) 비문 전문〉

대청 숭덕 원년 겨울 12월에 관온인성황제께서, 우리 편이 먼저 화의를 깨뜨렸기에 크게 노하시고 병위(위력적인 군대를 일으켜)로 임하시어 바로 동쪽을 치시니 감히 항거하는 자가 없었다. 이때 우리 임금께서는 남한산성에 계셨다. 마치 봄날 녹다 만 얼음을 밟는 것 같이 위태롭고 두려워하며 밝은 해를 50일이나 기다리셨다.

동남쪽에서 여러 군사가 잇따라 패해 무너지고, 서북쪽 장수들은 산골

짜기에 틀어박혀 한 걸음도 나오지 못하였다. 성안의 양식도 떨어져 갔다. 이러한 때에 황제께서 대군으로 성에 육박하시니, 마치 서릿발 같은 바람이 가을 대나무 껍질을 휘몰아 가는 것 같고, 화로의 이글거리는 불이 조그만 새털을 태워 버리는 것 같았다.

그러나 황제께서는 죽이지 않는 것으로 병위를 보이시고 오직 덕을 펴시는 것을 앞세우셨다. 그리하여 곧 칙유(황제의 말씀)를 내리시어,

"오라. 짐은 너를 온전하게 할 것이다" 하셨고, 용, 마(용골대와 마부태) 등 여러 대장들이 황제의 명에 따라 길에 가득 차 있었다. 이때 우리 임금께서 문무 모든 신하들을 모아 놓으시고,

"내가 대국에 화호(和好, 서로 친함)를 의탁한 지 10년인데 이제 이 지경에 이르렀다. 이것은 내가 어둡고 미혹하기 때문에 스스로 천토(天討, 하늘의 징벌)를 재촉하여 만백성이 어육이 되게 한 것이니, 죄는 나 한 사람에게 있다. 그런데 황제께서는 차마 죄인을 도륙하지 않으시고 이와 같이 타이르심을 받들어, 위로 우리 종묘사직을 안전하게 하고 아래로 우리 생령들을 보호하지 않으리오" 하셨다. 대신들이 찬성하여 마침내 임금께서는 수십 기를 거느리시고 군전에서 죄를 청하였는데, 황제께서는 예로써 우우(優遇, 따뜻이 맞이함)하시고 은혜로써 가까이 하시어, 한 번 보고 심복으로 허락하셨으며, 물품을 하사하는 은택이 신하들에까지 고루 미쳤다.

예가 끝나자 황제께서는 곧 우리 임금을 한양으로 돌아가게 하시고, 그 자리에서 남쪽으로 내려간 군사를 부르시어 서쪽으로 돌아가게 하셨으며, 백성을 무마하시고 농사를 권장하시니, 멀고 가까운 곳에 새떼처럼 흩어졌던 사람들이 모두 돌아와서 우리나라의 수천리 산하가 이전과 같이 되었다. 돌이켜보면 소방(작은 나라 조선)이 상국에 죄지은 지 오래

〈삼전도비 (대청황제공덕비)−서울시 송파구 석촌동〉

이 비문은 앞면에는 한문, 뒷면에는 만주문·몽골문으로 번역되어 3개국 문자가 들어 있는 독특한 비석이다.

되었다. 기미년의 전쟁에 도원수 강홍립이 명나라를 돕다가 패하여 사로잡혔는데, 태조 무황제께서는 다만 홍립 등 몇 사람만 머물러 있게 하고 그 나머지는 모두 석방하여 돌려보내셨으니 그 은혜가 한없이 컸다. 그런데도 소방은 미혹하여 깨달을 줄 모르다가 정묘년에 지금의 황제께서 동정을 명하시자 우리 임금과 신하는 섬으로 피해 들어가서 화평을 청했다. 황제께서는 이를 허락하시고 형제의 나라와 같이 보시어 강토를 복원하시고 강홍립 또한 돌아왔다.

이로부터 예우가 변치 않으시어 관개(冠蓋, 높은 벼슬아치가 타는 지붕이 있는 화려한 수레)가 서로 오고갔는데, 불행히 근거 없는 논의가 일어나서 소란꾸미기를 선동함으로 소방이 변방의 신하들을 선칙(조선에서 먼저 청나라를 칠 준비를 하라는 밀명을 내렸다는 뜻)하였으되, 불손한 말이 계속 돌아다녔다. 그 문서를 상국의 사신이 얻었으나 황제께서는 오히려 관대하게 용서하시어 즉시 군사를 가하지 않으시고, 먼저 명지(明旨, 황제의 뜻)를 내려 나라에 출정할 시기를 효유(曉諭, 알아듣게 타이름)하셨는데, 이리 핑계 저리 핑계 할 뿐 아니라, 군사를 일으키지 않다가 몸소 명령을 받고 끝내 모면하지 못하였으니, 소방 군신의 죄가 더욱 모면할 길이 없게 되었다.

황제께서 대병으로 남한산성을 포위하시고 다시 일부 군대에 명하시어 먼저 강도를 함락시켜 궁빈, 왕자와 경사의 가족들까지 다 포로로 하셨으나, 황제께서는 여러 장수들을 경계하시어 소란 떨거나 해치지 못하게 하시고, 종관과 내시로 하여금 간호하게 하셨다. 또 크게 은전을 내리시어 소방의 군신과 포로된 권속들을 옛 집으로 돌려보내셨다.

서리와 눈은 따뜻한 봄으로 변하고, 가뭄은 단비가 되었으며, 망한 것이 다시 살아나고, 끊어진 것이 다시 이어졌다. 동토 수천리가 고루 생성의 혜택을 입었으니, 이는 실로 만고의 기록에 드문 일이다.

한수 상류 삼전도의 남쪽은 곧 황제께서 머물러 계시던 곳이라 단과 뜰이 있는데, 우리 임금께서 수부에 명하시어 그 단을 더욱 높고 크게 하시고, 또 돌을 깎아 비석을 세워서, 황제의 공덕을 드날리어 영원히 전하게 하셨다. 참으로 천지자연과 함께 함이니, 어찌 우리 소방만이 대대로 영원히 의지하랴. 또한 대조의 인을 행하고 무를 올바르게 다스리면 아무리 먼 곳에 있던 자라도 귀순하지 않는 자가 없으리니, 그것은 다 이에 기인하는 것이다.

하늘과 땅의 큼을 본뜨고, 해와 달의 밝음을 그린다 하더라도, 그 만의 하나라도 방불케 하기에는 모자랄 것이나 삼가 그 대략을 실을 뿐이다.

나라에 충성하는 길은 어디에 있을까?

나라를 아끼고 사랑하는 방법이 꼭 한 가지일 수만은 없다. 여기서 잠깐 최명길과 김상헌을 살펴보자. 이들은 화친파와 척화파의 대표였다.

병자호란에 화친을 주장했던 최명길과 척화를 주장했던 김상헌은 똑같이 청나라로부터 시달림을 받았다.

45일간의 전쟁이 끝나고 최명길은 서울로 돌아와 우의정과 좌의정을 지냈다. 최명길은 청나라에 외교 사절로 드나들면서 전후 처리를 위한 협상을 진행하였다. 척화파였던 김상헌은 청나라 심양(瀋陽)의 옥에 갇혀 있었다.

1642년(인조 20년) 명나라 사람 홍승주가 청나라에 항복하였다. 그는 조선이 명나라의 잔당과 내통하고 있다는 것을 청나라에 고발했다. 최명길은 자기가 임경업과 함께 개인적인 이유로 명나라에 사람을 보낸 일이 있을 뿐, 임금과 다른 신하들은 모르는 일이라고 주장했다. 최명길도 청나라 감옥에 갇혔다. 그곳에는 김상헌이 이미 갇혀 있었다.

타국의 감옥에서 만난 두 사람은 서로를 좋아했다. 둘은 서로 다른 입장에 서 있었지만, 서로가 나라를 위한 마음은 같았다는 것을 깨닫고 서로를 칭송하는 시를 주고받았다. 김상헌이 먼저 읊었다.

좇아가 찾아보니 이 세상과 저 세상 모두 좋구나.
백년의 의심이 순간에 풀리는도다.
從尋兩世好(종심양세호)
頓釋百年疑(돈석백년의)

최명길도 시 한 수를 바쳐 김상헌을 칭송하였다.

그대의 마음은 돌 같아서 끝내 되돌릴 수 없지만,
내 마음은 둥근 고리 같아 따라 돌기만 하노라.
君心如石終難轉(군심여석종난전)
吾道如環信所隋(오도여환신소수)

드디어 두 사람이 풀려날 때였다. 청 황제가 있는 쪽을 향해 절을 하라고 요구받은 두 사람의 행동이 크게 달랐다. 최명길은 곧바로 절을 했고, 김상헌은 허리가 아파 할 수 없다며 절을 하지 않았다.

유학이 국가의 이념인 조선에게 삼전도의 치욕은 단순히 전쟁에서 패한 것에 그치는 일이 아니었다. 마찬가지로 상국으로 받들던 명나라를 배신하고 청나라와 군신 관계를 맺었기 때문이다. 유교적 가치기준으로 보면 충신은 두 임금을 섬기지 않는다. 전쟁에 패해 어쩔 수 없었다고 정당화할 수도 없었다. 나라가 멸망하더라도 유교적 이념을 포기하면 안 되는 것이었다. 그것이 유교의 윤리였다.

거꾸로 말하면 조선의 왕이 상국을 바꾼 것은 조선의 백성이 두 왕을 섬기는 것과 같은 이치였다. 조선 성리학의 입장에서 보면 삼전도의 치욕은 조선의 근간을 뒤흔든 엄청난 사건이었다.

명, 청 교체기에 광해군의 이중외교가 인조반정의 명분이 되었던 것도 이런 이유에서였다. 남한산성에서 식량이 떨어져 어쩔 수 없는 상황에서도 화친론과 척화론이 끝까지 대립했던 이유도 마찬가지다. 그래서 화친론과 척화론 모두 나라를 위한 충성심에서 비롯되었다고 평가하는 것이다.

무엇보다도 올바른 나라사랑의 길은 국력을 키우는 일이다. 나라가 약하면 화친론도 척화론도 모두 소용이 없다. 두 번의 호란도 나라의 힘이 없어 할 수 없이 화친하게 된 것 아닌가? 국력이 강하면 선택의 폭이 그만큼 넓어진다. 나라가 강하면 아예 넘보고 쳐들어오는 적도 없다. 나라 사랑의 길은 곧 나라를 부강하게 만드는 일이다.

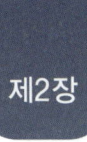

제2장

여우사냥

1. 대원군과 명성황후의 권력싸움

킹 메이커 이하응 대원군이 되다

흥선대원군 이하응(李昰應)은 1820년 남연군 이구의 아들로 태어났다. 그는 어려서부터 총명했으나 일찍 부모를 여의고 고난의 세월을 보냈다. 조선은 워낙 왕권보다는 신하들, 양반 계층의 권력이 큰 나라였다. 당시엔 그 정도가 더욱 심해져 세도정치라 부를 만큼 사대부의 힘이 셌다. 왕가의 종실이라 해도 좀 똑똑하다 싶으면 언제 변을 당할지 모를 정도였다. 그는 목숨을 보존하기 위해 건달 파락호 같은 생활을 했다. 행색은 초라하고 선술집에서 행패를 일삼고, 기녀들 속에서 살았다. 그가 그렇게 세월을 보낸 것은 권력을 잡고 있는 세도정치가들의 눈길을 끌지 않기 위해서였다. 당시에 권력을 쥐고 있던 안동김씨들은 혹시라도 정권에 욕심을 내는 종친이 있다면 가차 없이 제거했다.

남이 알아챌까봐 몰래 야망을 키우던 흥선군이 충청도를 여행하다 예산의 가야사를 지날 때였다. 풍수쟁이가 "가야사의 탑을 세운 자리가 천하 명당입니다. 무덤을 쓰면 집안에서 반드시 왕이 나올 자리입니다"라고 하는 말을 듣고 곧바로 상경해 전 재산을 팔아 1만 냥을 넘게 만들었다. 그 돈을 들고 예산으로 내려간 홍선군은 가야사 주변의 땅을 사들여 절을 옮기게 했다. 홍선군은 가야사 터로 아버지 남연군의 묘를 이장했다.

대원군의 나이 40대가 넘어서 드디어 기회가 찾아왔다. 강화도령 철종이 30대 초반에 죽었다. 왕실의 어른인 헌종의 어머니 신정왕후 조씨가 대왕대비로서 비상대권을 잡았다. 조대비는 홍선군의 둘째아들 명복(命福)을 왕으로 지명했다. 이하응의 충성심을 믿은 조대비의 선택이었다. 이는 순원왕후가 은언군의 손자 '강화도령'을 철종으로 세운 전례를 따른 것이었다. 하지만 조대비는 늑대를 몰아내고 호랑이를 불러들인 꼴이 되고 말았다.

12살의 명복이 왕위에 오르니 조선의 마지막 임금, 대한제국의 첫 황제인 고종황제이다. 고종을 왕으로 만든 것은 그의 아버지 홍선군이었다. 홍선군은 임금의 아버지 대원군이 되어 실질적인 권력을 장악하였다.

홍선 대원군은 정권을 잡자마자 재빨리 세도정치의 본산인 안동김씨를 밀어내고 개혁을 단행했다. 그는 당파와 신분을 막론하고 인재를 등용하고 양반계급에 대한 도전을 시작했다. 상민에게만 부과되던 호포세를 양반에게까지 물게 했고, 붕당의 근원인 각 지역의 서원을 철폐하였다. 백성들은 환영했지만 양반과 유생들은 분노했다.

대원군은 양반들을 누르고 왕권을 강화하기 위해 경복궁을 재건하면서 당백전을 발행하였다. 과다하게 발행한 당백전은 화폐 가치를 떨어뜨리면서 경제의 혼란을 불렀다.

대원군의 실책은 당백전만이 아니었다. 그는 19세기 말의 세계정세를 읽어내는 안목이 없었다. 밀려드는 외세의 도전에 제대로 대응할 수 없었던 대원군이 편 정책은 쇄국이었다. 지금까지 살아온 것처럼 나라의 문을 꼭 닫고 우리끼리 살면 된다는 단순한 생각이었다. 서양 에서 건너온 천주교를 탄압했고 외국의 통상 요구도 받아들이지 않았 다. 그는 천주교 뒤에 서구 열강이 있다는 사실을 가볍게 보았다.

1866년 대원군은 9명의 프랑스 선교사와 수천 명의 천주교 신자들 을 처형했다. 그에 대한 반발로 프랑스는 강화도를 공격해 각종 문화 재를 약탈한 병인양요를 일으켰다. 5년 뒤인 1871년 미군 군함 5척이 강화도로 쳐들어온 신미양요가 일어났다. 대원군은 이 두 양요에서 승 리했고 서구 열강의 힘을 더욱 얕잡아 보게 되었다.

게다가 독일 상인 오페르트가 남연군의 묘를 도굴한 사건이 발생하 자 대원군은 나라를 굳게 닫고, 척화교서를 반포하였다. 종로와 전국 각지에 세운 척화비에는 "서양오랑캐가 침범함에 싸우지 않으면 화의 하는 것이다. 화의를 주장함은 매국이니 우리의 자손만대에 경계하노 라(洋夷侵犯 非戰則和 主和賣國, 戒我萬年子孫, 양이침범 비전즉화 주화 매국 계아만년자손)"라고 적혀 있다.

가난한 고아가 왕비가 되다

명성황후((明成皇后, 1851~1895, 실제로 명성황후라 불린 것은 그녀가 죽고 난 뒤 개국한 대한제국 이후였다)는 1851년 여흥 민씨 민치록의 외 동딸로 태어났다. 그것도 정실이 아닌 후처의 소생이었는데 8살 때 아 버지를 여의고 외롭고 가난하게 컸다. 어머니까지 왕비간택(1866년) 이전에 돌아가시고 말았다. 불우했던 그녀는 눈치도 빠르고 세상을 읽 어낼 줄도 알았다.

고종의 어머니 민씨와는 먼 친척이었던 그녀는 시어머니에 의해 왕비간택에 나서게 되었다. 대원군이 그녀를 선택한 이유는 처가의 친척에다 보잘것없는 집안출신이기 때문이었다. 60년 넘는 동안 외척인 안동김씨의 세도정치를 경험한 조선의 왕가는 가난한 고아를 선택하였다. 그녀의 나이 16세였다.

명성황후는 남편인 왕과 시부모에게 정성을 다했다. 고종은 여색을 좋아했다. 나이 어린 왕비는 점점 질투하게 되었다. 그러던 중에 궁인 이씨에게서 왕자가 태어났다. 대원군마저 그 아이를 완화궁(完和宮)이라 부르며 몹시 사랑했다.

고종 8년(1871) 명성황후는 드디어 아들을 낳았다. 그러나 곧 죽고 말았다. 전하는 말로는 생후 사흘이 되도록 아이가 대변을 보지 못하자 시아버지 대원군이 산삼을 구해 주었다고 한다. 왕비는 대원군이 준 산삼 때문에 아기가 죽었다고 생각하였고, 그 일로 시아버지 대원군과는 돌이킬 수 없을 만큼 사이가 나빠졌다.

명성황후가 정치에 관여하게 된 것은 첫 아들이 죽고 난 뒤였다. 명성황후는 대원군과 맞서기 위해 자신의 정치세력을 만들었다. 친정인 민씨 일족과 고종을 왕이 되게 해주고도 정계에 진출하지 못하고 있던 조대비 일족은 쉽게 명성황후 편에 섰다. 대원군에게 권력을 빼앗겼던 안동김씨 문중과도 선을 대었다. 고종의 형인 이재면을 통해 대원군 쪽의 기밀을 캐내고, 흥선 대원군의 친형 이최응도 자기편에 끌어들였다. 그들은 모두 흥선 대원군에게 홀대받던 불만세력이었다. 서원철폐와 호포세 등으로 대원군의 개혁에 반감을 가진 유림들까지 자기편으로 끌어들인 명성황후는 드디어 칼을 뽑았다. 고종 10년인 1873년 명성황후가 면암 최익현을 부추겨 대원군 탄핵상소를 올리게 하면서 시아버지와 며느리 사이의 전쟁이 시작되었다.

당시 고종의 나이 22세, 성인이 된 왕은 친정(親政)을 선포하였다. 명성황후는 대궐 문을 걸어 잠그고, 대원군의 입궐을 막았다. 명성황후는 민씨 일족을 정부 요직에 앉히고 민씨 외척(外戚) 정권을 세웠다. 대원군은 자신이 선택한 며느리 명성황후에게 당할 줄은 정말 몰랐다. 그러나 여기서 물러날 대원군이 아니었다.

정적이 된 시아버지와 며느리

처음에 병풍 뒤에서 조언만 하던 명성황후는 고종과 나란히 정사를 주도해 나갔다. 명성황후와 시아버지 흥선 대원군은 이미 서로 용서할 수 없는 정적이었다.

조선의 정치는 명성황후와 대원군의 권력투쟁으로 하루도 조용할 날이 없었다. 명성황후는 임오군란 때 죽을 뻔하기도 했다. 갑신정변과 청일전쟁 직후 잠깐을 빼면 20년 간의 조선의 실권은 명성황후에게 있었다.

명성황후는 자신이 집권하는데 도움을 주었던 유림에게 보답하기 위해 대원군이 폐쇄령을 내려 철폐했던 서원을 부활시켰다. 유림들은 다시 백성을 착취하기 시작했다. 양반에 대한 호포세도 다시 면제했고 국가의 재정수입은 확 줄어들었다. 나라 사정은 점점 더 어려워져만 갔다.

1875년의 운요호사건(雲揚號事件)을 시작으로 세계열강의 각축이 시작되었다. 나라 안에서는 개화파와 수구파로 나뉘어 국론이 분열되기 시작했다.

1876년 고종은 일본과 강화도조약(江華島條約: 병자수호조약(丙子修

護條約))을 맺어 문호를 개방하였다. 일본의 선진 문물을 익히기 위해 신사유람단(紳士遊覽團)을 파견하고 신식 군대인 별기군(別技軍)을 창설하였다.

이에 대한 반동으로 1882년 임오군란(壬午軍亂)이 일어났다. 임오군란은 차별대우에 항의하는 구식 군대가 일으켰다. 대원군은 하야한 지 8년 만에 다시 권력을 잡게 되었다. 군졸들은 명성황후를 잡으려고 혈안이 되었다. 대원군은 먼저 명성황후의 국상을 발표하였다. 군졸들의 난동을 중지시키기 위해서였다. 그리고 실종된 명성황후가 설령 살아있더라도 다시는 정치에 대한 미련을 갖지 않게 하려는 계산도 했던 것 같다.

명성황후도 쉽사리 물러날 사람이 아니었다. 충주로 도주한 명성황후는 비밀리에 고종에게 자기가 살아 있음을 알렸다. 명성황후는 궁으로 돌아가기 위해 청의 이홍장(李鴻章)에게 대원군을 납치해 청나라에 억류해달라고 부탁했다. 이홍장은 부탁을 들어주었고, 대원군은 청에서 4년 동안 억류되어 있었다.

조선 조정에 입김이 세진 청은 사사건건 내정에 간섭했다. 급진 개혁파 김옥균, 박영효, 홍영식 등은 일본의 지원을 받아 갑신정변을 일으켰지만, '3일 천하'에 그치고 말았다.

1894년 동학농민운동은 흥선 대원군에게 다시 권력을 잡게 해주었다. 김홍집 내각을 출범시키고 갑오경장을 단행했지만 대원군은 더 이상 예전과 같은 힘을 발휘할 수는 없었다.

대원군에게 밀려난 명성황후는 러시아 공사 베베르와 손잡고 친 러시아 내각을 구성한다. 이에 위협을 느낀 일본은 고종 32년(1895) 미우라 공사의 주도로 낭인들을 시켜 천인공노할 범죄를 음모하게 되었다.

2. 여우사냥이 시작되다

일본의 장애물 명성황후

청일전쟁에서 승리한 일본은 청나라로부터 요동 땅과 대만 등지를 할양받았다. 러시아는 1891년부터 동맹국 프랑스의 금융지원을 받아 시베리아철도를 부설하고 있었다. 일본이 청일전쟁의 보상으로 요동 반도를 점령하자, 시베리아철도를 부설하고 중국대륙을 침략하려던 러시아의 계획에 차질이 생겼다. 러시아는 철도가 완성될 때까지는 절대로 만주를 일본에 넘겨주어서는 안 된다고 판단하고 프랑스와 독일을 끌어들여 일본에 이른바 3국간섭(三國干涉)을 단행했다.

"요동반도를 청나라에 돌려주라."

일본은 러시아와 독일, 프랑스 3국의 간섭에 밀려서 요동반도를 토해낼 처지가 되었다. 일본은 영국과 미국에 지원을 요청했으나 거절당하여 요동반도를 돌려 줄 수밖에 없었다.

명성황후는 이러한 국제 정세의 흐름을 놓치지 않았다.

러시아가 삼국간섭을 통해 일본을 누르자 명성황후는 청나라 대신 러시아와 손을 잡았다. 명성황후는 국제적 역학관계를 잘 이용하면 난국을 헤쳐 나갈 수 있을 것 같았다. 명성황후는 대원군이 세운 친일 내각을 몰아내고 이범진(李範晋)·이완용(李完用) 등의 친러내각을 구성하였다.

주한일본공사 이노우에 카오루(井上馨)가 조선정부에 증여하기로 약속한 300만 원을 미루고 있었기 때문에 조정 내에는 반일감정이 일어나고 있었다. 수세에 몰린 일본은 극단적인 방법을 사용하기로 계획했다.

일본은 주한일본공사 이노우에를 본국으로 소환하고 대신 무인 출신 미우라 고로(三浦梧樓)를 새로 파견한다. 예비역 육군 중장인 미우라는 담력이 크고 무기를 잘 다뤄 실전에도 능한 군인이었다. 조선에 부임한 미우라는 명성왕후가 있는 한 조선에서 친일내각을 세울 수 없다는 것을 알았다. 그는 '염불공사'라는 조롱에도 아랑곳하지 않고 공관에서 나오지 않았다. 사실은 뭔가 음모를 꾸미고 있었기 때문이었다.

명성왕후는 러시아를 끌어들여 일본의 조선침략 정책을 막아내는 외교 솜씨를 발휘하고 있었다. 명성황후는 친일내각이 만든 신제도를 구제도로 복구하려 했다. 일본인 교관이 훈련시킨 2개 대대의 군대도 해산시킬 참이었다.

청일전쟁에서 이기고도 그 열매를 러시아에게 빼앗긴 일본은 조선에서 입지를 강화하려 했다. 명성황후가 있는 한, 일본이 조선의 내각에 힘을 발휘할 수는 없었다. 명성황후는 일본에게는 장애물일 뿐이었다. 위기를 느낀 일본은 명성황후를 제거해야 한다는 결론을 내렸다.

여우사냥은 빠를수록 좋다

일본은 명성황후를 죽여 없애기로 작정했다. 일본 정부는 이 엄청난 거사를 실행하기에는 민간인 이노우에 공사보다는, 작전수행능력을 갖춘 무장출신이 낫다고 판단했다. 이노우에는 이토 히로부미(伊藤博文)의 심복이자 일본 정계에 막강한 영향력을 가지고 있었다. 그런 그가 대륙진출이라는 거대한 국책사업에서 쉽게 이탈할 사람이 아니었다. 이노우에는 자신의 후임으로 고향이 같은 미우라 고로를 추천했다.

미우라는 부임하자마자 명성황후 시해 계획을 세웠다. 공사관 1등 서기관 스기무라 후카시, 궁내부 고문관 오카모토 류노스케, 한성신보사 사장 아다치 겐조 등과 함께 명성황후 시해를 계획하고 주도한 주범들이었다.

미우라는 8월 14일, 우선 한성신보사 사장 아다치를 공사관으로 불러들였다. 그는 전 조선공사 이노우에의 후원으로 한성신보사를 통해 조선 내의 친일 여론을 유도하면서 때를 기다리고 있었다. 미우라는 아다치에게 명성황후 시해 계획을 털어놓았다. 아다치는 자신에게 기회가 왔음을 직감적으로 알았다.

"조만간에 여우사냥을 하게 되오. 이미 계획서까지 준비되어 있소."

아다치는 이때 공을 세워야 한다고 생각했다.

"여우를 사냥할 거라면 빠를수록 좋을 겁니다."

미우라는 그 자리에서 6,000원(圓)의 돈을 건네주면서 아다치에게 황후시해의 사전준비를 맡겼다.

아다치 밑에는 한성신보사의 주필인 쿠니도모, 미국 하버드 대학에서 경제학을 전공한 시바 시로와 같은 엘리트 지식인들이 있었다. 그리고 호사키, 다케다 등과 같은 낭인들도 수십 명 있었다. 명성황후 시해사건의 행동대원들은 자신들의 조국 일본의 대륙침략을 위해서라면 무슨 일이라도 할 각오로 뭉친 극우분자들이었다. 아다치는 조선의 궁내부 고문으로 있는 오카모토 류노스케와도 선이 닿았다.

오카모토는 일찍부터 문무가 출중한 신동이었다. 오카모토는 일본군 포병소좌 출신이었다. 그는 쿠데타를 주도했다가 사형을 선고받고 복역 중이었다. 사형집행만 기다리던 오카모토에게 목숨을 건질 기회가 주어졌다. 일본의 외무대신 무쓰는 어차피 죽을 오카모토를 써먹어야겠다고 결심했다. 그는 옥중에 있는 오카모토를 중증 폐병환자인 것처럼 꾸며 가석방시켰다. 그 뒤 조선으로 보내 조선정부의 궁내부 고문의 자리를 맡게 하였다. 사형수가 갑자기 조선의 궁내부 고문이 되다니! 모종의 음모가 이미 준비되고 있었다. 오카모토는 단순한 관리가 아니라 사형을 사면받는 조건으로 비밀 임무를 띠고 온 사람이었다. 육군 중장 출신의 미우라 공사, 포병소좌 출신의 오카모토, 낭인동원책인 민간인 아다치, 이들의 비밀음모는 차츰 실행되고 있었다.

미우라는 남산에 있는 일본공사관에 틀어박혀 불상 앞에 앉은 채 염불만 외고 있었다. 조선의 관료들은 그를 염불공사라고 부르며 얕잡아보았다. 어떻게 미우라가 염불만 외고 있었겠는가? 세계 열강들이 모두 조선에 진출해 대사관을 열고 있던 때였다. 그 속에서 섬나라 일본은 대륙진출의 교두보를 조선에서 찾으려고 혈안이 되어 있었다. 러시아는 남하정책을 쓰면서 조선과 친밀하게 지내며 친러정권의 특혜를 받고 있었다. 미우라는 무엇보다 러시아를 비롯해 열강 공사들의 동정에 촉각을 곤두세웠다. 그는 황후에 대한 정보를 수집하고 황후를 제거할 방법을 열심히 연구했다.

미우라는 3성 장군 출신답게 치밀한 계획을 세우기 시작했다. 미우라의 지시를 받은 오카모토의 계책도 철저했다. 그들의 계략은 일본은 뒤에 숨어 철저히 위장해야 한다는 것이 주 내용이었다. 명성황후를 시해하려면 대원군을 전면에 내세워야 한다는 것이었다. 그래야 조선 왕가의 권력다툼으로 위장할 수 있었다. 그리고 모두 조선인에 의해서 저질러져야 했다. 그렇게만 된다면 일본이 획책한 것이 아니라 조선의 권력 내부의 충돌로 보이게 될 것이었다.

오카모토는 거사를 앞두고 명성황후에 대한 불만세력을 찾았다. 그는 명성황후가 해산시키려고 하는 3개 훈련대의 대대장들인 우범선(禹範善), 이두황(李斗璜), 이진호(李軫鎬)와 전 군부협판 이주회(李周會)를 쉽게 끌어들였다. 조선의 군대를 전면에 내세우면 비밀작전을 완벽하게 해치울 수 있게 될 것이었다. 오카모토는 일본군수비대와 일본인 거류지 담당 경찰관 및 친일조선인까지 총동원할 계획을 완벽하게 꾸며놓고 마침내 명성황후 시해의 첫 발을 내딛었다. 대원군을 찾는 일이었다.

오카모토는 공덕리(孔德里)의 별장 아소정(我笑亭)에 은거하고 있는 대원군을 은밀하게 찾아갔다. 당시 아소정은 명성황후 쪽의 감시를 받고 있었으므로 오카모토는 본국으로 돌아가는 길에 작별인사차 들린 것처럼 위장했다.

오카모토는 목소리를 낮춰 대원군에게 거사계획을 설명하고 대원군의 협력을 요청했다.

"대원위 합하! 우리에게 좋은 계획이 있습니다. 왕비만 없어진다면 어려운 조선의 정치가 훨씬 나아지지 않겠습니까? 대원위 합하가 도와주시면 가능할 것 같습니다만."

순간 대원군의 눈이 빛났다. 그러나 조건이 있었다.

첫째, 대원군은 궁중에 들어가 국왕을 보좌하고 궁중을 감독하되 정치에는 일체 관여하지 않는다. 둘째, 내각수반에 김홍집 등을 중심으로 한 개혁파를 기용하는 친일 정권을 수립한다. 셋째, 이재면, 김종한을 궁내부대신 및 협판에 임용한다. 넷째 대원군의 손자 이준용을 3년간 일본에 유학을 보낸다.

대원군은 네 가지 조건을 듣고 입을 열었다.

"대궐의 경비가 삼엄하고 민씨 일족이 경비대를 지휘하고 있는데, 어떻게 나를 입궐하게 할 수 있단 말인가?"

오카모토는 다 알아서 할 테니 걱정 말라며 대원군을 설득했고, 대원군에게 10월 20일 경에 거사할 것을 알렸다. 76세의 노인인 대원군은 며느리와의 싸움에서 이길 욕심으로 마침내 승낙서에 자필 서명을 하고 말았다.

대원군의 마음을 돌린 오카모토는 속으로 다 되었다고 생각하며 물러나와 곧바로 인천으로 향한다. 자신이 일본으로 돌아간 것처럼 위장하기 위해서였다. 그가 인천에 숨어 지내는 동안 서울에서 돌발사태가 발생한다.

명성황후의 지시를 받은 군부대신 안경수(安駉壽)가 미우라 공사를 찾아와 일본 교관이 조련한 조선훈련대를 해산하겠다고 통고한 것이었다. 미우라 공사는 무척 당황했다. 명성황후의 시해작전의 틀이 완전히 무너지게 생겼다. 훈련대가 해산되면 조선의 군대가 아니라 일본군이 직접 개입해야만 한다. 그것은 국제사회에서 질타를 받게 될 일이었다. 잘못하면 조선에서 완전히 일본의 입지를 잃을지도 몰랐다. 구체적인 거사에도 문제가 생길 것이었다. 조선의 병력이 없으면 대원군의 입궐이 불가능해지고, 따라서 명성황후의 시해작전은 수포로 돌아갈 터였다.

미우라 공사는 황급히 스기무라 서기관에게 명하여 인천에 있는 오카모토와 그 일당들을 급히 서울로 돌아오도록 했다. 미우라는 명성황후 시해 계획을 앞당겨야 한다는 것을 알았다. 시간이 없었다.

폭풍전야

훈련대는 그해 2월에 창설된 조선의 군대로 병력은 약 8백 명 정도였다. 훈련대는 조선의 군사들이면서도 일본군의 지휘를 받고 있었다. 교관들이 모두 일본군 중대장들이었기 때문이다. 명성황후는 친일세력인 훈련대를 믿지 않았다. 친일 세력이자 내무대신이었던 박영효(朴泳孝)는 훈련대에게 궁궐 수비를 맡기려 했다. 명성황후는 왕비암살 음모를 꾸몄다고 박영효를 체포하라는 명령을 내렸고, 이를 눈치챈 박영효는 일본으로 망명하였다. 훈련대는 철저하게 친일세력의 손아귀에 있었고, 황후는 그 사실을 잘 알고 있었다.

명성황후는 친일 군대인 훈련대를 장악하기 위해 임오군란 때 자신의 목숨을 구해준 홍계훈을 연대장에 임명했다. 혼자 힘으로는 훈련대를 장악할 수 없다고 판단한 홍계훈은 결국 황후에게 훈련대 해산을 건의하였다. 명성황후는 훈련대를 해산할 명분을 얻기 위해 경무청 순사들과 훈련대 병사들 사이에 충돌을 일으키도록 조처했다. 훈련대 병사들은 자신들을 제거하려는 황후에 대해 불만이 많았다. 제1대대장 이두황, 제2대대장 우범선 등 지휘관들도 친일본 세력이었다. 명성황후 편은 연대장 홍계훈뿐이었다.

미우라는 그런 훈련대 병사들이 폭동을 일으키게 해서 명성황후를 제거할 계획이었으나 미덥지 않아 초조했다. 그는 조선 병사들만으로는 실패할 가능성이 높다고 판단하고, 할 수 없이 일본군 수비대를 주력으로 동원하였다. 기회는 한 번 놓치면 언제 다시 올지 아무도 모른다. 미우라는 서둘렀다.

일본군 수비대 제2중대장 무라이 대위는 급히 조선군 훈련대로 달려갔다. 그는 대기중이던 대대장 이두황과 우범선에게 야간훈련 명분으로 병사들을 동원하라고 지시했다. 이들은 훈련대 총책임자인 연대장 홍계훈에게는 알리지도 않고, 훈련대 중대장 이범래, 남만리에게 지시를 전달했다.

홍계훈은 연대장이었지만 휘하 병력이 야간훈련에 동원되는 것을 전혀 모르고 있었다. 그는 연대 부관으로부터 병영을 지키는 1개 소대만 남기고 연대 병력이 야간훈련에 동원되었다는 보고를 받았을 때 어리둥절했다. 그는 고종으로부터 다음 날인 10월 8일자로 훈련대를 해산하라는 명령을 받아 놓고 있었다. 훈련대는 다음 날 아침이면 해산될 예정이었다. 홍계훈은 긴장했다.

자정이 넘었다. 완전무장한 일본군들이 일사불란하게 움직였다. 일본군은 장안의 곳곳에 배치되었다. 공덕리에서 출발한 대원군의 행렬은 아직 도착하지 않았다. 이제 모든 작전은 카운트 다운에 돌입했다. 준비는 끝났다. 경복궁으로 쳐들어갈 일만 남았다.

인천에서 급히 달려온 오카모토가 공덕리에 도착했다. 대원군의 호위를 맡은 이주회 등과 함께 새벽 3시경 오카모토는 대원군의 가마를 출발시켰다.

일본군의 작전명 '여우사냥'의 개시였다.

작전명 '여우사냥'

1895년 10월 7일 밤.

경복궁에서는 민씨 일족인 민영준이 궁내부 대신에 내정된 것을 축하하는 파티가 있었다. 민영준은 명성왕후의 친정인 여흥 민씨 가문의 중심인물이었다. 그는 청일전쟁이 일어났을 때 청나라에 망명했었다. 그는 정세가 친러로 돌면서 왕후의 부름을 받고 귀국하였다. 친청파 (親淸派)인 그가 정부 요직인 궁내부 대신으로 내정된 것도 그렇고, 왕후가 궁중에서 축하연을 벌인 것도 그렇고, 일본이 3국간섭을 받기 전에는 상상도 못할 일이었다. 3국간섭을 이끌어낸 러시아 세력을 등에 업은 명성황후는 일본을 너무 모르고 있었다.

파티가 끝나고 황후는 잠자리에 들었다. 바로 그 시간 궁 밖에서는 일본군들이 바삐 움직이고 있었다. 시시각각 다가오는 죽음의 그림자를 그녀는 전혀 알지 못했다. 그저 또 하루가 지나고 내일은 내일의 태양이 뜰 터였다. 그러나 명성황후는 더 이상 해가 뜨는 것을 보지 못했다.

10월 8일 새벽 5시.

초겨울의 새벽은 아직 밤이었다.

서대문에서 우범선, 이두황이 지휘하는 조선 훈련대와 합류한 일본인 자객들이 대원군을 앞세우고 광화문에 도착했다. 기다렸다는 듯이 총성이 울렸다. 시해작전의 시작을 알리는 신호탄이었다.

궁궐 가까이 매복해 있던 일본군 제10연대는 궁궐의 북서쪽인 추서문과 북동쪽인 추동문을 동시에 습격하였다. 동시에 일본인 낭인들이 경복궁의 담장을 뛰어넘었다. 훈련대 연대장 홍계훈은 사태파악을 제대로 할 새도 없었다. 군부대신 안경수가 시위대(侍衛隊, 궁 경호군대)를 이끌고 출동하였다. 이들은 안간힘을 쓰면서 광화문 앞에서 총격전을 벌였다. 일본군이 쏜 총탄에 홍계훈이 맞아 전사하자 안경수는 도망쳤다. 대원들도 제각기 흩어져 도망가는 바람에 광화문 저지선은 금방 무너지고 말았다.

대궐의 호위를 맡고 있는 부대는 민영익의 가신이었던 현흥택이 지휘하던 시위대였다. 시위대는 미국인 퇴역 장군 다이가 교관으로 초빙되어 훈련을 맡고 있었다. 궁궐이 습격을 받자, 시위대의 연대장 현흥택은 교관 윌리엄 다이(William Mcentyre Dye, 茶伊)장군에게 급히 비상사태를 알렸다. 궁궐 내의 시위대에는 비상경계령을 내렸다. 시위대에는 변변한 무기가 없었다. 시위대의 병력은 총 500명 정도였다. 그날 궁궐을 수비하던 병사들은 300명 가량 되었지만, 그 절반은 비무장 상태였다.

광화문에서 최초의 총성이 울린 것은 새벽 5시경, 현흥택은 총성이 들리자 시위대 병사들을 궁궐의 여러 문과 취약한 요소요소에 배치했다. 병사들의 배치가 끝나기도 전에 이번에는 궁궐의 여러 문 쪽에서도 요란한 총성이 울렸다. 일본군이 동시에 이곳저곳에서 한꺼번에 공격해 들어왔다. 현흥택은 다이 장군과 함께 침입자 일본군에게 필사적으로 저항했다.

어느새 광화문을 뚫고 들어온 일본군에게 고종과 세자가 포로가 되었다는 소식이 들려왔다. 시위대 병사들에게 전투를 중지하라는 고종의 명령이 내렸다. 죽을 각오로 일본군과 전투하던 시위대 병사들은 통곡을 하면서 주저앉았다. 일본군은 시위대의 무장을 해제했다. 시위대는 일본군의 포로가 되었다. 수비대장 현흥택도 일본군의 포로가 되었고 심한 구타를 당해야 했다. 일본군이 궁궐을 접수하는 데 채 한 시간도 걸리지 않았다.

경복궁을 무력침공한 일본군은 미친 개처럼 날뛰었다.

왕비를 찾아라

근정전을 지나 임금의 처소인 건천궁(乾淸宮)으로 진입한 일본군은 무례하고 난폭하게 국왕의 침전인 곤령합(坤寧閣)에 쳐들어갔다. 일본의 낭인들은 무단 침입에 호통을 치는 고종의 어깨에 손을 얹어 주저앉혔다. 국왕의 옷이 찢어졌다. 조선의 국왕은 자다 깬 채로 수모를 당해야 했다. 왕세자는 일본군 장교복장을 한 폭도에게 상투를 잡혔다. 장교는 손에 쥔 칼등으로 왕세자의 등을 후려쳤다. 왕세자는 기절하고 말았다. 고종은 공포로 하얗게 질렸다.

일본군은 고종과 왕세자를 장안당으로 옮겼다. 곤령합을 완전히 포위한 일본군은 이미 건청궁까지 포위했다. 궁궐의 모든 문에는 일본군이 2명씩 짝을 지어 보초를 섰다.

옥호루(玉壺樓) 앞에는 조선군 훈련대 복장을 한 일본군 40여 명이 무기를 내려놓고 도열해 있었다. 옥호루는 상궁나인들의 처소였다. 옥호루로 통하는 두 개의 문은 모두 봉쇄되었다. 오카모토는 옥호루의 남쪽 문으로 걸어갔다. 조선의 왕비가 죽는 것을 직접 눈으로 확인하기 위해서였다.

당시 궁궐의 전기기사는 러시아인 세레딘 사바틴(Середин-Саба тин)이었다. 사바틴은 하나도 빼놓지 않고 모든 장면을 생생히 목격하였다.

일본 낭인들과 일본군 소위 미야모토는 별동대를 이끌고 옥호루의 모든 방을 샅샅이 뒤졌다. 일본군이 철통같이 포위한 옥호루에서 낭인들은 궁녀들의 머리채를 잡고 질질 끌고 나와 마당에 내동댕이쳤다. 궁녀들은 비명을 지르고 통곡했다.

일본인 자객들은 왕후와 궁녀들이 있는 방 쪽으로 달려들었다. 궁내부대신 이경직이 방문 앞에서 팔을 벌리며 가로막았다.

"이 방에는 궁녀들 밖에 없소. 아무도 없단 말이오."

그 순간 미야모토는 칼을 뽑아 이경직의 한쪽 팔을 내리쳐 잘라버렸다.

"이놈들아. 이곳에는 아무도 없단 말이다."

다시 칼이 올라갔다. 그의 나머지 한쪽 팔마저 잘렸다. 그는 양팔에서 피가 분수처럼 솟구치는 중에도 몸통만으로 자객들에게 덤벼들었다. 이경직은 바닥에 쓰러져 곧 숨을 거두었다.

방문이 거칠게 열렸다. 저마다 칼을 쥐고 난입한 자객들이 소리쳤다.

"왕비가 어디 있느냐?"

"왕후께옵서는 이곳에 계시지 않습니다."

궁녀들이 겁에 질려 대답했다. 미야모토는 손에 쥔 황후의 사진을 궁녀들 얼굴에 대며 일일이 대조했다. 그곳에 황후의 얼굴이 있었다. 궁녀의 복장을 하고 있었지만 서늘한 눈매에 기품이 배어 있었다. 미야모토가 가까이 다가서자 왕후는 갑자기 복도로 뛰어나갔다. 황후는 뜰 아래까지 도망쳤지만 뒤쫓아간 미야모토에게 붙잡혀 넘어졌다.

미야모토는 쉬지 않고 황후의 가슴을 짓밟았다. 미야모토는 천천히 칼을 잡은 손을 하늘로 치켜들었다. 내리친 칼은 황후를 찔렀다. 미야모토는 멈추지 않고 거듭해서 황후를 찔렀다. 황후는 무참히 시해되었다. 나이 많은 상궁 하나가 수건을 꺼내 황후의 시신 곁으로 가서 얼른 얼굴을 덮어주었다.

일본인 폭도들은 황후의 시신을 불태웠다. 친위대의 부위 윤석우가 궁궐의 순시를 끝내고 돌아오던 길에 옥호루에 들렀을 때 시체가 타고 있는 것을 목격했다. 궁녀의 시체를 태우는 것이라는 말을 들은 윤석우는 걱정이 되어 우범선을 찾아갔다.

"시체가 다 타더라도 뼈가 남을 터인데, 궁궐 내에서 이런 민망한 일을 해서는 안 될 줄 압니다."

"그럼 시체가 다 타고 나면 그 일대를 깨끗이 청소하고, 덜 탄 찌꺼기가 나오거든 연못 속에 던져 버리도록 하라."

우범선이 연못에 버리라고 했지만, 윤석우는 건청궁 동쪽 숲속에 묻었다. 그것은 궁녀가 아니라 명성황후의 시신이었다. 그후 윤석우는

〈명성왕후 순국 숭모비 - 서울시 경복궁〉

조선의 국모인 명성왕후를 무참히 살해하는 세계사에 영원히 기록될 참혹한 악행을 저
질렀던 일본은 옥호루를 1929년에 허물어 버렸다.

1981년 11월이 되어서야 명성왕후의 순국을 애도하기 위하여 명성왕후 순국 숭모비 건
립위원회에서 명성왕후가 시해되었던 장소에 명성왕후 순국 숭모비를 건립하였다.

현재 문화재청에서 2006년 완공을 목표로 옥호루 복원공사를 진행하고 있다.

재판을 받고 사형되었으며 우범선은 일본으로 도망하였다.

국왕무사 왕비살해

궁궐에서 일본군의 만행이 벌어지고 있을 때 대원군이 광화문에 도
착했다. 대원군은 우범선이 이끄는 훈련대와 일본군의 호위를 받으며
경복궁으로 들어갔다. 대원군은 일본군의 꼭두각시가 되었을 뿐이었
다. 단지 대원군 자신만 몰랐다. 이때 발표된 대원군의 성명서를 보자.

"간신배들이 임금의 총명을 흐리게 하고 조정을 부패 문란케 해서 유

신대업(維新大業)을 그르치고 있다. 나는 나라가 위태로운 현상을 종친(宗親)으로서 좌시할 수 없어서 간신배 숙청에 착수했다. 임금을 모시고 사직을 튼튼히 하여 백성이 안심하고 잘 살 정치를 단행하겠으니 백성들은 동요치 말라. 만일 나의 의로운 일을 방해하는 자는 엄단할 것이다."

일본군의 호위로 대궐로 들어간 대원군은 고종을 협박했다.

"중전이 바로 왕실과 국사를 망치는 장본인입니다. 왕비를 폐하고 서인(庶人)으로 내치십시오."

고종은 대답하지 않았다. 고종이 대원군과 폐비(廢妃) 문제로 언쟁을 하고 있을 때, 황후는 이미 칼로 난자당해 시해되고 불태워졌으며 땅 속에 묻혀 있었다.

미우라는 공사관의 누각에서 포도주를 마시고 있었다. 스기무라 서기관과 통역관과 함께였다. 경복궁 쪽에서 총소리가 들렸다.

"작전이 시작되었군. 잘 되고 있겠지?"

그가 느긋하게 포도주를 음미하는 동안 고종이 보내온 시종이 급히 달려왔다.

"큰일 났사옵니다. 궁중에 난리가 일어났사오니 서둘러 입궐하라는 폐하의 명이오."

시종은 가쁜 숨을 몰아쉬며 말했다. 미우라는 태연하게 받았다.

"무슨 일이라도 있느냐?"

"경복궁에 괴한들이 난입하였나이다. 사람들이 많이 죽고 큰 불상사가 일어났나이다."

"곧 갈 것이니 그리 전해 올리거나."

미우라는 천천히 대답하였다. 천천히 포도주를 마저 다 마신 미우라는 여유 있게 입궐하였다. 미우라가 도착했을 때 고종은 망연자실한 모습으로 노인과 마주앉아 있었다. 미우라는 정중하게 입을 열었다.

"전하의 옥체에는 별고가 없나이까?"

노인이 미우라를 뚫어지게 쏘아보고 있었다.

미우라는 다 알면서도 모르는 척 무시하며 물었다.

"이 노인은 누구신가?"

"대원위 대감이십니다."

통역이 예의를 갖춰 대답했다. 미우라는 흐뭇했다. 미우라는 자신들의 뜻대로 움직여준 대원군에게 의례적인 인사를 했을 뿐이었다. 미우라는 일본을 제외한 다른 외국공사들이 고종에게 알현하는 것을 허락하지 않았다. 고종은 어쩔 수 없이 다른 외국공사들을 만나지 않겠다고 말할 수밖에 없었다.

그날 오전 9시 20분.

주한 일본공사관 수비대 소속 니이로 해군 소좌는 '극비(極秘)'라는 붉은 소인이 찍힌 전보를 보냈다. 전문(電文)의 수신자는 본국 대본영 육군참모부였다. '국왕무사 왕비살해(國王無事 王妃殺害)' 단 여덟 글자만 적혀 있었지만, '여우사냥'이 성공했음을 알리는 공식 보고서였다.

우리가 알고 있는 을미사변(乙未事變)의 전말이다. 그러나 명성황후 시해의 참극은 을미년에 일어난 작은 변란이 아니라, 나라의 운명이 바뀐 일대 국가비상사태였다.

교과서에서 배우는 을미사변

우리는 명성황후가 궁궐에 난입한 일본인 자객들의 칼에 의해 잔인하게 살해된 것을 역사교과서를 통해 알고 있다. 고등학교 국사 교과서에는 명성황후 시해사건과 관련해서 이렇게 간략하게 기술되어 있다.

"명성황후는 친러파와 연결하여 일본의 침략세력을 제거하려 했고, 이에 일본 침략자들은 명성황후를 시해한 을미사변을 일으켰다⋯⋯."

엄연히 주권 국가인 한 나라의 궁궐에서 외국군대가, 아니 그것도 낭인(浪人)이라 불리는 자객들이 그 나라의 왕비를 처참하게 죽이고 증거를 인멸하기 위하여 그 시신마저 불태워버린 사건! 일본의 이 만행은 아무리 제국주의시대라 하더라도 세계 어디에서도 그 유례를 찾아보기 힘든 파렴치하고 천인공노할 반인륜적인 만행이었다. 일본은 아직도 을미사변의 진실을 규명하기는커녕 아무런 공식적인 사과도 하지 않고 있다.

3. 그래도 해는 뜨고!

세상이 할 말을 잃은 아침

해가 밝아오고 아침이 되었다.

서양 각국의 공사들이 궁궐로 모여들었다. 이들은 고종을 알현하겠노라며 저마다 앞을 다투었지만 고종에게선 아무런 답이 없었다. 그들이 국왕 근처에는 가까이 가 보지도 못하고 있는데, 제4차 김홍집 내각으로 일컬어지는 친일내각의 명단이 공표되었다.

외국공사들은 아무도 새벽의 참극을 제대로 알 수 없었다.

"빨리 진상을 알아야 본국에 보고를 할 텐데."

공사들은 바삐 움직였다. 극동의 정세가 지난 새벽에 크게 변한 것 같은데 알 수가 없었다. 공식적으로는 어느 누구도 새벽의 참극에 대해 입을 열지 않았다. 그렇다고 해 아래 비밀이 있겠는가? 현장에 있던 러시아인 사바틴과 미국인 다이 장군은 일본군의 함구령에 입을 닫아야 할 이유가 없는 서양인들이었다. 이들은 지난 새벽 경복궁 안에서 무슨 일이 있었는지 낱낱이 폭로하였다. 외국공사들은 너무 놀라 입을 다물 수 없었다. 조선에 들어와 있던 외국 기자들은 바쁘게 기사를 써야 했다. 전 세계에 타전된 조선발 기사는 무자비한 일본의 용서할 수 없는 만행을 자세히 알게 해주었다. 충격적인 황후시해 사건이 전 세계에 알려지자 일본을 비판하는 세계 여론이 들끓기 시작했다.

러시아의 베베르(ВеберKИ) 공사를 비롯한 외국 공사들은 일본의 공사 미우라에게 진상을 확인해줄 것을 강력히 요구했다. 미우라는 아무것도 모르는 척 시치미를 뗐다. 그러나 경복궁의 참변 소식을 듣고 급히 궁으로 달려가 일본군과 일본의 낭인들이 궁 안에서 철수하는 장면을 목격했던 러시아 공사와 미국 공사는 물러서지 않았다.

미우라는 책임을 피할 길이 없게 되었다. 사건현장에 하필이면 서양인들이 있었던 것이다. 그들이 정확하게 목격한 것을 증언한 덕에 일본군 소위가 명성황후를 시해한 사건이 천하에 드러나게 되었다. 미우라는 조선의 훈련대와 시위대 사이에 충돌이 있었던 모양이라며 끝까지 잡아뗐지만, 서구 열강들은 일제히 일본을 비판하고 나섰다. 일본의 야만행위를 규탄하는 국제 여론이 빗발치자 일본은 당황했다.

급기야 일본 외무성 정무국장 고무라 슈타로를 단장으로 하는 진상조사단이 조선에 파견되었다. 일본의 진상조사단은 미우라가 독단적으로 저지른 사건이라고 발표했다. 일본 외무성은 미우라를 조선의 공사직에서 해임했다.

이와는 별도로 일본의 법무성에서도 조사단이 파견되었다. 안도 겐기치, 해군성에서는 이슈잉 소좌, 육군성에서는 후쿠시마 중좌 등이 한국에 건너왔다. 이들도 사건의 진상과 전모를 밝힌다며 요란을 떨었지만, 그들이 발표한 내용은 또 한번 세계를 우롱하는 것이었다.

"흥선 대원군 이하응이 조선 정부의 개혁을 시도하려고 일본인 낭인들에게 도움을 요청하여 저지른 사건이다. 일본공사는 관여한 바가 없다.”

일본의 사주를 받은 조정은 열흘이 지난 10월 18일에야 대책을 발표하였다. 김홍집 친일내각은 조선 정부의 군부고문 오카모토 류노스케, 시바 시로 등 일본인 낭인 30여 명에게 퇴한(退韓, 강제출국) 명령을 내렸다. 그리고 명성황후 시해사건을 주도한 주한 일본국 공사 미우라 휘하의 스기무라 서기관, 구스노세 중좌, 구니이타 통역관, 하기하라 경부 등의 4명을 본국으로 소환하도록 일본국에 요구했다.

미우라와 시해 사건 연루자 48명은 일본으로 소환되어 히로시마에서 재판을 받았다. 객관적인 현장 목격자가 있고 증거가 수도 없이 나왔는데도 살해범들은 석방되었다. ‘왕비를 살해한 점은 인정되나 증거가 없다’는 이유였다. 이들은 재판을 받기는 했으나 아무런 불이익도 당하지 않았다. 당연한 일이었다. 일본 정부의 비밀작전이었기 때문이다.

오히려 일본에서는 이들을 영웅으로 대접했다. 일본 국왕은 사절단을 보내어 범죄자들에게 훈장을 수여했다. 조선에서 재판받고 사형을 당한 조선인 이주회를 사당에 모시는 자들까지 생겼다.

그 후, 행동대의 핵심인물들은 승승장구하며 출세가도를 달렸다. 아다치 겐조는 낭인을 동원한 공로로 일본 내각의 내무상이 되었다. 시바 시로는 정치소설가로서 명성을 얻고 국회의원에 여러 번 당선되어 일본 정계를 주름잡았다. 그 외에도 살해범 대부분은 일본에서 요직에 앉거나 사회적인 부와 명예를 얻었다.

사건 100년째가 되는 1995년, 큐우슈우의 한 일본신사에서 일본도가 발견되었다. 당시 명성황후 시해 사건에 참여했던 낭인 후지 가쓰아키란 자가 명성황후를 시해할 때 사용한 그 도검의 칼집에는 '순식간에 여우를 해치우다' 라는 글자가 새겨져 있었다. 그 칼도 수많은 증거물들 가운데 하나였을 뿐이다. 그러나 일본 정부의 눈에는 증거가 될 수 없었다. 일본 정부는 살해범들을 처벌할 생각이 없었다. 명성황후를 시해한 잔학한 놈들은 우리에게는 원수지만, 그들의 눈에는 명령을 잘 따라준 고마운 애국자였을 뿐이었다.

항일의병이 일어서다

사건 이틀 뒤인 10월 10일 일본은 명성황후에 대해 격한 감정을 지니고 있던 대원군을 앞세워 명성황후를 폐위시켰다. 하지만 고종도 세자도 응하지 않았다. 대원군은 11일 '왕태자의 효성과 정리를 생각하여 폐서인 민씨에게 빈호를 특사한다' 는 정정조칙을 다시 내렸다. 폐서인 명성황후는 하루 만에 다시 신원되었다.

1897년 10월 12일 고종은 국호를 대한제국(大韓帝國)으로 고치고 연호를 광무(光武)라 정했다. 그리고 11월 22일 명성황후가 시해된 지 2년 2개월 만에 장례를 치렀다. 고종은 명성황후의 시호를 올리는 의식을 하던 중 눈물을 흘리며 이렇게 말했다.

"너무나 불측스러운 일이어서 만고에 유례가 없는 일이다. 원수를 갚지 못하고 지금에 이르렀으니 슬픔을 가눌 길이 없구나."

흥선 대원군의 집권은 오래 가지 못했다. 미우라 공사와 낭인들이 본국으로 송환되자 일본의 꼭두각시가 되어 놀아난 대원군도 물러나야 했다. 손자 준용은 곧바로 일본으로 망명했다. 광무 2년(1898년) 공덕리 별장에 내려가 있던 홍선 대원군은 79세로 세상을 떠났다. 고종 황제는 아버지 대원군의 장례식에 가지 않았다.

명성황후 시해 사건이 일반 백성들에게까지 알려졌다. 전국 각지에서 항일의병이 일어나 관군과 일본군에 대항하여 치열한 싸움을 전개했다. 이에 당황한 일본은 전국 각처로 주력 부대를 출동시켜 진압에 열을 올렸다. 의병은 좀체 사라지지 않았다.

명성황후 시해 사건 이후, 김홍집 친일내각은 조선을 개화시킨다며 단발령을 강제시행했다. 단발령의 강제시행 이후 의병은 더욱 격렬하게 일어났다. 단발령이 발효된 직후인 1896년 1월에서 2월 사이에는 전국적 규모로 나타났다. 의병은 대개 위정척사계열의 유생을 중심으로 일어났다.

그들은 갑오경장 이후 친일적인 법령을 시행하는 관찰사, 군수, 경무관, 순검(巡檢) 등을 처단하였다. 의병대는 일본군경의 토벌대를 적으로 생각했다. 그런데 일본을 몰아내자는 항일의병들은 관군과도 전투를 벌여야 했다.

제천의 유인석, 강릉의 민용호, 안동의 권세연, 홍주의 김복한, 이설 등이 대표적인 의병장이었다. 그 가운데 충청도 제천의 저명한 유학자 유인석의 눈부신 활약은 을미의병의 상징이라 할 수 있다. 그는 임금님이 머리를 자르신 것을 한탄하면서 격문을 발표하고, 제자 서상열, 이필희 등과 함께 의병을 일으켰다. 친일파인 단양군수 권숙과 청풍군수 서상기를 참형하고 충청도의 요새인 충주성 전투에서 관군과 일본군을 물리쳤다. 관찰사 김규식을 사로잡아 효수하는 대승을 거두기도 했다. 유인석의 충주성 함락은 전국 각지 의병에게 큰 용기를 주는 일대 사건이 되었다.

그러나 유인석은 신분제도에 엄격한 양반이었다. 유인석 부대가 용맹했던 것은 경기도 양평 출신의 평민 김백선이 포수 50명을 이끌고 합류했기 때문이었다. 늘 앞장서서 선봉장이 되었던 김백선은 충주성 전투에서 승리하고 경기도 기흥까지 진출했다. 그런데 안승우가 뒤에서 받쳐주어야 하는데, 원군을 보내주지 않아 다시 제천까지 쫓겨가야 했다. 김백선이 안승우와 다투자 유인석은 김백선을 처형하였다. 평민이 어딜 양반에게 덤비느냐는 이유였다. 이후 제천의 유인석 부대는 그 힘을 잃기 시작했다. 항일의병은 구국을 위해 일어났지만, 신분제도의 벽을 넘지는 못했다.

의병의 활동은 날로 증강되는 일본군과 관군의 병력을 감당해내지 못하고 산발적인 저항이 되어갔다. 의병들은 임금이 러시아공사관에 파천하고 친일내각이 무너진 이후 임금의 뜻에 따라 해산하였다.

나를 궁궐에서 구출하라!

을미사변으로 명성황후가 시해된 이래 궁궐은 친일세력이 장악하였다. 임금은 연금 상태와 다름없었다. 아무도 믿을 수 없었고 언제 독살될지도 몰랐다. 고종임금은 눈앞에서 딴 깡통음식과 날계란 밖에 먹지 않았다. 고종은 명성황후에게 쫓겨났던 후궁 엄상궁을 불러들여 수발을 들게 했다. 왕권국가에서 왕은 곧 국가의 주체이다. 일본은 고종임금을 궁궐에 억류하고 삼엄한 감시를 하고 있었다.

고종임금은 친미 계열 인사들에게 '나를 궁궐에서 구출하라!'는 밀지(密旨, 비밀 명령)를 내렸다. 친일세력이 철통같이 궁궐을 막고 있는 데다가 감시가 심해서 병력을 동원하기는 아예 불가능했다. 기회를 노리던 차에 드디어 때가 왔다. 거사의 주모자들은 명성황후의 빈 자리를 메우기 위해 황후로 간택된 정화당(貞和堂) 김씨(金氏)를 거사에 이용하기로 계획을 세웠다. 황후를 맞이하는 행사에는 많은 사람을 동원해도 감시의 눈길을 피할 수 있을 터였다. 이 거사를 춘생문(春生門) 사건이라 한다.

그러나 8백여 명의 병력을 동원하여 경복궁의 춘생문으로 쳐들어갔던 무력 거사는 실패로 돌아갔다. 내부에 배신자가 있어 밀고를 했기 때문이다. 그 밀고자는 두고두고 용서할 수 없는, 명성황후 시해사건에 가담했던 이진호였다.

춘생문 사건의 핵심 주모자들과 가담자들은 역모죄로 처형되었다. 주동자였던 전(前) 시종 임최수는 "올해 8월 20일(명성황후 시해일) 이래 국가에 일이 생긴 때를 맞아 창의(倡義, 의병을 일으킴)한다는 결의 아래 내가 밀지를 위조하여 동지들과 거사한 것"이라고 진술하고 처형당했다. 임최수의 동지인 정교가 지은 『대한계년사』에는 "임최수가 실제로 임금의 비밀칙령을 받았지만 일이 실패하자 자신이 위조했다고 진술한 것이다. 사실대로 말하면 임금에게 이롭지 못하게 됨을 두려워해서였다"고 기록되어 있다.

춘생문 사건에 대한 『고종실록』(일제는 한일합방 후에 이왕직을 두어 고종과 순종시대의 실록을 편찬하도록 했다)을 보자.

"임최수 등 삼십여 인이 훈련원(흥인문 안 연병장)에서 비밀리에 모여서 논의하였다. 임최수가 동소문(즉 혜화문) 밖에서 왕후를 봉영해 온다고 선언하자 이도철과 이민굉이 융복을 차려입고 앞장섰다. (중략) 그들은 동별영에 이르러 이도철이 검을 휘두르며 중대실에 들어가서, 친위제1 대대 중대장 남만리와 제2 대대 중대장 이규홍에게 칙령을 전하고 급히 군사를 내라 함에 따라 남만리가 영내의 군사를 내었다……" (고종 32년 을미조)

『을미창의록』은 헌책방에서 책 사이에서 끼인 채로 발견된 6쪽 분량의 문서다. 1895년 당시 시위제1연대 제1대대 전용용지에 붓글씨로 기록되어 있다. 당시 거사의 주모자 중 한 사람이 기록했을 것으로 생각되지만 그가 누구인지는 알려진 바 없다. 『을미창의록』은 거사를 도모한 30여 명의 이름과 거사의 내용이 들어 있는데, 당시 거사의 군호(軍號, 암호)는 '중심(中心)'이었다고 쓰여 있다. 거사란 바로 을미사변에 반발한 춘생문 사건이다. 춘생문 사건이란 고종임금이 내린 비밀칙령 '나를 궁궐에서 구출하라!'는 비밀명령에 따라 거사한 고종임금구출작전이었다.

다음은 이 기록 문서에 나타난 거사 주모자들의 명단이다.

임최수, 이도철, 이세진, 김화영, 정일영, 이종래, 이덕순, 김진호, 윤웅열 부자, 김홍수, 함은준, 노홍규, 김우기, 안경수, 이충구, 홍병진, 이재순, 이민굉, 이진호(밀고자), 김형식, 유진구, 강문수, 장세린, 김재호, 김재풍, 김진현, 이헌영, 한양리, 송상수, 송이용, 프랑스교사 민주교, 궁녀홍상궁.

아관파천

왕은 춘생문사건의 실패에도 불구하고 일제의 감시에서 벗어나기를 포기하지 않았다. 건양(建陽) 원년(1896년) 2월 11일 아직 추운 겨울 새벽이었다. 경복궁 동쪽 대문인 건춘문(建春門, 어느 문인가는 사실 정확하지 않다)이 열리자 궁궐 가마 두 대가 조용히 나왔다. 경복궁의 건춘문은 다시 굳게 닫혔다. 가마꾼들은 두 대의 가마를 메고 남쪽을 향해 급히 움직였다. 두 대의 가마에는 고종임금과 왕세자가 타고 있었다. 궁궐의 여인들이 타는 가마로 위장하고 궁궐을 탈출한 왕은 곧장 러시아영사관으로 향했다. 이것이 아관파천(러시아공사관으로 파천, 즉 임금이 피난처로 자리를 옮겼다는 뜻)이다.

고종이 아(노서아, 러시아)관에 파천하자 일본군은 러시아공사관 문 앞에 대포까지 끌고 와서 환궁하라고 협박했다. 일본이 러시아의 힘을 무시하지 못하리란 고종의 생각이 옳았다. 일본은 러시아공사관으로 진입하지는 못했다.

친러 세력이 집권하면서 정부는 러시아의 영향 아래 놓였다. 특히 재정, 군사 면에서의 러시아의 간섭은 극도로 심했다. 조선에 대한 일본의 일방적 우위는 왕을 러시아에 빼앗김으로써 끝나고 열강의 각축 시대가 전개되었다. 미국, 영국, 프랑스 등 각국은 하나같이 다른 나라와 같은 기회를 달라며 광산, 철도, 삼림, 어장 등의 이권을 얻는 데만 관심을 쏟았다. 이렇게 해서 아관파천 당시에 국가의 많은 이권이 열강에게 넘어갔다. 국권침해가 극심해지면서 독립협회를 비롯한 많은 국민들은 국왕이 환궁해서 제대로 정사를 펴라고 요구하기 시작했다. 고종은 여론에 밀려 1897년 2월 궁궐을 떠난 지 1년 만에 환궁하였지만, 나라는 이미 기운 상태였다.

임오군란 이후는 청나라에게, 청일전쟁 이후는 일본에게, 아관파천 이후는 러시아에게 의존하면서 그들의 직접적인 간섭을 받은 조선이란 나라는 이미 망망대해에서 길을 잃은 돛단배에 지나지 않았다.

장충단은 공원이 아니다

서울 지하철 3호선 동대입구역이 있는 장충동(獎忠洞)은 고종이 을 미사변 때 순국한 사람들을 위하여 장충단을 꾸며놓고 제사를 지냈기 때문에 유래된 이름이다.

본래 이곳은 영조 중엽부터 도성 남쪽을 수비하던 남소영이 있었던 곳이다. 장충단공원에서 한남동으로 넘어가는 길과 성벽이 서로 엇갈 리는 곳에 남소문이 위치하고 있었다. 남소문은 혜화문, 창의문, 소덕 문, 광희문과 더불어 한양 도성의 다섯 작은 문의 하나로 남쪽 방비에 가장 중요한 곳이기도 했다.

1900년, 고종은 을미사변으로 죽은 궁내부대신 이경직, 시위대장 홍 계훈을 비롯하여 춘생문사건으로 죽어간 많은 장병들의 영령을 위로 하기 위하여 사당인 장충단을 짓고 장충비를 세워 매년 봄, 가을에 제 사를 지냈다. 제를 지낼 때는 군악을 연주하고 군인들이 조총(弔銃)을 쏘았다. 이를 소재로 한 민요도 있었다.

"남산 밑에 장충단을 짓고 군악대 장단에 받들어총일세."

장충단에는 사당과 부속 건물이 세워졌는데, 한일합방 후 일제가 폐 지하고 공원으로 만들어버렸다.

6·25전쟁으로 사당은 파괴되어 흔적도 없어졌고, 장충단공원 경내 에는 여러 가지 공원시설이 들어섰다. 청계천 복개공사를 하면서 철거 된 수표교(水標橋)도 이 공원 안에 옮겨졌고 이준 열사의 동상(1964년 7월 14일 제막), 유정 사명대사의 동상(1968년 5월 11일 제막) 등이 세워 졌다. 1968년 말에는 아름다운 분수대도 설치되었다. 장충단비는

1969년 원래의 자리에서 중구 장충동 2가로 옮겨졌는데 장충단비의 '장충단' 3자는 고종의 친필이다.

창경궁이 창경원이 되었던 것처럼 장충단은 공원이 되었다. 창경원의 원숭이가 과천 서울대공원으로 옮겨간 뒤 창경원은 다시 창경궁 본래의 모습으로 돌아갔다. 장충단은 여전히 사람들에게 공원으로만 기억되고 있다.

4. 명성황후 시해 사건 보고서들

베베르 보고서 – 러시아 측 자료

명성황후 시해 사건의 주역은 대원군이라고 보는 시각도 있었다. 대원군은 일본에 놀아난 허수아비였을 뿐이다. 명성황후 시해 사건은 당시 이토 히로부미나 이노우에, 야마가타 등 일본 최고의 정책결정 집단이 주도한 일본의 국가범죄라고 보는 것이 옳다. 당시 동원된 일본 낭인집단도 고도의 훈련을 받은 군인, 무사 집단이라는 점도 훗날 명백하게 드러났다.

2000년 10월, 모스크바에 있는 러시아 정부 문서관리소에서 이 비극적인 사건을 기록한 당시 러시아 베베르 공사의 보고서가 발견됨으로서 일본 측이 주장하는 것들이 모두 억지임이 다시 한 번 드러나게 되었다. 이 〈베베르 보고서〉는 베베르 공사가 러시아 외상 로바노프 로스토브스키(Лобаов - Ростобскнй А)에게 보낸 보고서인데 당시 고종을 위시한 여러 목격자의 증언이 들어 있다. 특히 현장 목격자 사바틴의 증언을 토대로 작성되었기 때문에 가장 신빙성 있는 자료다.

그 무렵 고종과 명성황후는 궁궐 안에 서양관을 지어서 미국인과 러시아 및 영국, 프랑스인들을 머물게 했다. 그렇게 하면 일본인들이 함부로 궁궐에 난입하는 것을 막을 수 있다는 생각에서였다.

을미사변 당시 현장에는 두 명의 서양인이 있었다. 명성황후 시해 사건도 〈베베르 보고서〉의 증언자인 사바틴과 미국인 교관 다이가 목격하지 않았더라면 일본은 감쪽같이 숨겼을 일이다. 〈베베르 보고서〉에는 그 증거가 담겨 있다.

각국 공사관원들이 일본공사 미우라에게 사건의 전말과 진위를 캐어묻자 그는 자기들은 모르는 일이라고 딱 잡아뗐다.

"악의를 갖고 그 따위 말도 안 되는 소문을 퍼뜨리고 다니는 조선인의 말보다 우리 일본인들의 말을 믿지 못한다는 것입니까?"

그러자 베베르가 맞받아서 소리쳤다.

"목격자는 조선인이 아니라 서양인들이오."

미우라는 몹시 당황하며 사실을 파악해 보겠다며 물러섰다. 목격자가 모두 조선인들 뿐이었다면 미우라는 끝까지 조선인들이 저지른 사건이라고 막무가내 잡아떼려 했을 것이다.

3백 페이지가 넘는 〈베베르 보고서〉는 당시 현장의 상황을 생생히 담아내고 있다. 러시아 황제 니콜라이 2세는 〈베베르 보고서〉를 읽고, 보고서 위에 다음과 같은 소감을 친필로 적었다.

"어떻게 이런 일이 일어날 수 있는가? 정말 놀랍고 무서운 일이다.

사태를 좀더 자세히 알아보고 보고하라."

러시아 황제는 사태를 심각하게 받아들여 즉각 두만강 국경 지역을 담당하고 있는 아무르주(州) 군관 사령부에 비상대기령을 내렸다.

〈베베르 보고서〉에는 일본인들의 궁내에 침투한 경로가 상세하게 그려져 있다. 그 밑에 사바틴의 증언이 나온다.

"새벽 5시경 궁궐 서쪽에서 총소리가 들려 황후의 처소로 급히 가니 25명 정도의 일본 낭인들이 누군가를 찾고 있었다. 그 중 절반 가량이 황후의 방으로 들어갔다. 일본 낭인들이 황후가 있는 방으로 들어가는 것을 궁내 신하들이 가로막자 칼로 팔을 베어버렸다. 황후가 상궁 옷을 입고 상궁 무리 안에 섞여 있어 누가 황후인지 알아볼 수 없었다. 일본 낭인들은 한 명씩 끌어내 2.5m 높이에서 아래로 떨어뜨렸다. 두 명이 떨어진 뒤 황후가 복도를 따라 도망갔다. 일본 낭인들이 좇아가 발을 걸어 넘어뜨린 뒤 가슴을 세 번 짓밟고 칼로 가슴을 난자했다. 몇 분 후 시신을 소나무 숲으로 끌고 갔는데 얼마 후 그곳에서 연기가 피어오르는 것을 보았다."

베베르 공사는 본국인 러시아에 진상을 알리고, 다른 외교사절들과 더불어 열심히 진상규명에 힘썼다. 베베르 공사는 이 보고서의 마지막에 이렇게 썼다.

'전쟁도 아닌 평상시에 군대를 동원해 궁궐을 습격하고 한 나라의 국모를 시해한 추악한 만행이다.'

〈베베르 보고서〉에는 고종의 증언도 들어 있다.

"과인의 눈앞에 일본인들, 와타나베와 전 조선 군부의 고문 스즈키, 오카모토가 칼을 빼어들고 쳐들어왔고 오카모토와 스즈키가 왕비를 붙잡으러 달려갔다……."

고종은 현장 목격자들 가운데 유일하게 살해범들의 이름을 거명하였다. 고종은 그들이 누구인지 정확히 알고 있었다. 고종의 증언을 보아도 황후를 살해한 자들은 모두 일본인들이었다.

〈베베르 보고서〉에 따르면 이들 외에도 행동대원 이십여 명이 더 있었다. 그들은 군인이 아니라 양복과 기모노를 입고 칼과 권총으로 무장한 일본인들이었다.

다른 서방국가의 자료에도 베베르는 명성황후 시해 사건 직후 서울 주재 외교 대표단의 회합을 주선하면서 명성황후 시해 사건의 진상규명을 위해 열심히 활동했다는 것이 기록되어 있다. 베베르는 일본공사 미우라 고로에게 항의하여 마침내 일본공사가 조선의 명성황후 시해 사건의 주모자였음을 밝혀내는 중요한 역할을 하였다.

그는 명성황후 시해와 관련해 러시아 외상에게 보낸 보고서에 이렇게 썼다.

"전 농상공부대신 이범진이 10월 8일 이른 아침에 러시아공사관으로 찾아와 궁궐이 일본군에 포위되어 민왕후(1897년 이전에는 왕후로 호칭)의 생명이 위태롭다고 말했다. 나는 조선 국왕의 절박한 구원 요청에 조선과 이해관계가 많은 미국의 알렌(Allen) 공사대리와 동행하는 것이 도움이 되겠다고 생각했다. 외출복으로 갈아입고 즉시 알렌에게 연락, 그와 함께 진상을 알아보기 위해 먼저 일본공사관을 방문했다. 그러나 미우라 공사가 출타중이라는 말을 듣고 바로 궁궐로 가서 고종을 알현했는데 벌써 일본공사 미우라와 대원군이 와 있었다. 대원군은 나에게 그 자리에서 자신은 이 사건과 무관하다고 말했다."

그 후, 베베르는 현장 목격자들을 만나 증언을 듣고 그들의 증언을 받아 보고서로 작성하여 본국으로 보냈다. 현재 〈베베르 보고서〉는 러시아 외무성 제정러시아 대외정책문서국에 고스란히 보존돼 있다. 300페이지가 넘는 그 문서의 종류는 다음과 같다.

* 고종의 증언서(1897년 대한제국선포 이후에 고종은 황제로 호칭. 민왕후도 이후부터 명성황후로 추존)
* 시해 현장에 있던 무명 상궁의 증언서
* 전 농상공부 대신 이범진 증언서
* 조선군 부령(중령) 이학균 증언서
* 조선군 정령(대령) 현홍택 증언서
* 러시아인 궁궐 경비원 건축기사 세례딘 사바틴의 증언서
* 가톨릭 서울주교 프랑스인 구스타프 뮤텔(Gustave Mutel)의 증언서
* 10월 8일 서울 일본공사관에서 서울주재 서방 외교대표(미국, 러시아, 영국, 프랑스, 독일)가 모여서 미우라 일본공사에게 항의하며 나눈 대담록(영국 총영사가 기록)
* 조선 외부대신 성명서
* 서울에서 일본인이 발행한 한성신보 기사

* 일본군 궁궐 침입로 도면
* 고종의 서명 없이 일본이 강압적으로 발표한 왕후폐위칙서
* 대원군의 성명서
* 10월 25일자, 11월 5일자, 11월 13일자 일본공사관에서 서울 외교대
  표들이 일본공사에게 항의하며 나눈 대담록
* 베베르의 보고서와 전문
* 동경주재 러시아공사 히트로보의 전문
* 중국에서 보낸 세레딘 사바틴의 2차 보고서(사건 당일 밤 궁궐의 서
  양인 경비원으로 미국인 다이와 함께 있었던 사바틴이 서울공사관
  에서 다 쓸 수 없었던 내용을 중국지부 러시아영사관에서 러시아 외
  무성에 2차 보고한 증언서)
* 고종에게 보낸 일본천황의 친서 등이다.

에조 보고서 – 전혀 다른 일본 측 자료

2002년 작가 김진명이 원문의 전문(全文)을 발견했다는 〈에조(英臟)
보고서〉도 새롭게 눈길을 끄는 점을 많이 지니고 있다. 김진명은 〈에
조 보고서〉는 철저하게 일본의 입장에서 명성황후 시해사건을 조사하
고 재판한 〈우치다 보고서〉나 〈히로시마 법정기록〉 등과는 성격이 다
르다고 말한다. 사후에 은폐되고 조작됐다는 의심으로부터 벗어나 있
는 유일한 문서라는 주장이다. 〈에조 보고서〉는 그 동안 일부 역사학
계에서 떠돌고 있던 황후 시해 후에 일본인들이 자행했다는 파렴치한
시간(屍姦) 문제를 다루고 있다.

에조는 조선 정부 내부(內部, 요즘의 내무부) 고문이었다. 그는 일
본 정부의 법제국장인 스에마쓰에게 명성황후 시해 사건에 대한 편지

를 보냈다. 그것이 〈에조 보고서〉다.

〈에조 보고서〉는 일본의 역사학자 야마베 겐타로(1905~1977)가 1966년 2월 펴낸 『일한병합소사(日韓倂合小史)』란 책에서 인용되었다. 그는 이 책에서 '시간(屍姦)'이라는 표현을 처음으로 썼다. 이것이 바로 그 후 국내 역사학계에서 거론되기 시작한 '명성황후 능욕설'의 원조가 됐다.

〈에조 보고서〉를 근거로 『일한병합소사』가 '능욕'을 묘사한 대목이다.

"1895년 10월 7일 밤부터 다음 날 이른 아침에 걸쳐서, 대원군이 훈련대에게 호위되어 있는 동안 일본 수비대와 대륙 낭인의 무리가 칼을 빼들고 경복궁으로 밀고 들어가서 민비를 참살하고, 그 사체를 능욕한 뒤에 석유를 뿌려 불을 질렀다."

작가 김진명은 일본의 국립국회도서관 헌정자료실에 소장된 〈헌정사편찬회문서〉 가운데에서 〈에조 보고서〉를 찾았다.

〈에조 보고서〉는 명성황후 시해사건의 원인과 발단에서부터 실행자와 사후 대책까지 기록하고 있다. (1)발단 (2)명의 (3)모의자 (4)실행자 (5)외국사신 (6)영향 등의 6개 장으로 구성돼 있고 목차와 서문을 포함해 모두 12쪽의 분량이다.

〈에조 보고서〉에서 능욕 장면을 묘사한 대목을 찾아보면 다음과 같다.

"특히 무리들은 안으로 깊숙이 들어가 왕비(王妃)를 끌어내어 두세 군데 칼로 상처를 입혔다(處刃傷). 나아가 왕비를 발가벗긴(裸體) 후 국부 검사(局部檢査)(웃을 일이고, 또한 노할 일이다)를 했다. 그리고는 마지막으로 기름(油)을 부어 소실(燒失)시키는 등 차마 이를 글(筆)로 옮기기조차 어렵다. 그 외에 궁내부 대신을 참혹한 방법으로 살해(殺害)했다."

에조는 참변이 일어난 옥호루 현장에 있지 않았다고 한다. 명성왕 시해사건에 대한 논란이 100년도 더 지난 지금까지 끊이지 않는 것은 일본이 그 진실을 은폐하고 있기 때문이다.

김진명은 〈에조 보고서〉를 근거로 「황태자비 납치사건」에서 명성황후에 대한 사망전 능욕을 묘사했다.

「월간중앙」 2004년 12월호는 〈현대사 속성과 진실(2)〉에서 작가적 상상력이 빚어낸 진실의 왜곡을 지적했다. 김종욱은 이 기사에서 김진명이 소설에서 묘사한 픽션이 문제가 아니라 언론과의 인터뷰에서 〈에조 보고서〉의 내용을 확대해석했다고 주장했다.

어쨌든 명성황후 시해사건에는 용의자만 있었을 뿐 지금까지 범죄자에 대한 그 어떤 처벌도 없었고 사건의 진상규명도 없었다.

5. 을미사변에 가담한 조선인 앞잡이들

　그럼 여기서 을미사변에 가담하여 천인공로할 만행을 저지른 이두황, 이진호, 이주회, 우범선이 어떤 인물이었으며 어떠한 삶을 살았는지 살펴보기로 하자.

이두황

　이두황(李斗璜, 1858~1916)은 임오군란 후, 무과에 급제하여 친군좌영초관이란 무인 말단직을 시작으로 수문장 등의 무관직을 거쳐 홍해군수를 지냈다. 1894년 동학농민운동이 일어나자 그는 장위영 영관으로 임명되어 동학군을 진압하면서 무관으로 능력을 인정받았다.

　그는 청일전쟁에서 일본군을 도운 공으로 일본인들과 인연을 맺게 되는데, 마침 일본인을 교관으로 하는 친일 훈련대가 생기면서 훈련대 제1대대장에 임명되었다.

　1895년 10월 8일, 일본이 천인공노할 명성황후 시해사건을 자행할 때 이두황은 훈련대 제1대대를 이끌고 광화문으로 향했다.

　새벽 5시, 훈련대 연대장 홍계훈이 일본군과 함께 광화문에 도착한 이두황을 보고 질책하였다. 그의 뒤에 있던 일본군이 홍계훈을 사살했다.

을미사변 후, 사태는 일본이 계획한 대로 되지 않고 세상에 그 진상이 드러났다. 이 사건에 연루되었던 이두황을 비롯한 조선인들은 조선 정부의 체포령을 피해 일본으로 도망쳐야 했다. 이두황, 우범선, 구연수 3인은 일본인 범죄자들이 구속되어 있는 히로시마로 갔다. '명성황후 시해'의 주범 미우라를 비롯한 47명이 증거불충분으로 무죄 석방되어 도쿄에 모여들자 이들도 도쿄로 옮겨 일본 당국의 보호를 받았다.

그 후 같이 망명했던 우범선은 1904년 자객 고영근(高泳根)에게 암살당했다. 이두황은 구연수와 함께 12년 동안의 망명 생활을 하다가 고종 양위 직후인 1907년 9월, 통감 이토가 단행한 정미특사로 특별 사면되어 귀국하였다.

귀국 후 그들은 과거의 잘못을 반성하기는커녕 또다시 일본의 앞잡이로 나섰다. 구연수는 경무국 부경무사가 되었고, 조선통감 이토 히로부미의 신임을 받은 이두황은 중추원 부찬의를 거쳐 출세를 거듭해 전라북도 관찰사 겸 재판소 판사가 되었다. 그는 한일합방 이후, 죽을 때까지 전라북도 도장관을 지냈다.

이진호

이진호(李軫鎬, 1867~1943)는 을미사변에 가담한 조선인 주동자 중에서 가장 출세한 자로 일제식민통치에 앞장선 전형적인 친일관료였다.

이진호는 1882년 무과에 급제했으나 무관직으로 나가지 않았다. 영어학교인 동문학교에 입학하여 영어를 배우다가 미국인 선교사 알렌 (H. N. Allen) 박사가 설립한 제중원 의학교에 입학하여 의학을 공부했다. 의학 공부를 중도에 그만두고 조선 정부에서 설립한 육군 사관학교인 연무공원에 입학하여 미국인 군사교관 다이 장군으로부터 군사 교육을 받고 무관으로 진출했다.

그는 을미사변 당시 훈련대 제3대대장으로 있었는데, 이두황이나 우범선과는 달리 전면에 나서지 않았다. 을미개혁 때 개편된 군제 개혁에 따라 종래의 훈련대와 시위대가 통합된 뒤 친위대 제2대대장에 임명되었다.

이진호는 1895년 11월 28일 친일정권을 무너뜨리고자 다이와 친미파 인사들이 고종을 궁궐 밖으로 빼돌리려던 '춘생문 사건'을 같이 모의했다. 그는 그들을 배반하고 거사를 실패하게 한 결정적 인물로, 이후 친일의 대열에 나서게 된다.

1896년 2월 11일의 아관파천으로 친일내각인 김홍집 내각이 붕괴되고 친러 내각이 성립되자, 이진호는 '춘생문 사건' 당시의 친일 행동에 대한 보복이 두려워 일본군영으로 도피했다가 우범선, 이두황, 구연수와 함께 일본으로 망명했다.

그는 이두황과 함께 1907년 9월, 통감 이토가 단행한 정미특사로 특별사면되어 귀국한 후, 그 해 10월 중추원 부찬의가 되었다. 이어 평안남도 관찰사가 되면서 일제 하에서 조선인으로서는 최고위 관료의 길을 걷기 시작한다. 1910년 '합방' 후 총독부 체제가 출범하자 10월에 경상북도 지사, 1916년에 전라북도 지사가 되었다.

그는 3·1 운동이 전국 각지로 확산되고 독립을 주장하는 민족주의 운동이 고양되자 일제는 친일 관료와 지주를 중심으로 '자제단'이라는 어용단체를 조직하여 민족운동을 가로막는 선무공작을 꾀했다. 일제의 앞잡이로 공을 세운 이진호는 1924년, 조선총독부 학무국 국장에 임명되었다. 조선인으로서 총독부 부서의 국장에 임명되는 일은 학무국이 유일했다. 일본의 식민 통치에 대한 조선 민중들의 불만이 높아지자 총독부는 학무국장을 조선인으로 임명하여 마치 조선인을 위해 교육을 하는 것처럼 위장했을 뿐이었다. 학무국장으로 임명된 조선인은 일제 시대를 통틀어 이진호와 엄창섭 두 사람뿐이었다. 학무국장 이진호는 조선인들의 교육을 위해서가 아니라 친일 관료로서 충실한 개의 노릇을 했을 뿐이다.

그는 1934년 1월 중추원 참의의 자리에 올랐다. 대동아 전쟁이 막바지에 오르자 그는 각종 친일 단체를 조직하여 조선의 젊은이와 조선의 자원을 전쟁에 동원하는 선봉에 서서 활동했다.

그는 작위를 받지 않은 사람으로는 유례없이 1941년 중추원 부의장에까지 올랐고 1943년 10월에 중추원 고문으로 재임했으며, 귀족원 의원이 되어 죽는 날까지 친일의 길을 걸었다.

이주회

이주회(李周會, 1843~1895)는 을미사변에 가담한 조선인 주동자 중에서 유일하게 붙잡혀서 사형을 당한 인물이다.

그는 무관으로서 1866년 병인양요가 일어났을 때, 프랑스 함대를 물리치는 데 큰 공을 세워 대원군의 눈에 띄면서 출세가도를 달리기 시작했다. 그는 외무위원 자리에 있으면서 김옥균, 우범선 등과 친교를 맺었다. 갑신정변 이후 김옥균과 친밀하게 지냈던 그는 화를 입을까 두려워 일본으로 도망쳤다.

그는 서화에 어느 정도 재주가 있어서 그것을 내다 팔아서 생계를 유지했다. 중국이나 조선에서 온 망명가나 유학생과 교류를 하면서 특히 대륙진출을 주장하는 일본의 대륙낭인들과 절친하게 지냈다.

3년 동안의 일본 생활을 마치고 돌아온 이주회는 1894년 동학농민 운동이 일어나자 일본군을 도와 농민군 토벌에 혁혁한 공을 세웠다. 이노우에 주한공사에 의해 김홍집 친일내각의 군부협판 자리에 전격적으로 발탁되었다. 1895년 삼국간섭으로 일본 세력이 쇠퇴하자, 권좌에서 쫓겨났다.

일본공사 미우라가 '명성황후 제거' 계획에 그를 포섭하자 그는 이에 적극 가담해서 일본군의 작전을 돕고 나선다. 이주회는 일본에 있을 때 대륙낭인들과 교류를 하는 동안, "조선을 망친 것은 명성황후이기 때문에 조선을 구하고 조선과 일본의 협력관계를 유지하기 위해서는 명성황후를 죽여야 한다"는 그들의 논리에 설득당해 있었다. 을미사변의 조선인 주동자로서 체포된 뒤 대역죄인으로 1895년 12월 19일 처형을 당했다. 그의 시체는 처형 후 산 속에 버려졌고, 그의 아내는 하나뿐인 아들을 데리고 도망쳐 숨어 살았다.

한일합병 이후 총독부 경무관의 자리에 오른 구연수는 과거의 상사였던 이주회의 유족을 찾아 나섰다. 그는 수소문 끝에 그들 모자를 찾아내서 서울로 불러 함께 살게 했다. 뒤늦게 이러한 사실이 일본에까지 알려지자 미우라를 비롯한 명성황후 시해사건 가담자들은 이주회 묘지 건설 및 유족구호사업을 대대적으로 벌이기 시작했다.

1928년 12월 19일, 동경에 있는 총지사(總持寺)라는 절에서 이주회 33주기 추도 법회가 성대히 열렸다. 그 자리에는 일본 최대의 우익단체인 흑룡회의 주관 아래 도야마 미치루, 우치다 료헤이 등 우익 세력의 거물들과 명성황후 시해사건 주범인 미우라 공사의 아들 미우라 마스지로, 한성신보의 사장이자 행동대장이었던 아다치 겐조, 오사키 세이키치, 호리구미 구마이치 등과 그 외 이노우에 가쿠고로, 미즈노 렌타로, 스기야마 시게마루 등 내노라 하는 조선 침략 관계자들이 대거 참가했다. 명성황후 시해사건에서 조선 측 주모자로 지목되어 처형당한 대역죄인 이주회를 그들 일본인들은 자기들의 영웅으로 떠받들어 스스로 명성황후를 시해한 사실을 인정하였다.

우범선

우범선(禹範善, 1857~1903)은 이주회처럼 명성황후를 제거하는 것이 조선의 발전에 도움이 된다고 믿고 거사에 참여한 확신범이자 명성황후 시해사건의 주동자라고 할 수 있다.

우범선은 일찍부터 개화론자인 김옥균, 이주회 등과 교유하면서 개국론을 주장했다. 그는 조선 정부가 군사력을 강화하기 위해 군제 개편에 착수하여 별기군을 창설하자 별기군이 조선 군제를 근대화시키는 길이라고 생각하여 여기에 참여했다.

1894년 6월 일본군이 무력으로 경복궁을 침입하여 민씨 정권을 몰아내자, 친일적 성향을 가진 우범선은 그해 8월 군국기무처의 의원이 되어 갑오개혁에 참여하게 된다. 1895년 4월 훈련대가 창설되자, 우범선은 제2대대장으로 발탁되었다. 우범선은 을미사변 사건 당일 훈련대 제2대대장으로서 대원군을 호위하여 입궐한 후, 일본인들과 같이 행동했다.

10월 8일 새벽, 우범선은 대원군을 호위하여 궁궐로 들어가서 주력인 낭인부대를 엄호하면서 을미사변을 일으켰다. 이 사건에서 그가 맡은 임무는 훈련대 병력동원이었다. 당초 임무대로 그는 훈련대 제2대대 병력을 동원한 것은 물론이고 명성황후의 시신 '처리'도 맡았다.

이듬해 고종이 단행한 아관파천으로 김홍집의 친일 내각이 무너지자 명성황후 시해의 주범인 우범선은 이두황, 황철과 함께 일본으로 망명해야 했다.

우범선은 망명생활 중에 사카이 나카라는 일본 여자와 결혼해서 아이를 낳았다. 그러나 우범선 등 이른바 '을미망명객'들은 국내에서 그들에게 현상금을 걸고 자객을 파견했기 때문에 늘 불안한 삶을 살았다.

1903년 11월 24일, 우범선은 망명 생활 중에 사귀게 된 고영근의 집들이 초청을 받고 그의 집을 방문했다가 고영근의 칼에 맞아 그 자리에서 절명하고 만다. 우범선을 살해한 고영근은 독립협회의 일에 관여하다가 국내에서 시국사범으로 죄를 짓고 일본으로 도망친 자였다. 그는 국모시해범 우범선을 처단함으로서 죄를 사면받기를 원했고 고종은 국모시해범을 처단한 고영근의 죄를 사면해 주었다.

우범선의 친일, 반민족적 행위는 그렇게 심판을 받았다.

6. 아버지의 매국행위를 애국으로 속죄한 우장춘 박사

명성황후 시해 주범의 아들

불우와 고민 속에 진리를 뽑아내어
종자합성 새 학설을 세계에 외칠 적에
잠자던 학문의 바다 물결 한번 치리라.
온갖 채소종자 우리 힘으로 길러내어
겨레를 위하시니 그 공도 얼마던고
빛나는 문화표창을 웃고 받고 가니라.
흙에서 살던 인생, 흙으로 돌아가니
그 정신 뿌리 되어 싹트고 가지 뻗어
이 나라 과학의 동산에 백화만발하리라.

이 시는 한국이 낳은 세계적인 육종학자(育種學者) 우장춘(禹長春)
박사의 묘비에 새겨져 있는 글이다.

우장춘 박사는 해방 이후, 일제의 자본과 기술이 빠져나간, 자본과 기술의 부족으로 황폐화한 한국농업을 부흥시킨 사람이다. 사람들은 '우장춘' 하면 먼저 '씨 없는 수박'을 떠올린다. 그러나 그가 명성황후 시해사건의 조선인 주동자 우범선의 아들로서 아버지의 과오를 씻기 위해서 조국에 헌신한 사실에 대해 아는 사람들은 그다지 많지 않아 보인다.

1898년 4월 8일, 우장춘은 일본으로 망명한 아버지 우범선과 일본인 어머니 사이에서 출생했다. 그는 4살 때 아버지가 암살을 당한 후에 극심한 빈곤과 조선인이라는 주위의 학대 속에서 아주 불우한 어린 시절을 보냈다. 우범선이 죽고 나자 일본 망명을 돕고, 일본에서의 생활을 지원해주던 정객들의 손길도 뚝 끊어지게 되어 하는 수 없이 우장춘은 6살 나이로 고아원 신세를 지게 된다.

그 후, 어머니가 겨우 생활의 터전을 잡아서 그를 데려다 뒷바라지 하여 우수한 성적으로 중학교를 졸업하였다. 어려운 생활 속에서도 어머니 사카이 여사는 우장춘이 공부할 수 있는 환경을 만들어 주느라 온 정성을 쏟았다. 어머니는 우장춘에게 늘 용기를 잃지 말라고 따뜻하게 격려했다.

"너는 조선인이다. 네 아버지는 누가 뭐래도 조선의 위대한 혁명가이셨다. 따라서 너는 혁명가의 아들임을 늘 잊지 말아라. 네가 훌륭한 사람이 되어 조선 땅을 밟을 때 너의 조국은 분명히 너를 존경하게 될 거야."

"네, 어머니. 염려 마세요. 기필코 저는 조선인임을 잊지 않을 겁니다."

우장춘은 눈물을 흘리는 어머니를 위로하다가 자신도 모르게 눈물을 흘리곤 했다. 그는 일본인 학생 사이에서 의지를 굽히지 않고 열심히 공부에 전념했다.

세계 최고의 육종학자

1916년 4월 우장춘은 관비 장학생으로 도쿄제국대학 농과대학에 입학했다. 1919년 졸업과 동시에 일본 농림성 농사시험장에 취직한 우장춘은 일본인이 아니라는 이유 때문에 더 좋은 자리를 얻을 수 없었다. 그는 타고난 탐구심과 근면한 자세로 한국인으로서는 도저히 따낼 수 없는 농사시험장 기수가 되는 데 성공한다.

1920년 우장춘은 초등학교 교사인 스나가와 결혼하였다. 그녀의 내조와 그의 끈질긴 노력으로 연구는 새로운 경지에 접어들었다. 그는 마침내 1936년 5월 4일에는 그의 모교로부터 '종(種)의 합성'이라는 논문으로 농학박사 학위를 받게 된다. 우장춘은 이 논문으로 육종학의 세계적 권위자로 인정받게 되었다. 나중에 이 이론을 더욱 발전시켜서 다윈의 진화론을 수정하게 되는 위대한 업적을 남긴다.

"너희들 일본인은 정치적으로 우리 민족을 지배하고 있으나, 내가 연구에서만은 너희들을 지배하고 뛰어넘을 것이다."

그는 항상 마음속으로 이런 다짐을 하면서 많은 신종을 개발해 냈다. 농학박사가 된 우장춘은 농림성 농사시험장 만년기사로 발령을 받았지만, 불과 하루 만에 반환해야 했다. 그는 우장춘이라는 한국 이름을 그대로 사용하고 있다는 이유로 많은 차별을 받았다. 그는 박사학

위 논문으로 세계적인 명성을 얻었지만 창씨개명을 하지 않았다. 이
때문에 승진할 수 없었다.

1937년, 일본인들이 창씨개명을 계속 요구하자 18년 간 몸담아왔던
농사시험장을 미련 없이 떠났다. 그는 1937년 퇴직할 때까지 18년 간
을 육종학 연구에 몰두해 20여 편의 논문을 발표하였다. 특히, 종의 합
성을 실증한 박사학위 논문, 배추속 작물의 유전자 분석은 다윈의 진
화론에 나오는 '종은 자연도태의 결과' 로 성립된다는 설에 보충을 가
한 것으로 세계적인 반향을 불러일으켰다.

그의 연구결과가 뛰어난 것을 아까워한 도쿄대학 측에서 그가 중국
청도 연구소에서 연구할 수 있게 해달라고 요청했지만 일본 농림성은
허락하지 않았다.

농림성 농사시험장을 그만둔 우장춘은 주위의 도움으로 다카이 종
묘회사에서 농장장으로 일하게 된다. 이 농장은 순수한 연구농장이었
으므로 실험연구에는 안성맞춤이었다.

조국으로 돌아오다

8·15 해방이 되자 그는 일본과의 모든 관계를 끊고 그리던 조국으
로 돌아오려 했다. 다카이 종묘회사를 보름 만에 그만두고 교토대학의
강의도 중단한 그는 자신의 일생을 조국을 위해 헌신할 것을 결심하고
귀국 준비를 서두른다. 이제부터는 부친의 죄값을 갚기 위해서 열악한
조국의 육묘 사업에 자신의 한 몸을 투신하기로 작정한 것이다.

일본 정부는 우장춘을 한국에 보내지 않으려고 여권을 만들어주지
않았다. 우장춘은 백방으로 한국 귀국을 위해 노력했지만 갈 길이 막
막했다.

해방 이후 우리나라의 농업을 주도하고 있던 일본의 기술자들이 돌아가 버리자 우리 농민들은 종자를 구할 길조차 막막해서 큰 혼란에 빠져 있었다. 한국은 우량종자를 만들 수 있는 지식과 기술을 가진 사람을 절실히 필요하게 되었다. 한때 우장춘과 일한 적이 있던 김종이라는 사람이 나서서 그러한 문제를 해결할 수 있는 사람은 우장춘 박사뿐이라며 우장춘 박사 귀국운동을 전개하기 시작한다. 국내에서는 우장춘 박사의 귀국을 돕기 위한 '우장춘 박사 환국 촉진위원회' 가 결성되었다.

우장춘 박사 환국 촉진위원회 측은 우장춘이 한국에 호적이 있는 사람이라는 것을 알아냈다. 우장춘의 아버지 우범선이 일본에 망명해 있으면서도 우장춘을 호적에 올려놓았던 것이었다. 국제법상 이중 국적을 가진 사람은 자기가 원하는 나라를 조국으로 선택할 수가 있었기 때문에 우장춘은 귀국할 수 있게 되었다. 50년 간 일본에서 일본인으로 살아온 그는 어머니와 아내와 아이들을 모두 남겨두고 혼자 귀국한다. 남은 가족들의 국적은 모두 일본이었기 때문이었다.

우장춘은 조국에서 그를 맞이할 촉진위원회가 결성된 데 대하여 몹시 설레고 기쁨을 감추지 못했다. 우장춘은 환국 촉진위원회 회장에게 다음과 같은 서신을 보내어 자신의 솔직한 심경을 표현하기도 했다.

"환국의 날을 앞둔 나는 착잡한 감격을 감출 길 없습니다. 해방과 동시에 나는 근 30년 간 연구하여 오던 일본의 직장을 사임하고 도쿄 교외에서 칩거한 지 어언 4년 반, 그 동안 나는 고국의 하늘을 바라보며 얼마나 그리워했는지 모릅니다. 나의 일편단심은 언제나 조국에도 농업을 연구하는 기관이 생겨서 내 목숨을 바쳐 일할 날이 올 것인가하는 것이었습니다."

1950년 3월 8일, 우장춘은 그토록 그리던 조국에 평생 처음 발을 디뎠다.

그 해 5월에 그는 부산 동래 농업과학연구소의 소장이 되었다. 그러나 시설이 미비하고 보수도 적어 큰 업적을 올릴 수 없었다. 그의 차림은 언제나 잠바와 고무신이었다. 또한 일본에는 노모와 부인, 그리고 2남 5녀가 있었으나, 그 생활은 말이 아니었다. 하지만 그는 조국의 현실을 외면하지 않고 우리나라의 농업의 발달만을 위해 한평생을 보냈다. 그가 그렇게 연구에만 몰두하게 되었던 것은 역사적으로 짊어진 자신만의 짐을 대신하고자 했기 때문이었다.

하지만 그가 귀국하고 나서 불과 3개월 만에 민족의 아픔인 6. 25전쟁이 터졌다.

다행히 그가 연구하고 있는 부산 동래시험장은 비교적 안전한 곳이어서 연구를 계속할 수 있었다.

배고픔을 해결하다

그는 식량이 모자라 제대로 먹지 못하던 우리 민족을 위해 양이 많으면서 품질이 좋은 볍씨 종자를 확보해 농민에게 나눠주었다. 그는 우리 민족에게 가장 필요한 것은 식량을 자급자족해서 일단 배고픔을 벗어나는 것이라 생각했다.

그는 시험장의 직원들을 모아놓고 이렇게 연설을 했다.

"이번에 농촌 각지를 둘러보니 우리 농촌은 이대로 가다가는 황폐할 대로 황폐해져 국민의 식생활에 필요한 무, 배추 등 원예 작물을 생산해 내지 못할 위기에 있다. 이번 여행에서 보니 가는 곳마다 들판에 노란 장다리꽃이 피었다. 평화로운 농촌풍경일지는 몰라도 먹자고 심은 무, 배추밭에서 노란 장다리꽃이 피었으니 아무리 고생하고 씨 뿌려 가꾼들 소용없다. 우선 무, 배추 종자부터 시급히 만들어야 한다."

그는 식량을 자급자족하는 일이 국가적 급선무라고 생각했다. 때문에 맛은 좀 떨어지더라도 병충해에 강하고 생산량이 많은 종자를 농가에 보급하기 시작했다. 하지만 종자를 보급하는 일은 쉽지 않았다. 농민들이 담당기관에서 심으라는 종자를 심어도 수입이 나아지지 않자 담당기관을 불신하기 시작했다.

우장춘은 우리나라의 기술도 세계적인 수준이라는 것을 보여주기 위해 씨 없는 수박생산에 들어갔다. 씨 없는 수박을 처음 실험 개발하여 생산한 것은 일본의 기하라 박사지만 우장춘은 이것을 제자들에게 육종학의 원리를 실제로 보여주기 위해, 또 농민에게 한국 농업기술의 선진성을 보여주기 위해 만들었다. 우장춘의 그러한 생각은 적중했다. 이 씨 없는 수박으로 인해 우장춘은 순식간에 육종학의 마술사가 되어버렸고 농민들이 우장춘의 말을 믿기 시작했다.

그가 살았던 시대는 우리 민족이 생긴 이래 가장 배고프고 암울했던 때였다. 하지만 그는 모든 역경을 이겨내고 일본에서 온갖 억압과 차별을 받으면서도 꿋꿋이 공부하여 조국의 농업 근대화에 앞장섰다. 해방 이후 피폐해진 농민들에게 희망을 심어주었고, 한국전쟁 이후 망가진 농촌을 일으켰다.

그는 비록 국모를 시해한 반역 망명자의 아들로 태어나 핍박을 받으면서도 우리 민족을 너무나 사랑한 사람이었다. 그의 좌우명은 '짓밟혀도 끝내 꽃피우는 길가의 민들레'였다. 그는 평생을 민들레처럼 실천하는 삶을 살았다.

그런데 그는 한국에 와서도 친일파라는 손가락질을 두려워하지 않고 한국어를 배우려고 애쓰지 않았다. 대화나 강의는 모두 일본어로 했다. 그는 한국어를 공부할 시간도 아까워했다. 그는 자신이 아니면 안 되는 육종연구에만 몰두한 사람이었다.

그는 소박하고 헌신적인 삶을 산 것으로 유명하다. 그는 대통령이 불러도 실험 중이면 가지 않았고 농림부장관 제의를 받았으나 거절했다. 그의 연구소는 학생들의 수학여행 경유지가 되기도 했는데 늘 고무신에 잠바를 걸쳐 '고무신 할아버지', '고무신 박사'로 불렸다.

그러한 그에게 조국은 아픔을 안겨주었다. 우장춘 박사는 한국으로 귀국한 후에 한 번도 가족들을 보지 못했었다. 일본으로 들어가면 다시 못 나올까봐 하는 염려에서였다. 조국의 수사기관은 아무런 이유도 없이 이데올로기상 문제가 있다는 점을 들어 일본에 있는 그의 장녀 결혼식과 어머니의 장례식조차도 가볼 수 없게 출국정지 처분을 내렸다. 20세기 냉전시대에는 세계적인 과학자들은 국가의 특별 관리대상이었다. 어머니가 돌아가신 1953년에는 한일간에는 국교가 수립되어 있지 않았다. 실제로 우장춘이 일본을 방문했다면 돌아올 수 없었을지도 모른다.

우장춘은 시신 없이 혼자 어머니의 장례식을 치르며 불쌍한 조국의 현실에 오열했다. 그를 아끼는 친구, 학계 및 유지들의 진정한 애도 속에 장례식을 치른 후에 보니 상당한 금액의 부의금이 들어왔다. 그는 그 돈을 동래 원예시험장의 우물을 파는 데 썼다. 원예 시험장에 제대로 된 우물조차 없었던 것이 당시 우리의 실정이었다.

　동래구 온천동 온천초등학교 부근에는 1999년 10월 21일 개관한 우장춘 기념관이 있고, 그 야외 마당에는 '자유천(慈乳泉)' 이라는 우물과 우장춘 박사의 흉상이 서 있다. 이 자유천은 1953년 8월 18일 그의 어머니가 별세했을 때 유지들이 내놓은 부의금으로 판 우물이다.

　"너의 조국은 조선이다. 조국을 위해 큰 일을 해라."

　늘 이렇게 격려하신 어머니였기에 자비로운 어머니의 젖처럼 끊임없이 쏟아져 나오는 우물이란 뜻으로 지어진 이름이다.

　그는 그 후에도 조국을 아끼고 가꾸어야 한다는 애국심 하나만으로 온갖 고민과 어려움을 참고 연구에만 몰두했다. 일본의 유명한 종묘회사인 마루다네로부터 거액의 스카우트 제의가 왔을 때도 전혀 마음을 움직이지 않았다.

　조국으로 돌아온 후 그가 남긴 업적 가운데서도 가장 두드러지는 것은 일본에 의존하던 채소종자의 국내 자급의 길을 연 일이다. 그는 우리나라의 지역과 기후에 맞는 여러 가지 농작물 연구에도 기여하였다. 척박한 강원도의 바위땅에는 그 유명한 '강원도 감자'를 육종시켜 강원도의 특산물이 되도록 만들었다. 제주도에는 '제주도 귤'이 열리도록 하였다. 일본 재래종 채소와 양배추를 교배하여 우리 땅에서 잘 자라며 우리 입맛에 딱 맞는 오늘의 '한국 배추'를 만들어냈다. 강원도 감자와 채소의 우량종자의 생산은 6.25 동란 이후 식량난을 해결하는 데 크게 기여를 했다. 이처럼 그가 조국에 돌아와 남겨 놓은 업적을 낱낱이 열거하기도 힘이 든다. 조국이 가난한 때, 그는 북위 36도 이북에서는 불가능하다는 일식이수(一植二收)벼를 개발해서 2모작이 가능하게 하였다.

일제 강점기와 한국전쟁을 겪어 황폐해진 농업을 일으키고 식량을 증산할 수 있는 길을 열어 더 이상 국민들이 굶지 않도록 한 것은 우장춘 박사가 조국에 선물한 가장 큰 업적이다.

벼이삭을 한 손에 쥐고

집념, 좌절을 모르는 초인적인 연구 의욕, 한번 시작한 일에 대해서 끝을 맺어야 밥을 먹는다는 책임의식의 소유자, 우장춘을 가리키는 진솔한 인물평들이다.

1958년 캐나다에서는 국제유전학회가 열렸다. 그때 스웨덴의 유명한 유전학자 윤칭 교수는 강연을 하면서 우장춘 박사에 대한 감사의 뜻을 표했다.

"나의 오늘을 위하여 귀중한 연구 재료를 보내주신 한국인 우장춘 박사에게 심심한 사의를 표하는 바입니다. 그가 유전학계에 공헌한 획기적인 업적과 함께 이국의 동료에게 베푼 친절은 영구히 기억될 것입니다."

우장춘은 1959년 5월 20일 해운대 동백섬에서 개최된 원예시험장 창설기념 야유회에 참가한 것을 마지막으로 그토록 사랑하던 시험장으로 돌아오지 못하고 서울 메디컬센터로 옮겨졌다. 지나친 연구의욕 때문에 생긴 온갖 질병을 이겨내지 못하고, 거듭된 과로로 마침내 위궤양에 복막염까지 겹쳐 세 차례나 수술을 받았으나, 병세는 악화되기만 했다.

그는 임종 직전에 달려온 부인에게 이렇게 말했다.

"여보 고생만 시켜서 미안하오. 이제는 여기서 같이 살도록 합시다. 나는 죽지 않으니 걱정 마시오."

그렇게 말한 그는 후진들에게 떼를 썼다.

"수확한 벼를 가져와!"

그러나 1959년 8월 10일, 그는 가까이 있는 친구의 손을 잡고 말했다.

"아마 내가 눈물을 흘리기는 어머님이 별세하였을 때와 이번이 꼭 두 번째일 것이다."

그는 채 익지 않은 벼이삭을 한 손에 쥐고 고이 잠들었다. 그의 무덤은 경기도 수원의 농업진흥청 안에 있다.

제3장

이 날을 목놓아 크게 우노라

1. 강제로 맺어진 을사보호조약

우리나라를 먹겠다고 저들끼리 싸우는구나!

한반도 지배권을 놓고 첨예하게 대립하던 일본과 러시아는 마지막 승부를 겨루었다. 일본이 선전포고도 없이 여순의 러시아 함대를 한밤중에 기습 공격함으로써 전쟁이 시작되었다. 러일전쟁이다. 여순항을 치고 들어간 일본과 러시아의 주 전쟁터는 만주가 될 수밖에 없었다. 일본은 여순에 이어 바로 제물포의 러시아 함대를 공격했다.

세계적인 소설가 잭 런던(Jack London · 1876~1916)은 당시에 미국 샌프란시스코의 신문 '이그재미너(Examiner)'의 기자로 한국에 들어와 있었다. 그의 러일전쟁 종군기사 첫머리를 보자.

"1904년 2월 8일, 한국(Korea)의 제물포항을 빠져나오던 두 척의 러시아 순양함 바랴 호와 코리츠 호가 일본 함대의 총공격을 받았다. 양국이 선전포고를 하지 않은 상태에서 국제법을 무시하고 일어난 사건이었다. 여러 시간의 피나는 전투(특히 러시아의 입장에서 볼 때)가 끝난 후, 러시아인들은 항복하기를 거부하고 그들의 배를 스스로 폭파시켜 버렸다.

러일전쟁의 포연은 한국 땅을 비켜갈 리 없었다. 2월 8일 여순항을 기습 공격하여 러시아 전함 2척과 순양함 1척을 파괴한 일본은 같은 날 인천항에 정박중인 러시아 함대를 격침시켰다."

러일전쟁은 해를 넘겨 계속되었다. 당시 러시아는 극동에 부동항(不凍港, 일년 내내 얼지 않는 항구)이 없었다. 부동항이 없다는 것은 함대를 지속적으로 배치할 수 없다는 것을 뜻한다. 항구가 얼어붙으면 배를 움직일 수 없기 때문이다. 당연히 극동에는 러시아의 함대가 없었다.

러시아는 유럽에 있던 최강의 발틱함대를 극동으로 보냈다. 유럽에서 아시아를 가려면 수에즈운하를 통과해야 가장 빠르다. 당시 수에즈운하는 이집트가 아니라 영국이 소유하고 있었다. 영국은 일본과 동맹을 맺은 상태였다. 영국은 러시아의 군함이 수에즈운하로 지나가는 것을 허락하지 않았다. 결국 발틱함대는 아프리카를 빙 둘러 희망봉을 돌아야 했다. 발틱함대는 '세상이 시작된 이래 어떤 군함도 시도한 적이 없는 항로'를 택할 수밖에 없었다. 220일 간 지구 둘레의 4분의 3에 가까운 2만 9,000㎞를 항해해온 수병들은 지칠 대로 지쳐 있었다.

한편 극동의 러시아 해상은 일본의 함대가 장악하고 있었다. 또 다른 함대는 대한해협에서 발틱함대를 기다렸다. 대한해협까지 겨우 온 발틱함대는 불과 이틀 만에 격침되었다. 러시아 측 자료에는, 49척에 달했던 대 함대 중에 블라디보스토크에 도달한 군함은 겨우 3척이며 전사자가 5,045명이었다고 기록되어 있다. 전사자 중에는 장교만 209명에 달했다. 발틱함대의 총사령관인 로제스트벤스키 제독까지 파편에 맞아 의식을 잃을 정도의 중상을 입고 포로가 되었다. 세계최강의 발틱함대는 격침되기 위해 그 먼 길을 돌아서 온 꼴이 되고 말았다.

일본군 사망자는 200명도 안 되었다고 한다. 제1함대를 직접 통솔한 총사령관 도고 헤이하치로는 국가적 영웅이 되었다. 도고는 누구를 가장 존경하느냐는 질문에 영국의 넬슨제독보다 위대한 조선의 이순신 장군을 가장 존경한다고 대답했을 뿐만 아니라, 전쟁에 나갈 때마다 이순신 장군에게 승리를 기원했던 것으로 유명하다.

발틱함대가 무참히 패배하면서 러시아는 일본에게 패하고 나라마저 세계 최초의 공산주의 혁명의 도가니에 빠져 멸망하고 말았다.

러시아는 세계에서 가장 넓은 영토를 가진 나라다. 그러나 당시 러시아의 극동은 버려진 땅과 다름없었다. 시베리아는 죄수들의 유형지였을 뿐이었다. 극동에는 많은 상비군을 유지할 이유가 없었다는 말이다. 러시아는 유럽 쪽에서 군사를 보내야 했다. 그만큼 운송로가 길었고, 대포와 전함과 같은 원거리 무력이 일본에 비해 약할 수밖에 없었다.

미국 루즈벨트 대통령의 조정으로 일본과 러시아 양국은 1905년 9월에 미국의 포츠머드에서 강화조약을 맺었다. 일본은 세계열강 대열에 올라서서 조선 침략을 공식적으로 승인받게 되었다. 청일 전쟁에서 승리하고도 삼국간섭을 피할 수 없었던 일본은 대륙 진출을 위해 본격적으로 조선을 침략했다.

러일전쟁이 끝나기 전 일본은 미리 국제적 외교를 통해 열강들과 세계 분할 지배정책에 참여하고 있었다. 세계 분할 지배정책이란 쉽게 말해 제국주의 열강들이 세계를 각각 나누어 먹는 것이다. 일본은 1905년 7월, 미국과 '가쓰라-태프트 밀약'을 맺어 필리핀에 대한 미국의 진출을 인정해주고 한국에 대한 보호권을 양해받았다. 8월에는 영국과 제2차 영일동맹을 맺어 일본이 한국에 대한 정치 외교, 군사적 지배권을 가질 것을 인정받았다.

제국주의 열강들에게 한반도에서의 지배권을 인정받은 일본은 마침내 무력을 앞세워 을사보호조약을 강요하고, 대한제국에 통감부를 설치해 보호정치라는 허울을 쓰고 실질적인 조선합병을 실시한다.

우리나라를 보호하겠다고?

1905년 11월 9일 일본은 특명 전권 대사로 추밀원 의장 이토 히로부미를 파견하였다. 외교권 박탈을 내용으로 하는 협약 안이 이토와 하야시를 거쳐 외부대신 박제순에게 전달되었다. 11월 15일 이토는 일본 천황의 친서를 보이면서 고종을 협박하였다.

"동양의 평화와 한국의 안전을 위해 한일 두 나라는 친선과 협조를 강화해야 합니다. 이제 처분을 내리십시오. 일본의 보호를 받으라는 겁니다."

"우리나라는 예로부터 중대한 문제는 현직과 전직의 대소 문무백관들과 의논하고, 전국의 유생들과 백성들로부터 의견을 듣기 전에는 어떤 결정도 내리지 않는 것이 군왕의 도리다. 따라서 나는 이 문제를 나 혼자 처리할 수 없다."

"각료에게 하문(下問)하는 것은 당연한 일입니다. 그러나 백성들의 의견을 묻는 것은 안 됩니다. 폐하가 백성들의 의견을 묻는다는 것은 백성들을 선동해서 일본의 제안에 반대하게 하려는 의도가 아닙니까? 만일 백성들이 다른 말을 한다면 마땅히 병력으로 진압하겠습니다. 폐하가 책임질 각오가 되어 있는 겁니까? 즉시 처분을 내려주시기 바랍니다."

"짐이 차라리 순국할지언정 절대로 승인하지 못하겠다."

이토는 주한일본군사령관 하세가와를 대동하고 고종에게 한국의 백성들을 죽이겠다고 협박하였다. 이토는 한국은 일본의 보호를 받아라, 그 길만이 한국 왕실의 안녕과 존엄을 유지하는 길이라며 조약체결을 강요했다. 고종은 완강하게 거부했다.

1905년 11월 17일, 대신들에게 어전회의가 있으니 급히 입궐하라는 어명이 내려졌다. 그러나 회의 장소에 나타난 것은 고종이 아니라 이토와 일본공사 하야시였다.

일본 보병 1개 대대, 포병중대, 기병연대가 경복궁 안팎과 종로 등 시내 곳곳에서 무력시위를 벌이는 가운데 대궐 안에서 고종이 참석하지 않은 어전회의가 열렸다. 공포 분위기 속에서 열린 회의는 5시간이 넘도록 결론을 내리지 못했다.

하야시는 으름장을 놓았다.

"조약이 체결되기 전에는 결코 퇴궐하지 않겠다."

이토와 하세가와는 일본 헌병 수십 명의 호위를 받으며 회의장에 들어가 대신 한 사람 한 사람에게 조약체결에 관한 찬성 여부를 물었다. 이날 회의에 참석했던 대신은 참정대신 한규설(韓圭卨), 탁지부대신 민영기(閔泳綺), 법부대신 이하영(李夏榮), 학부대신 이완용(李完用), 군부대신 이근택(李根澤), 내부대신 이지용(李址鎔), 외부대신 박제순(朴齊純), 농상공부대신 권중현(權重顯) 등이었다. 이 가운데 조약체결에 적극적으로 반대한 사람은 한규설과 민영기, 이하영이었다. 권중현은 나중에 찬성의 뜻을 표했다. 격분한 한규설은 고종에게 달려가 이 회의의 결정을 거부하도록 하려다가 일본 헌병들에 의해 골방에 갇히고 말았다.

이완용이 일본 쪽이 제시한 조약 안 외에 '일본국 정부는 한국 황실의 안녕과 존엄을 유지하기를 보증함'이라는 조문 하나를 더 첨가할 것을 제의했다. 이토가 즉석에서 이 조건에 찬성함으로서 조약문서는 5대 3으로 통과되고 말았다.

조약문에는 조약의 공식명칭도 없었다. 제목이 들어가는 첫 줄에는 아무것도 쓰여 있지 않았다. 둘째 줄부터 조약의 본문이 시작되는데, 국제법상 공식명칭이 없는 조약은 그 효력이 없다. 일본군이 옥새를 탈취해서 날인한 을사보호조약은 애초에 무효였다. 그러나 일본은 상관하지 않았다.

경복궁을 안팎에서 포위하고 무력시위를 하던 일본군은 철수하고 이토, 하야시, 하세가와 등이 돌아간 뒤에야, 한규설이 풀려났다. 이때 조약체결에 찬성한 자들 박제순, 이지용, 이근택, 이완용, 권중현 등 5명을 '을사오적(乙巳五賊)'이라 한다.

그날 도성 안의 백성들은 조약이 조인되었다는 소식을 듣고 목을 놓아 통곡했다. 분노한 사람들이 이완용의 집으로 쫓아가서 불을 질렀고, 관리들도 울고 온 백성이 울었다. 각 학교 학생들도 등교를 거부하면서 항의했다. 나라를 책임질 위정자들이 자신의 목숨을 구걸하고 자신의 부귀영화만을 꿈꾸었다면, 백성들은 꿋꿋하게 지조를 지키고 항일의병을 일으켜 일본에 대항해 싸웠다.

보호하겠다는 거야, 잡아먹겠다는 거야?

무력을 동원한 극히 변칙적인 방법으로 체결된 한일협상조약, 이른바 을사보호조약은 일제의 강압에 의하여 외부대신 박제순과 일본특명전권공사 하야시 사이에 체결되었다. 그 내용은 다음과 같다.

한국과 일본 양국 정부는 양 제국을 결합하는 이해공통의 주의를 공고히 하기 위하여 한국의 부강의 실(實)을 인정할 수 있을 때에 이르기까지 이 목적을 위하여 다음 사항을 약정한다.

제1조 일본 정부는 동경에 있는 외무성을 거쳐 이후 한국의 외국에 대한 관계 및 사무를 감리, 지휘할 것이며, 일본의 외교대표자 및 영사는 외국에 체류하고 있는 한국의 신민과 이익을 보호한다.

제2조 일본 정부는 한국과 타국과의 사이에 현존하는 조약의 실행을 완수할 임무가 있으며, 한국 정부는 이후 일본국 정부의 중개를 거치지 않고는 국제적 성질을 갖는 어떤 조약이나 약속을 하지 않는다.

제3조 일본 정부는 그 대표자로서 한국 황제폐하 아래에 한 명의 통감(統監)을 두고 통감은 오직 외교에 관한 사항을 관리하기 위해 경성(京城)에 주재하고 친히 한국 황제폐하에게 내알(內謁)하는 권리를 가진다. 일본 정부는 또한 한국의 각 개항장 및 일본 정부가 필요하다고 인정하는 곳에 이사관(理事官)을 두는 권리를 가지되, 이사관은 통감의 지휘 아래 종래 한국주재 일본영사에게 속하던 직권을 집행하고, 아울러 본 협약의 조관을 완전히 실행하기 위해 필요로 하는 일체 사무를 관장한다.

제4조 일본국과 한국 사이에 현존하는 조약 및 약속은 본 협약에 저촉

되지 않는 한 모두 그 효력을 계속하는 것으로 한다.

제5조 일본 정부는 한국 황실의 안녕과 존엄을 유지할 것을 보증한다.

의병을 일으켜 적을 토벌하라!

대한제국의 외교권을 일본이 장악한다는 내용의 을사보호조약이 체결됨으로써 외교권을 잃은 한국외교기관은 전부 폐지되었다. 미국과 구미 열강 주한 공사들은 서둘러 공사관을 철수하고 본국으로 돌아갔다. 한국의 국제외교는 일본을 통해야 했으므로 일본에 주재하는 공사만 있으면 되었기 때문이다.

외교권의 박탈은 실제적으로는 국권의 박탈과 다름이 없었다. 외교권이 없는 나라가 정상적인 독립국가일 수는 없다. 대한제국은 사실상 망한 것이나 다름없었다. 1905년 11월 17일의 을사보호조약으로 대한제국은 식민지가 되고 말았다. 나라 안은 온통 통곡소리뿐이었다.

을사보호조약 체결에 항의하는 반대운동이 전국적으로 다양하게 전개되었다. 을사보호조약 반대운동은 황성신문·대한매일신보·제국신문 등 언론기관이 앞장섰다. 그 가운데 가장 강한 것은 황성신문이었다.

황성신문의 주필 장지연(張志淵)은 11월 20일자 논설로 〈시일야방성대곡 是日也放聲大哭〉을 발표했다. 언론이 일본의 침략을 규탄하고, 조약체결에 찬성한 대신들을 공개 비판하고 나서자 전 국민의 분노는 절정에 달했다. 많은 이들이 조약의 무효와 을사5적을 규탄하고, 조약을 반대하는 투쟁에 나섰다.

고종은 이 조약이 불법 체결된 지 4일 뒤인 22일, 미국에 체재중인 황실고문 헐버트(Hulburt, H.B.)에게 을사보호조약 체결이 강압에 의

한 것이었음을 다음과 같이 통보하여 이 사실을 만방에 선포할 것을 지시했다.

"짐은 총칼의 위협과 강요 아래 최근 양국 사이에서 체결된 이른바 보호조약이 무효임을 선언한다. 짐은 이에 동의한 적도 없고 금후에도 결코 아니할 것이다. 이 뜻을 미국정부에 전달하기 바란다."

이 사실이 세계 각국에 알려지자 이듬해 1월 13일, '런던 타임즈' 지가 이토의 협박과 강압으로 체결한 내용을 상세히 보도했다. 프랑스 공법학자 레이도 특별기고로서 프랑스 잡지 '국제공법' 1906년 2월호에 이 조약의 무효를 주장했다.

국내에서는 많은 이들이 적극적이고 과감한 투쟁을 전개했으니 충청도에서는 전 참판 민종식, 전라도에서는 전 참찬 최익현, 경상도에서는 신돌석, 강원도에서는 유인석이 각각 의병을 일으켰고 이근택, 권중현 등에 대한 암살시도가 일어났다.

의병장 가운데 특히 유명한 사람은 신돌석이다. 28살의 신돌석 대장은 경북 지방에서 맹활약했다. 을미사변 때 소년의병으로 저항운동에 참여했던 신돌석은 양반출신의 다른 의병장들에게 따돌림을 당하기도 했다. 평민이었기 때문이었다.

대원군을 끌어내린 상소를 올렸던 최익현은 큰 성과를 올리지는 못했지만, 그 상징성으로 모든 백성에게 힘이 되었다. '최익현이 의병을 일으켰다'는 말은 전국의 항일의병에게 기운을 북돋아주었다. 최익현은 〈의병을 일으켜 적을 토벌하라!(倡義討賊疎, 창의토적소)〉는 격문을 발표하여 백성들에게 힘을 주었다.

최익현은 성품이 꼿꼿하기로 유명했는데, 세수를 할 때조차 옷을 적실지언정 고개를 숙이지 않았다고 한다. 그런 최익현의 의병대와 대치한 병력은 일본군이 아니라 대한제국의 관군이었다. 최익현은 황제가 보낸 군대와 싸울 수 없다며, 그 자리에서 의병대를 해산하고 스스로 체포되고 말았다. 나라를 빼앗기지 않기 위해 일어난 의병들은 일본군뿐만 아니라 일본이 장악하고 있던 대한제국의 군대와도 싸워야만 했다. 서울로 압송된 최익현은 제주로 유배를 갔다가 대마도로 옮겨졌다. 그는 적이 주는 음식이라 하여 물 한 모금 입에 대지 않고 그대로 굶어죽었다.

멸망한 조국을 구하겠다고 일어선 의병들은 용기백배했지만 훈련과 무기의 부족으로 도처에서 일제의 총검 아래 쓰러져 갔다. 국내에서는 더 이상 일본군과 상대하기 힘들어진 의병들은 만주로, 연해주로, 상해로 망명하여 굽히지 않고 독립운동을 계속하였다.

한편 일제는 1906년 2월에 우리나라에 통감부를 설치하고 초대 통감에 이토가 부임하여, 통감정치(統監政治)를 시작했다. 통감부는 한국의 외교권을 대표하는 것뿐만 아니라 내정까지도 직접 우리 정부에 명령, 집행하게 하는 힘을 행사했다.

일제는 을사오적을 모두 등용해 친일내각을 구성했다. 이완용의 친일 내각은 이토의 지시에 따라 일진회라는 친일단체를 조직하여 당시 전국적으로 일어난 항일운동을 저지하고, 일제 침략의 선도적 역할을 했다.

아들에게 물려주고 물러나시오!

을사보호조약이 체결되자 고종과 일본의 싸움은 본격화된다. 고종은 결코 을사보호조약을 인정하지 않았다. 고종은 미국에 보낸 밀서가 묵살당했지만 좌절하지 않고, 비밀리에 런던 〈트리뷴〉지 기자인 스토리에게 옥새가 찍힌 국서를 주어 영국에 전하게 했다. 이 국서에서 고종은 황제인 자신은 을사보호조약을 승인하지 않았으며 주권의 일부도 일본에 양도하지 않았음을 역설하고, 이후 세계열강이 5년 동안 한국을 공동으로 보호하기 바란다고 했다.

이 국서는 1906년 12월 6일자 〈트리뷴〉지에 실렸다. 1907년 1월 16에는 영국인 베델과 양기탁이 함께 운영하던 한국의 〈대한매일신보〉에도 실렸으며, 중국 주재 영국 총영사 지부에게 전달되었다.

그러나 이미 각 열강은 일본의 한국 지배를 인정한 터였으므로 아무 반응이 없었다. 고종은 끝까지 굴하지 않고 대한제국 문제를 국제 사회에 알리기 위해 1907년 6월 네델란드 헤이그에서 개최된 제2차 만국평화회의에 특사를 파견할 계획을 세웠다. 특사로 내정된 사람은 전 의정부참찬 이상설과 전 평리원감사 이준이었다. 대한제국 황제의 신임장을 들고 갔지만, 어느 나라도 이들의 주장을 들어주지 않았다. 구국 비밀 결사인 신민회에 가입했던 이준은 국권을 되찾을 길이 없게 되자 분을 이기지 못하고 자결함으로써 일제에 항거하였다.

헤이그에 고종의 밀사가 나타나자 일본은 한순간 당황했으나, 곧 이 사건을 이용해 고종을 몰아내기로 방침을 정했다. 고종이 헤이그에 밀사를 보냈다는 정보를 들은 이토 히로부미는 그 해 7월 3일 하야시 외상에게 전보를 보냈다.

"지금이야말로 한국에 대한 국면 전환의 행동을 할 때다. 병권, 재판권을 우리 수중에 넣을 좋은 기회다."

이토는 내각 총리대신 이완용과 고종을 퇴위시키기로 합의했다. 이완용은 7월 16, 17일 두 차례에 걸쳐 고종을 찾아가 왕세자에게 자리를 물려주고 물러날 것을 요구했다. 격노한 고종은 이를 거부했다. 그러나 고종에게 아무런 힘도 없었다. 고종은 결국 그 달 19일 새벽 3시에 "지금까지 선양(다음 임금에게 왕위를 물려줌)의 예에 따라 군국의 대사를 황태자에게 대리케 한다"는 조칙을 발표하는 데까지 양보했다.

이 조칙의 속뜻은 황태자에게 황위를 물려주는 것이 아니라 일정기간 동안 '대리' 하게 한다는 데 있었다. 일본의 뜻은 '대리' 가 아니라 '선위' 에 있었기 때문에 조칙을 거부했다. 이토와 이완용은 이 해 7월 20일, 고종이 거부하는 데도 경운궁 중화전에서 황제 양위식을 강행했다. 고종과 양위받는 순종 모두 참석하지 않은 세계 역사상 유례가 없는 희한한 양위식이었다.

그 후 일본은 순종과 황태자인 영친왕 은을 덕수궁에서 창덕궁으로 이주시킴으로써 고종의 영향력에서 벗어나 있게 했다.

2. 다섯 놈의 도적과 그보다 더한 도적 한 놈

　일본은 군사적 충돌도 없이 정치적으로 매우 쉽게 국권을 빼앗았다. 그것은 을사5조약을 체결하는 데 앞장서 협력했던 을사오적(乙巳五賊)으로 불리는 매국대신 등의 반민족적 친일관료들이 일본이 원하는 대로 움직여주었기 때문이었다.

매국노의 대명사 이완용

　이완용(李完用, 1858~1926)은 일찍 영어를 배운 탓에 미국통의 외교관리가 되었다가 아관파천, 러일전쟁 등을 계기로 친러파가 되었다. 일본이 러일 전쟁에서 승리를 거둔 후, 그는 친일파로 변신하여 내각 총리대신이 되었고 매국의 원흉이 되었다.

　그는 을사보호조약 체결의 주동자로 이토의 신임을 등에 업고 처음부터 고종을 협박하여 조약체결에 앞장섰다. 그는 절대불가를 완강하게 주장하는 대신들에게 이렇게 말하며 조약체결을 종용했다.

　"지난날의 모든 조약이 일방적으로 강요에 못 이겨 체결되었소. 그래서 우리나라는 늘 그 조약의 글자 수정을 못하여 후회하였소. 그러하니 이번 새로운 조약은 서로 변동할 수 있도록 하면 전혀 불가능한 것이 아니니 절대 불가하다고만 말해선 안 된다고 보오. 대한제국은 일본의 지도와 보호를 받아야 한다는 것이오."

또한 그는 헤이그 밀사 사건에 대한 책임이 고종에게 있다고 주장하며 양위를 강요하기도 했다. 이 소식이 전해지자 백성들은 격렬한 반대운동을 벌였고 분노한 군중들이 이완용의 집에 불을 질렀다.

그는 안중근의 의거로 이토가 살해되자 내각령으로 3일간 춤과 노래를 금지시키는 조치를 취하는 등 거침없이 친일행위를 거듭한 끝에 이재명(李在明)의 의거로 어깨, 허리, 복부 등 세 곳에 칼을 맞았으나 2개월간의 입원 치료 끝에 회복되었다. 겨우 목숨을 건진 이완용은 본격적으로 한일합방을 추진하기 시작하였다.

을사보호조약 체결 이후 이완용은 내각 총리대신이 되었고, 1910년엔 데라우치와 한일합방 조약을 체결하여 나라를 고스란히 일본에게 건네주고 자신은 일본 백작의 작위를 받으며 일신의 영달에 급급했다.

합방 전, 이토는 이완용과 송병준을 침략의 앞잡이로 삼았다. 두 사람이 서로 권력을 다투어 경쟁적으로 이토에게 수단과 방법을 가리지 않고 충성을 다한 탓에 이토는 손쉽게 총 한방 쏘지 않고 한반도를 병탄할 수 있었다. 합방 후 데라우치도 두 사람을 경쟁시킴으로서 용이하게 한반도를 통치해 나갔다.

일례로 송병준이 실각하여 일본에 가 있을 때 한일합병이 단행되었다. 데라우치는 이완용에게 송병준을 불러들이면 보다 용이하게 합병 문서에 조인이 끝날 것 같다는 말을 슬쩍 던졌고, 이완용은 송병준에게 실권을 빼앗길 것이 두려워 서둘러서 조약을 체결하고 말았다.

이완용은 3.1운동 당시엔 세 차례에 걸쳐 조선 민족에 대한 이른바 경고문을 발표했다.

"학생 청년들은 부질없이 생명 재산을 잃지 말고 자중하여 실력양성을 기다리라."

경고문이 발표되자 매국노 이완용을 규탄하는 소리가 다시 높아졌고 이에 대해 그는 "천만인 중에 한 사람이라도 나의 말에 일리가 있다고 생각하는 사람이 있다면 이는 경고의 효과가 적지 않은 것"이라 강변했다.

이후 이완용은 후작으로 승작했고(1921), 아들 항구도 남작을 받았으며 손자 병길, 병회 등도 모두 귀족으로서 일본에 유학하는 등 친일파로서 죽을 때까지 일본에 충성을 다했다.

그는 '을사오적', '정미칠적', '친러파', '친일파', '매국노', '민족의 반역자' 등의 각종 매국적 수식의 대명사로 일컬어지며 일제의 앞잡이로 살다가 1926년 68세의 나이로 욕되게 죽었다.

이완용은 정치적 행태와 달리 문장과 서예에 뛰어난 재주를 가지고 있었다. 다음과 같은 이완용의 시를 보면 일제에 대한 해바라기 이완용이 천하의 매국노임을 알 수 있다.

궁궐의 동산에 봄이 먼저 드니
동산 가운데 꽃이 다 피었네.
오직 남아있는 깊은 그늘 길의 풀들은

아직도 햇볕이 빨리 들기를 기다리네.

上苑春先入, 中園花盡開, 惟餘幽徑草, 尙待日光催

(상원춘선입, 중원화진개, 유여유경초, 상대일광최)

이완용의 무덤은 8·15 이후, 매국노의 후손이란 손가락질을 견디지 못한 후손들의 손에 의해 파헤쳐져 없어지고 말았다. 1979년 이완용의 증손 이석형은 전북 익산군 낭산면 낭산리 뒷산에 묻혀 있던 이완용과 아버지 이항구 부부의 묘를 직접 파헤쳐 화장시켜 버렸다. 이완용의 관 뚜껑에는 붉은 페인트로 일본 정부가 부여한 '조선총독부 중추원 부의장 이위대훈위 우봉이공지구(朝鮮總督府 中樞院 副議長 二位大勳位 牛峯李公之柩)'라 씌어 있었다.

을사보호조약 체결의 도장을 찍은 박제순

박제순(朴齊純, 1858~1916)은 을사보호조약 체결 당시 외부대신으로 조약 체결의 도장을 찍은 사람이다. 을사보호조약 문서의 서명란을 보면 외부대신 박제순과 특명 전권공사 하야시의 이름과 도장이 찍혀 있다.

박제순은 처음 고종과 각료들이 회담할 때에는 참정대신 한규설과 함께 조약 체결에 반대했다. 이토가 일본군을 동원하여 각료들을 감금하고 공포 분위기를 조성한 후, 각자의 의견을 물었을 때, 주무 부서인 외부대신 박제순이 제일 먼저 지명되었다. 박제순은 반대의 의견을 표시하면서 어명이 있었는가를 물었다.

"어명이라니, 무슨 뜻이오? 어명이 있다면 조인하겠다는 뜻으로 해석해도 좋겠소?”

이토는 그 말을 놓치지 않고 다그쳐 물었다. 그때 한규설이 왜 자신의 의견을 내세우지 않고 엉뚱한 소리를 하느냐고 비난했다. 그러자 박제순은 한두 마디 모호한 변명을 늘어놓았다. 이토는 기회를 만났다고 생각하고 그에게 못을 박았다.

“당신은 이 협약 안에 반대하는 것이 아니군. 폐하의 어명만 있다면 찬성하는 것이라 믿겠소.”

한규설이 왜 해명하지 않느냐고 다그치자 박제순은 대답이 없었다. 그러자 이토는 이렇게 선언했다.

“그럼 주무대신인 외부대신은 찬성하는 것으로 간주하겠소.”

그리하여 이토는 헌병대를 외부로 급파해서 외부대신의 도장을 가져오게 해서 서류에 찍었다. 그러자 을사오적들은 고종황제에게 책임을 떠넘기면서 찬성을 표시하고 말았다.

일제는 을사보호조약 체결을 끝까지 반대한 한규설을 몰아내고 박제순을 참정대신으로 삼았다. 그러나 나인영, 오기호, 김인식 등의 을사오적에 대한 암살기도가 있자 박제순은 겁을 먹고 참정직을 사직했다.

어찌 되었건 박제순의 대표적인 친일행위로는 무엇보다도 을사보호조약 당시 외부대신으로 조약을 체결했던 당사자라는 점이다. 잘 알려진 대로 그는 당시 이 문제에 적극적으로 대처하지 않음으로써 '을사오적'이 되었다.

그 후, 박제순은 본격적으로 친일 경력을 화려하게 쌓아가면서 합방후 조선귀족령에 의해 자작 칭호를 받았고 조선총독부 중추원 고문, 경학원 대제학이 되었다. 경학원 대제학이 된 박제순은 유교 진흥을 주장했지만 실은 총독정치를 선전하는 일을 하였다. 경학원의 본래의 목적은 백성들에게 유교의 인의충효사상을 가르치는 것이었다. 경학원은 식민통치에 순응하고, 특히 '천황'에 순종하는 충성스런 신민(臣民)을 만드는 곳이 되었다. 그는 유교의 본질이라고 할 수 있는 충효를 강조하여 식민지배체제에 순종하는 인간들을 만들어내는데 주력했다.

처세의 달인 권중현

권중현(權重顯, 1854~1934)은 일본어에 능통해서 1888년, 조정의 명을 받고 일본에 가서 각종 문물을 시찰하면서 일본 사정에 정통했고 이러한 능력이 인정되어 개화파 중에서도 일본통으로서 일찍부터 주목을 받았다.

1891년 인천항에서 통상사무를 보았고 이어서 주일공사로 동경에 있으면서 1892년 6월, 오스트리아와 수호통상, 항해 등에 관한 조약을 체결하기도 했다. 그는 당시 개화파 정권에 참여한 인물 중에서도 특히 일본공사관의 신임이 두터운 이른바 왜당(倭黨)으로 알려졌다. 1895년 이후에는 육군참장, 법부협판, 고등재판소 판사, 농상공부 협판 등을 역임했다. 고종에게 황제의 칭호를 사용할 것을 상소하여 그 공로로 1898년 의정부 참찬, 찬정을 거쳐 농상공부대신으로 승진했고,

1899년에는 법부, 농상공부대신을 겸임했다. 그는 1904년에는 육군부 장으로서 당시 러일전쟁중인 일본군의 위문사가 되어 요양, 여순을 순방했다.

그는 을사보호조약 체결에 있어서도 처음에는 반대를 하다가 나중에는 찬성표를 던졌던 것처럼 기회주의자답게 평생을 일제의 앞잡이로 살았다.

1907년 3월 5일 나인영, 오기호 등 을사오적 암살단이 권중현이 사동집을 나서는 순간 거사를 실행에 옮겼다. 일본군 6~7명의 경호를 받으며 양복을 차려입은 권중현이 인력거를 타고 나오자 암살단원 이홍래가 앞을 가로막고 권중현에게 소리치며 권총을 꺼내 들었다.

"이 역적놈아 네 죄를 아느냐?"

순간 일본군이 달려들어 이홍래의 손목을 틀어쥐었다. 그때 옆에 있던 강원상이 권중현을 저격했지만 총탄은 명중하지 못했고, 놀란 권중현은 민가로 도망쳐서 몸을 숨겼다. 죽다 살아난 권중현은 그해 5월, 박제순 내각의 총사퇴와 함께 관직을 물러나, 모든 가족을 이끌고 추풍령 아래 산간 마을 영동으로 칩거를 했다. 이내 경성으로 돌아온 그는 일제가 내려준 자작의 작위를 수여받고 중추원 고문이 되었으며, 조선사편수회의 고문을 지내는 등 유유자적한 말년을 보냈다.

3형제가 일제의 작위를 받은 친일귀족 이근택

이근택(李根澤. 1865~1919년)은 을사오적 가운데 가장 뻔뻔스러운 매국노에 속한다. 당시 '대한매일신보'에 이런 기사가 나온다.

을사보호조약을 체결하고 퇴궐한 이근택이 가족을 불러놓고 궁중에서의 조약체결에 대해서 이렇게 자랑스럽게 이야기했다.

"내가 오늘 을사5조약에 찬성을 했으니 이제 권위와 봉록이 죽을 때까지 혁혁(赫赫, 찬란하고 빛남)할 거요."

순간 부엌에서 식칼로 도마를 쾅 내려치는 소리가 들렸다. 곧바로 한 계집종이 마당으로 뛰쳐나오면서 호통을 쳤다.

"이 집 주인 놈이 저렇게 흉악한 역적인 줄도 모르고 몇 년 간 이 집 밥을 먹었으니 이 치욕을 어떻게 씻으리오."

그녀는 그 길로 집을 나가버렸다. 계집종이 집을 나가자 이어 오랫동안 같이 지내오던 침모(針母)도 줄행랑을 놓고 말았다(『대한매일신보』, 광무 9년 11월 25일자·제86호).

이근택은 이처럼 민중의 분노와 지탄을 받으면서도 그의 오만불손함은 도가 지나쳐서 주변의 질시를 받고 한때는 관직에서 밀려나기도 했다. 그러나 그는 출세를 위해서라면 어떤 사람에게도 자신을 팔았고 자신을 신임하던 고종을 기만하는 일도 서슴없이 자행했다.

이근택은 대한제국 초창기에는 친러파였다. 우연한 기회에 명성황후의 총애를 받아 출세한 그는 명성황후를 시해한 일본인들에게 나쁜 감정을 갖고 있었다. 그러나 러일전쟁에서 일본이 승리를 거두자 이근택은 친일파로 변신했고 누구보다도 적극적인 친일활동을 했다. 그는 궁중의 기밀사항을 정탐하여 일본공사 하야시에게 제공함으로서 출세를 보장받았다.

1905년 9월 '을사보호조약' 체결을 앞두고 그는 군부대신직에 올랐고 을사보호조약이 체결되자 그는 그 공로로 조선 귀족이 되어 자작의 작위를 받았다.

이근택의 집안은 이근택의 형 이근호와 동생 이근상 등 3형제가 한일합방 후 작위를 받을 정도로 친일행각을 한 대표적인 매국노의 집안이었다.

일제 시대를 통틀어 3형제가 작위를 받은 경우는 이 집안이 유일했다. 이들의 작위는 모두 자식들이 물려받았다. 이근택이 죽은 후, 그의 작위는 장남 이창훈에게 세습되었고, 해방 때까지 유지했다. 이창훈 역시 일제하 몇몇 친일단체에서 활동했는데 말하자면 대를 이어 '황국신민(皇國臣民)'으로 복무한 셈이다. 이근택은 을사오적 중에서도 가장 교활하고 악독하기로 소문나 특히 백성들의 원성을 사는 중심에 있었다.

조약체결 이듬해인 1906년 2월 16일 밤, 그는 취침 중에 애국지사 기산도를 비롯한 자객들의 습격을 받고 13군데나 칼로 찔렸지만 기적적으로 목숨을 건졌다. 그 후 을사오적에 대한 암살단을 만든 나인영과 오기호가 이근택을 암살코자 결사대를 끌고 그가 집에서 나오기를 기다렸지만 같은 오적 중의 하나인 권중현이 저격당하였다는 소식을 듣고 집에 숨어서 나오지 않는 바람에 거사를 단행하지 못하고 말았다.

부인과 함께 반인륜적 행위를 벌인 이지용

이지용(李址鎔, 1870~1928)은 흥선 대원군 이하응의 형인 홍인군 이최응의 손자로 고종임금과는 5촌간이다. 그는 왕실의 종친으로서 을사오적이 되어 조선왕조를 팔아넘긴 자다. 그의 할아버지 이최응은 매관매직으로 재물을 모아 9개나 되는 창고에 온갖 보화를 가득 쌓았을 만큼 부정부패한 사람이었다. 이지용도 그런 집안의 더러운 전통을 따랐다. 그는 벼슬살이를 하는 동안 뇌물을 받고 군수직 15개를 팔아넘긴 혐의를 받고 탄핵을 받는 등 결코 깨끗지 못한 인물로 알려졌다.

그는 주일공사를 여러 차례 지낸 덕에 주한 일본공사관과 가깝게 지냈는데 단돈 1만 원에 매수돼 궁중의 비밀을 낱낱이 일본공사 하야시에게 보고하는 첩자노릇을 하다가 한일의정서 체결에 도장을 찍는 역할을 한다.

1905년 11월 17일, 이지용은 내부대신으로서 을사보호조약에 찬성을 하고 집에 돌아와 이런 말을 했다고 한다.

"나는 오늘 병자호란 때의 최명길이 되려고 했던 거야. 국가의 일을 내가 아니면 누가 하겠는가?"

병자호란 때, 최명길은 종묘사직을 지키기 위한 고육책으로 화친론자가 되어 청나라와의 강화조약을 추진했던 사람이다. 나라를 팔아먹은 조약에 서명한 자가 그런 말을 했다니! 화가 난 백성들은 그의 집에 불을 질렀다. 또한 을사오적 암살단은 이지용을 죽이기 위해 이지용의 집에 폭발물을 선물로 가장하여 보냈으나 실패로 끝났다. 당황한 일제는 일본 순사 10여 명을 항상 이지용에게 붙여서 그의 신변을 보호하기 시작했다.

그는 외부대신으로 일본공사 하야시와 한일의정서를 조인한데 이어서 내부대신이 되어 을사보호조약을 찬성, 조인했다. 한일합방 후, 일제로부터 백작 작위를 받고 중추원 고문이 되었다. 한일합방 이후에는 날마다 도박으로 소일하며 날을 보냈다. 요즈음 돈으로 환산한다면 억대 도박판을 매일 벌이다가 나라를 팔아넘기면서 받은 돈을 다 털리고 나중에는 일제가 백작에게 지급해주는 연 수당 3000원을 받아 죽을 때까지 도박을 하다가 죽었다.

그에게는 뛰어난 미모의 아내 이옥경(李玉卿)이 있었다. 그녀는 수많은 일본인들과 놀아난 것으로 당시 사회를 떠들썩하게 하기도 했다. 1906년, 이옥경은 고관들의 부인 다수가 참여한 친일 부인단체인 한일부인회를 조직해서 부회장을 맡아 활동하기 시작했다. 그녀는 양장을 하고 이지용과 함께 팔짱을 끼고 시내를 활보하기도 했고 아무 곳에서나 담배를 피우며 돌아다녀서 나중에는 고종의 꾸중을 듣기도 했다. 그녀는 명성황후 사후 고종이 총애하는 귀인 엄비(嚴妃)의 처소를 드나들면서 고종의 마음을 사로잡아서 이지용을 요직에 앉히기도 했다.

이옥경은 일본어와 영어에 능통한데다 영리하고 예뻐서 일본인 관리들에게 인기가 많았다. 그녀는 당시의 상식으로는 상상을 초월할 정도로 아주 자유분방하게 남자들을 만나고 다녔다. 처음에는 하기와라란 자와 정을 통했고, 다음에는 구니와케와, 뒤에는 하세가와 등과 정을 통했다. 첫 번째 남자 하기와라는 여러 남자와 놀아나는 이옥경에게 분통을 참지 못했다고 한다. 그는 일본으로 귀국할 때 이옥경이 전송을 나와 입을 맞추자 그녀의 혀끝을 깨물어 상처를 입혔다. 이옥경이 혀를 깨물리고 아픈 것을 참고 돌아갔다는 소문이 나자 장안 사람들은 작설가(嚼舌歌)를 지어 그녀를 비웃었다.

황현의 〈매천야록〉에는 이옥경이 여러 일본인을 바꿔가며 서로 좋아하고 일본인 또한 그것을 질투하는 등의 모습을 그린 그림이 장안에 널리 퍼지기도 했다고 기록하고 있다.

매국노 1호 송병준은 더 나쁜 놈

재일동포 사학자 강덕상은 〈미공개자료 조선총독부 관계자 녹음기록〉을 펴냈다. 그 자료에는 조선총독부 재무국 사무관이었던 후지모토 슈조의 진술이 있다.

"송병준이 이토 히로부미와 가쓰라 다로 총리에게 "일본에 조선을 팔아넘기겠다", "1억 5000만 엔을 내라"고 교섭을 해왔다. 그는 "1억 5000만 엔으로 조선을, 이만큼 넓은 토지와 2000 수백만 명의 인구를 모두 일본의 손에 넣을 수 있지 않은가, 조금도 비싸지 않다"는 것을 가쓰라 총리에게 여러 차례 얘기했다."

송병준(宋秉畯)은 1857년 8월 20일 함경남도 장진에서 아버지 송문수와 기생 덕산 홍씨 사이에서 태어났다. 송병준은 여덟 살 때 도둑질 혐의로 쫓겨났다. 도둑질과 구걸을 하며 살던 송병준은 우연히 민씨 세도가인 민태호(고종의 외숙)의 눈에 띄어, 그의 첩 홍씨 집에서 일하게 되었다.

송병준은 1871년 무과에 합격하여 관리가 되었다. 1876년 강화도조약 때, 송병준은 수행원(접대요원)이었다. 이때 그는 일본 측 수행원인 오쿠라 기하치로를 만났다. 오쿠라는 메이지 유신 무렵에 총을 팔아서 떼돈을 번 사람이었다. 오쿠라는 1877년에 송병준을 앞세워 부산에서 고리대금업과 무역업을 겸하는 부산상관을 설립하였다. 송병준의 친일매국행각은 이때부터 시작되었다.

송병준은 친일매국노 제1호로서 자신의 이익을 위해 나라마저 돈을 받고 팔아넘기려던 가장 나쁜 놈이었다. 그는 일본당을 만들기 위해 동학출신인 이용구에게 시천교도를 규합하여 진보회를 만들게 하고, 윤시병에게는 유신회를 만들도록 하였다. 이들을 통합해서 만든 친일매국단체가 일진회였다. 그는 일진회를 발판으로 삼아 나라를 팔아넘길 생각만 하고 있었다. 그는 일본으로부터 막대한 공작금을 받아 친일단체를 만들고 유력인사를 친일로 돌아서게 하는 공작에 앞장섰다. 일본이 시키는 일에는 늘 앞잡이가 되었던 그는 그야말로 일제의 주구였다.

을사보호조약 이후 통감이 된 이토는 매국 내각의 대표 이완용과 친일매국단체인 일진회의 송병준을 경쟁시켰다. 1907년 이완용 내각에서 송병준은 농상공부대신이 되었다. 헤이그밀사 사건이 터졌을 때 송병준은 칼을 차고 어전회의에 들어가 고종을 협박한 것으로도 유명하다.

"일본에 건너가 메이지 천황에게 사죄하든가, 통감 이토에게 무릎을 꿇어 사죄해야 하는데, 이토에게 사죄하는 것은 있을 수 없는 일로 만일 그럴 경우에는 폐하를 죽이고 자살하겠습니다."

둘 다 불가능하니 순종에게 자리를 양위하라는 것이었다.

송병준은 일본당국이 작성해준 일진회 명의로 '합방청원서'를 통감에게 제출하도록 지령받아 그대로 행한 개였다. 결국 1910년 8월 29일 한국을 강점한 일본으로부터 송병준은 매국의 공로로 자작과 은사금 10만 원(현 시가10억 원)과, 일본 국왕으로부터 금시계를 받는 매국노로서의 영광을 누렸다. 송병준은 1925년 뇌일혈로 사망하였다.

송병준의 백작 작위는 아들 송종헌이 물려받았다. 송병준의 사위

구연수는 을미사변 당시 명성황후의 시체에 석유를 뿌려 소각하는 일을 감독하는 일을 했다. 통감부가 개설되면서 일제의 권력을 등에 업고 귀국한 그는 통감부 경시(警視:총경)를 거쳐, 총독부 경무관으로 경무총감부에서 근무했는데, 조선인으로 경무관을 지낸 사람은 구연수밖에 없다.

구연수의 아들, 송병준의 외손자 구용서는 조선은행 도쿄지점에 들어간 이후 금융계에 몸담았다. 일제 강점기의 금융이란 조선에서 빼앗은 부를 관리하는 곳이었다. 해방 직전 조선은행 오사카 지점 서구출장소 지배인이었던 구용서는 해방과 더불어 오히려 출세를 했다.

해방 이후 일개 지점장도 못 되던 구용서는 하루 아침에 조선은행 부총재가 되었다. 1950년 총재로 승진한 그는 조선은행이 한국은행으로 개편되면서 대한민국 중앙은행의 초대 총재가 되었다. 그는 이승만 정권하에서 상공부장관까지 지냈다.

3. 대한국인 안중근

우리의 원수! 이토 히로부미

이토는 일본인에겐 서구 열강의 침략을 막고 부국강병을 이룩한 메이지 유신기의 공신이지만, 우리에겐 초대 통감(1905년 12월~1909년 6월)으로 한국에 들어와 강제 병합의 길을 닦은 원흉이다. 일제의 한국 강점을 앞장서서 지휘한 놈이다.

우리에게 영원히 침략자이자 민족의 원수로 낙인찍힌 이토는 일본 국민들에게는 합리적이고 청렴한 정치가로 추앙받는 인물이다. 실제로 지난 2000년 일본 아사히 신문이 실시한 '지난 1천년 일본의 정치 지도자 중 제일 좋아하는 사람은 누구인가' 라는 독자 인기투표 결과 이토는 10위를 기록했다. 그는 일본에서는 1984년까지 1천 엔짜리 지폐에 그의 초상이 실릴 정도로 근대화의 주역으로 높이 평가되고 있다.

당시 '메이지 일본' 을 기획하고 조종하며 일본 현대화의 영웅이 된 이토 히로부미는 제국주의 물결 속에서 동아시아 평화를 주창하며 일본이 그 선두에 서야 한다고 주장했다. 그러나 이토의 목표는 동아시아의 평화가 아니라 일본의 번영이었다. 타국의 주권을 침해하고 아시아의 평화를 위협하는 것이 일본 아닌 다른 나라의 평화일 수는 없었다.

일본은 물산이 적은 섬나라였다. 원래부터 많은 부를 가진 나라가 아니었다. 무사집단이 700년이나 국왕을 허수아비로 만들고 권력을 행사한 나라였다. 700년 만에 권력을 되찾은 국왕이 나라를 개방하고, 군사력을 키워 아시아 각국을 핍박했던 것이다. 일본은 제국주의 시대에 아시아 여러 나라를 침략하여 약탈함으로써 부를 일군 나라다. 그 첨병이 이토였고, 그가 일본의 영웅인 것은 당연한 일이다. 그러나 일본의 영웅은 32억 아시아인에게는 원수다. 이토는 우리 민족 최고의 원수였다.

이토는 고종을 협박하고 강제로 한국의 외교권을 박탈하였다. 일본이 한국민을 노예로 만들고 총칼로 통치하는 무단 공포정치를 벌인 침략의 원흉이 바로 이토다.

한국 초대 통감으로 부임한 이토는 이렇게 기고만장하게 말했다.

"일본은 될 수 있는 대로 한국이 독립하기를 바라왔다. 그렇지만 한국은 끝내 독립할 능력이 없었다. 때문에 일본은 청나라, 러시아와 2대 전쟁을 시작했다. 그 결과 일본은 마침내 한국을 보호국으로 만들었다. 이는 일본의 자위상 어쩔 수 없는 조치이다."

그는 대신(친일 매국노)들과의 협의회가 있을 때마다 '지방관리 가운데는 농민을 수탈하거나 부정을 저지르는 자가 많다', '한국인에게는 문물제도와 기술을 개혁하려는 의지가 없다', '특히 한국인은 행정

능력이 없다'는 발언으로 조선의 민족성을 근거없이 비난했다. 그것
은 바로 자신들의 무단 통치를 합리화하려는 고도의 술책에서 나온 것
이기도 했다.

안중근 의사가 이토를 사살한 후, 일본법정에서 우리 민족성의 왜곡
을 암살이유로 제시했던 것도 이 때문이다. 이토는 일본의 한국침략의
상징이다. 그래서 안중근이 이토를 사살한 것은 항일독립운동의 상징
이 되었다.

손가락 끊은 의지로 당긴 방아쇠가 적의 괴수를 죽이다

1909년 10월 26일.

을사보호조약의 원흉! 한국 침략의 원흉! 한국의 초대 통감을 지낸
이토 히로부미가 하얼빈에 온다는 정보가 들어왔다. 러시아 정부의 실
력자인 재무부 장관 코코프체프(Kokovsev, V.N.)와 회담하기 위해 방
문한다는 것이었다.

안중근(安重根)은 동지 11명과 손가락을 끊어 결사보국할 것을 맹세
한 사람이다. 안중근은 우덕순, 조도선, 유동하 등의 도움을 받아 일본
인으로 가장하고 오전 7시경 하얼빈 역에 도착했다. 이토가 탄 열차는
9시에 하얼빈에 도착하기로 되어 있었다.

하얼빈 역에는 벌써부터 러시아 군인들과 환영객들이 많이 나와 있
었다. 안중근은 역 안에 있는 귀빈응접실에 들어가 차를 마시며 열차
가 도착하기를 담담하게 기다렸다. 오전 9시, 열차가 하얼빈 역에 들어
와 멎었다. 얼마 후, 코코프체프와 일본 총영사의 안내를 받으며 이토
가 기차에서 내렸다.

안중근은 주머니 속의 권총을 힘주어 잡으며 귀빈응접실을 나왔다.

이토는 러시아군 의장대를 사열한 뒤, 각국 외교관들과 악수를 나눈 다음 일장기를 흔들어대며 환영하는 일본인들 쪽으로 향했다.

갑자기 군중 속에서 뛰어나온 안중근은 이토에게 다가갔다. 열 걸음정도 떨어진 거리에서 안중근은 이토를 향해서 권총 3발을 쏘았다.

이토는 그 자리에서 쓰러졌다.

그 순간, 안중근은 자기가 혹시 이토가 아닌 다른 사람을 쏘았을지도 모른다는 생각이 들었다. 안중근은 다시 일행 중 일본인 관리로 보이는 사람들을 향해 3발을 더 쏘았다.

이토를 뒤따르던 하얼빈 일본총영사 가와가미 도시히코, 비서관 모리 야스지로, 남만 이사 다나카 세이지로 등이 차례로 쓰러졌다.

러시아 헌병들이 안중근을 덮쳤다.

안중근은 '대한독립만세! 코레아우라!(대한 만세)'를 소리 높여 세 번 외친 뒤 순순히 체포됐다.

안중근 의사의 총에 맞아 쓰러진 이토는 응급처치를 받으면서 누가 자기를 쏘았느냐고 물었다. 한국인이라고 말하자 이토는 "바까나 야쓰!"(바보같은 놈)라고 중얼거렸다. 이토는 급히 기차로 옮겨졌다. 폐와 복부에 관통상을 입은 우리 민족의 원흉 이토 히로부미는 10분도 못 버티고 숨을 거두고 말았다. 안중근은 체포되어서도 계속해서 이토가 죽었는지를 물었다고 한다.

이토가 총에 맞아 죽었다는 소식은 곧 전 세계로 퍼져 나갔다. 신문마다 호외가 쏟아져 나왔고, 전 세계가 떠들썩했다.

안중근의 의거는 당시 기울어가는 국권을 지키려는 의열 투쟁의 계기가 되었다. 국내뿐만 아니라 중국인들에게도 큰 충격을 주고 각성을 불러일으켰다. 당시 일본은 한국에 이어 만주를 집어삼키려고 온갖 만행을 저지르고 있었는데 안중근의 일본 제국주의 침략의 우두머리 이토 히로부미 제거 소식은 중국인들에게도 자기들의 원수를 갚은 것과 같이 기쁜 일이었다.

청나라의 실력자 원세개(袁世凱)는 안중근의 장거와 순국을 다음과 같이 높이 찬양했다.

평생을 벼르던 일 이제야 마쳤구나
죽을 땅에서 사는 것은 장부가 아니어라
몸은 한국 출신이지만 이름 만방에 떨치니
백 년을 못 사는 인생 죽어서 천년을 가라.
平生營事只今畢 死地圖生非丈夫(평생영사지금필 사지도생비장부)
身在三韓名萬國 生無百歲死千秋(신재삼한명만국 생무백세사천추)

우리 민족은 민족혼이 살아 있음을 확인하는 기쁨을 누렸다.

"민족의 원수 이토! 그 원수를 우리나라 사람이 죽였다!"
"우리 민족의 영웅 안중근 만세!"
"만세! 안중근 만세!"
"그런데 안중근이 어떤 사람이래?"
"그는 스스로를 대한국인(大韓國人)이라고 부른다는군!"

대한국인 안중근
안중근은 황해도 해주에서 출생했는데 태어나면서부터 가슴과 배에 검은 점 일곱 개가 박혀 있어 북두칠성에 응한 것이라 하여 이름을 응칠이라 불렀다. 응칠은 서당을 다니며 동네 아이들과 함께 한학을 공부했고 무술에도 많은 취미를 가지고 있었다. 1895년 아버지를 따라 가톨릭교에 입교한 응칠은 신식 학문을 접하고 가톨릭 신부에게 프랑스어를 배웠다.

안중근이 구국운동에 참여하게 된 것은 을사보호조약이 체결되면서부터다. 조약 체결 직후인 1905년 말 아버지 안태훈의 권유로 안중근은 중국 상하이로 건너간다. 열강들에게 조선의 억울함을 호소하고 도움을 청하여 국권을 되찾으려는 생각에서였다. 상해에서 응칠은 고국에서 알고 지내던 프랑스인 르각 신부를 만났다. 르각 신부는 외세에 의존하는 것보다 교육을 통해 실력을 키우는 것이 더 급한 일이라고 충고해 주었다. 다음 해 귀국한 그는 가산을 정리하여 서양식 건물을 지어 삼흥학교를 설립했고, 남포의 돈의학교를 인수해서 학교 경영에 전념하면서 구국운동을 펼친다.

이즈음 안중근은 프랑스인 빌렘 신부 등과 친교를 맺으며 일본과 세계정세에 대해 폭넓게 이해하고 동양평화에 대한 자신의 이론적 바탕을 세웠다.

그러나 1907년 7월, 정미7조약이 체결되고 나라의 앞날은 더욱 어두워졌다. 그는 북간도로 망명했다. 그는 북간도에서 이범윤을 만나 조국의 독립에 대한 전략을 논의하였다. 그는 엄인섭, 김기룡 등 동지들과 뜻을 모아 의병대를 조직하였다. 의병지원자가 300명이 넘었다. 의병대를 조직한 독립투사들은 지휘체계를 세웠다. 김두성을 총독, 이범윤을 대장으로 추대하고 안중근은 대한의용군참모중장으로 임명되었다. 이때부터 그는 무기를 구해 비밀리에 수송하고 의병을 모아들이는 작업에 몰두한다.

1908년 6월에 북간도의 의병대는 두만강을 넘어 함경북도 홍의동의 일본군을 공격해서 승리를 맛보았다. 다음으로 경흥으로 쳐들어가 일본군 정찰대를 격파했으나, 제3차 전투인 회령전투에서는 5,000여 명의 적을 만나 혈투를 벌였다. 수적으로 열세인 의병대는 처참하게 패배하고 말았다.

겨우 탈출에 성공한 안중근은 노브키에프스크, 하바로프스크를 거쳐 흑룡강의 상류 지역 수천 리를 넘게 다니면서 이상설, 이범석 등을 만났다. 그는 노브키에프스크에서 국민회, 일심회 등을 조직했고, 블라디보스토크에서는 동의회를 조직해 애국사상 고취와 군사 훈련을 담당했다.

1909년 3월 2일, 노브키에프스크에서 김기룡, 엄인섭, 황병길 등 12명의 동지가 모여 단지회(斷指會, 일명 단지동맹)라는 비밀결사를 조직했다. 단지동맹은 손가락을 끊어 항일독립운동을 맹세한 사람들이다. 이 모임에서 안중근은 엄인섭, 김태훈 등과 함께 침략의 원흉 이토와 이완용의 암살 제거를 손가락을 끊어 피로써 맹세하고 3년 이내에 성사하지 못하면 자살로 국민에게 속죄하기로 했다.

이토의 죽어 마땅한 15가지 죄

안중근은 러시아 검찰관의 예비 심문에서 자신은 대한제국 의용병 참모중장이라고 떳떳이 자신을 밝혔다. 거사 동기에 대한 질문을 받자 이토가 대한의 독립주권을 침탈한 원흉이며 동양 평화의 교란자이므로 대한의용군참모중장의 자격으로 총살한 것이지 안중근 개인의 자격으로 살해한 것이 아님을 주장하고, 자신이 이토 히로부미를 처단한 이유 15가지를 다음과 같이 밝혔다.

1. 한국의 민황후를 시해한 죄요

2. 한국 황제를 폐위시킨 죄요

3. 을사5조약과 한일신협약 7조약을 강제로 맺은 죄요

4. 독립을 요구하는 무고한 한국인들을 학살한 죄요

5. 정권을 강제로 빼앗은 죄요

6. 철도, 광산, 산림, 농지를 강제로 빼앗은 죄요

7. 제일은행권 지폐를 강제로 사용하여 경제를 혼란에 빠뜨린 죄요

8. 한국 군대를 강제로 해산시킨 죄요

9. 민족 교육을 방해한 죄요

10. 한국인들의 외국 유학을 금지시킨 죄요

11. 교과서를 압수하여 불태워 버린 죄요

12. 한국인이 일본인의 보호를 받고자 한다고 세계에 거짓말을 퍼뜨린 죄요

13. 현재 한국과 일본 사이에 경쟁이 쉬지 않고 살육이 끊이지 않는데 태평 무사한 것처럼 위로 일본 천황을 속인 죄요

14. 대륙을 침략하여 동양 평화를 깨뜨린 죄요

15. 일본 천황의 아버지 고메이(孝明)선제를 죽인 죄다.

일제 간도총영사관 경찰부장을 지낸 아이바 기요시의 증언이 〈미공개 조선총독부 관계자 녹음기록〉에 들어 있다. 이에 따르면, 안중근은 이토 히로부미를 처단한 후 러시아에 체포될 것이고, 러시아에서 재판을 받게 되리라고 생각했다.

바로 전해에 전명운과 장인환 두 사람이 샌프란시스코에서 한국 정부의 외부고문인 친일파 미국인 스티븐스를 살해했다. 미국은 이들을

국사범으로 다뤘다. 안중근은 이 전례에 비추어 러시아 역시 자신을 국사범으로 다룰 것으로 알고 있었다. 국사범은 사형을 당하지 않는 것이 국제관례였다.

그러나 러시아는 안중근을 하얼빈의 일본총영사에게 넘기는 전례 없는 조치를 취했다. 이로써 안중근은 일본의 법원에서 재판을 받게 됐다.

그는 일본 측에 넘겨져서 관동도독부지방법원에서 재판장 마나베 (관동도독부지방법원장) 주재로 여섯 차례의 재판을 받았다.

안중근은 자신을 살인자가 아닌 전쟁포로라고 주장했으나 받아들여지지 않았다. 국내외에서 변호 모금운동이 일어났고 변호를 지원하는 인사들이 여순(旅順)에 속속 도착했으나 받아들여지지 않았다. 일본은 심지어 일본인 관선 변호사 미즈노와 가마타의 변호조차 허락하지 않으려 했다.

관선 변호인 미즈노는 안중근의 당당한 기개와 답변 태도에 감복해서 이렇게 변론했다.

"그 범죄의 동기는 오해에서 나왔다고 할지라도 이토를 죽이지 않으면 한국은 독립할 수 없다는 조국에 대한 충정의 발로임은 의심할 여지가 없습니다."

일본의 영웅을 살해한 흉악범이라는 이유로 사형을 언도받은 안중근은 한국 의병대 군참모중장답게 서예를 하며 차분하게 죽음을 기다렸다.

민족에게 남긴 유언

"내가 한국의 독립을 되찾고 동양의 평화를 지키기 위해 3년 동안 해외에서 모진 고행을 하다가 마침내 그 목적을 이루지 못하고 이곳에서 죽노니, 우리들 이천만 형제자매는 각각 스스로 노력하여 학문에 힘쓰고 농업, 공업, 상업 등 실업을 일으켜, 나의 뜻을 이어 우리나라의 자유 독립을 되찾으면 죽는 자 남은 한이 없겠노라."

두 동생에게 남긴 유언

내가 죽은 뒤에 나의 뼈를 하얼빈 공원 곁에 묻어 두었다가,
우리나라가 주권을 되찾거든 고국으로 옮겨다오.
나는 천국에 가서도 또한 우리나라의 독립을 위해 힘쓸 것이다.
너희들은 돌아가서 국민 된 의무를 다하며,
마음을 같이하고 힘을 합하여 큰 뜻을 이루도록 일러다오.
대한 독립의 소리가 천국에 들려오면
나는 춤추며 만세를 부를 것이다.

4. 나라를 빼앗기고 어떻게 하늘을 볼꼬!

　을사보호조약의 체결은 한국 민족의 맹렬한 분노와 저항에 부딪쳤다. 신문은 날카로운 필봉을 휘둘러 을사보호조약의 무효를 외쳐 분노와 실망에 사로잡힌 국민대중을 위로하고 격려했다. 또한 유생들과 전직 관료들은 상소투쟁(上疏鬪爭)을 전국적 규모로 벌여 을사보호조약의 무효와 매국노를 규탄하는 내용의 상소문이 전국 각지에서 잇달았다. 대한제국의 황제에게 올리는 상소를 통한 조약폐기운동이 좌절된 우국지사들의 분노는 순국항쟁으로 나타났다. 기울어가는 국운을 만회할 길이 없음을 깨달은 애국지사들은 죽음으로써 온 국민의 궐기를 호소하였다. 여기서 그들이 남긴 유지를 받들기 위해서 대표적인 인물 몇 사람의 발자취를 더듬어 보기로 한다.

혈죽으로 되살아난 민영환

　민영환(閔泳煥, 1861~1905)은 호조판서와 선혜청 당상이었던 민겸호의 아들이다. 고종 15년(1878)에 문과에 급제하여 동몽교관에 임명되었다. 이듬해 정시문과에 병과로 급제, 그 능력을 인정받아 여러 관직을 거치다가 1882년 성균관대사성으로 발탁되었다. 1882년 폭발한 임오군란 때 아버지 민겸호가 살해되자 사직했다.

1887년 그는 상리국총판, 친군전영사를 거쳐 예조판서가 되었다. 병조판서, 형조판서를 역임하고, 1895년 주미전권공사에 임명되었으나, 을미사변이 일어나 명성황후가 시해되자, 부임하지 않고 고향에 내려갔으며, 때때로 입궐하여 고종에게 간언을 올렸다.

이듬해인 1896년 4월 러시아 황제 니콜라이 2세의 대관식에 특명전권공사로 임명되어 윤치호, 김득련, 김도일 등과 같이 참석했는데, 이때 일본, 미국, 영국 등지를 두루 거치면서 구미 열강의 발전된 문물 제도와 근대화된 모습을 직접 체험했다. 귀국 후 독립협회의 취지에 찬동, 이를 극력 후원하게 된 것은 그러한 배경에서였다.

귀국 후 의정부찬정 군부대신을 지낸 다음, 1897년 또다시 영국, 독일, 프랑스, 러시아, 이탈리아, 오스트리아 등 6개국 특명전권공사로 겸직 발령을 받고 외유했다. 이때 영국 빅토리아여왕의 즉위 60주년 축하식에도 참석했다. 그는 두 차례에 걸친 해외여행으로 새 문물에 일찍 눈을 뜨고, 개화사상을 실천했다.

을사보호조약이 체결되자 민영환은 조병세와 함께 대신들을 인솔하여 대궐에 갔으나, 일본 헌병들에 의해 쫓겨나고 다시 고종에게 상소를 올렸다. 민영환은 '시일야방성대곡'을 읽고 감동해서 옥중에 있는 장지연에게 사람을 보내 위로했다고 한다.

그는 죽음으로 항거하여 국민을 각성하게 할 것을 결심했다.

그는 잠시 잠을 자야겠다며 좌우를 물리치고, 하인에게 세숫물을 가져오라며 심부름을 보냈다. 하인이 나가자 그 즉시 방문을 걸어 잠그고 단도로 배를 찔렀다. 칼이 너무 짧아 깊이 들어가지 않았다. 민영환은 다시 목과 배를 마구 찔러 방 안에는 피가 흘러 넘쳤다. 하인은 신음소리에 놀라 방문을 부수고 들어갔다. 하인이 본 민영환은 평소와 다름없는 안색으로 칼을 쥔 채 숨을 거둔 상태였다고 한다. 때는 1905년 11월 4일 오전 6시였다.

시신을 본가로 옮길 때 이를 지켜보던 수천 명의 사람들이 통곡을 하며 울었는데, 마치 자기 친척이 상을 당한 것처럼 슬퍼했다고 한다. 그의 소매 속에서는 유서 3통이 나왔다. 한 통은 국민에게 보내는 고별사요, 다른 한 통은 각국 공사들에게 보내는 공개서한이었다. 또 다른 한 통은 황제에게 올리는 글이었다.

민영환의 자결 소식이 전해지자, 원임대신 조병세를 비롯한 전참판 홍만식, 학부 주사 이상철, 평양대 일등병 김봉학 등 많은 인사들도 스스로 목숨을 끊었다. 그의 인력거꾼도 목숨을 끊어 일제 침략에 항거했다.

민영환이 죽은 후, 10여 일이 지난 뒤에 그의 피 묻은 옷을 간직해 둔 곳에서 푸른 대나무 몇 줄기가 난간 틈으로 돋아났는데, 그 기상이 하도 늠름하여 감히 범하지 못할 자태를 지니고 있었다 한다. 방에서 솟은 대나무의 잎은 45개로 민영환 충정공이 순국할 때의 나이와 같았다고 한다. 죽음으로서 나라를 구하려 했던 충정공 민영환의 충정이 이 대나무로 자랐다고 해서 당시 세상이 떠들썩했다.

일본인들은 유서가 적힌 명함과 혈죽을 내놓으라고 강요했으나, 부인 박씨는 혈죽을 뽑아 식물 표본처럼 만들어 명함과 함께 감추고는 없다고 버티었다.

민영환의 피로 물든 대나무라고 해서 혈죽(血竹)이라고 불렸는데, 백여 년 동안 민영환의 집안에서 보관해 오다가 얼마 전 고려대 박물관에 기증되어 보관하고 있다.

그의 애국 충절을 기리기 위한 동상이 창덕궁 앞에 세워져 있다.

국민에게 남긴 유서(閔忠正公遺稿)

오호라, 나라의 수치와 백성의 욕됨이 바로 여기에 이르렀으니, 우리 인민은 장차 생존 경쟁하는 가운데에 모두 진멸될 것이로다. 장차 경쟁에서 살기를 바라는 자는 반드시 죽고 죽기를 기약하는 자는 삶을 얻으리니, 여러분은 어찌 헤아리지 못하는가? 영환은 한 번 죽음으로써 우러러 황은에 보답하고 이천만 동포 형제에게 사죄하노니, 영환은 죽어도 살아서, 구천에서도 여러분을 기필코 돕기를 기약하나니, 바라건대 우리 동포 형제들은 천만 번 더욱 분투하여 그대들의 뜻과 기개를 굳게 하여 학문에 힘쓰고, 마음으로 단결하고 힘을 합쳐서 우리의 자주 독립을 회복한다면, 죽은 자는 황천에서도 기꺼워하리라. 저 어둡고 깊은 죽음의 늪에서도 기뻐 웃으리로다. 〈대한매일신보 1905년 12월 1일〉

충정로에서는 민영환을 기억하라

일제 강점기에 서울에 있는 충정로(忠正路)는 조선말 갑신정변 때 일본공사이던 다께조에의 이름을 본따 축점정이라 불렸다.

해방이 되자 1946년 10월 1일부터 순국열사 충정공(忠正公) 민영환의 시호인 '충정'을 따서 충정로라 불리기 시작했다. 충정로는 서대문 로터리 미동초등학교를 지나 아현 삼거리에 이르는 노폭 40m, 연장거리 800m의 왕복 8차선으로 광화문에서 신촌 및 마포, 의주로 방향을 잇는 간선도로다.

충정로3가 남쪽 서소문로와 연결되는 곳에는 지하철 2호선과 5호선 충정로역이 있어 갈아탈 수 있고, 서울역~문산간 경의선 철도가 동서로 관통한다.

조선시대에도 이 지역은 의주로를 지나 중국이나 양화진으로 가는 길목에 해당하는 교통의 요지였다.

가마 안에서 독을 마신 조병세

조병세(趙秉世, 1827~1905)는 을사보호조약이 체결되자, 이에 항거하기 위하여 79세의 늙은 몸을 이끌고 상경하였다. 을사5적의 처형을 주청(奏請)하려고 했으나 처음부터 일본군의 방해로 고종과의 면담이 거절되어 뜻을 이루지 못했다.

1905년 11월 26일 심상훈, 민영환, 이근명 등과 함께 백관(百官)을 거느리고 궁중에 들어가 5적을 처형하고 충성스런 사람을 새로 뽑아서 외부대신에 임명하고 각국 공사와 협의하여 5조약을 파기할 것을 상소했다.

또한 일본공사 하야시 및 5개국 공사에게 각각 글을 보내어 독립과 영토보존의 원조를 요청하고 조약의 부당성을 주장했다. 이미 공관을 폐쇄하고 떠날 준비에 바쁜 각국 공사들은 아무 반응을 보이지 않았다. 고종도 다만 물러가라고 하였다. 다시 대한문 앞에서 고종의 허락을 받기 전에는 물러가지 않겠다고 하면서 거적을 깔고 앉아 물러나지 않았다. 그는 계속해서 을사보호조약의 파기를 주장하다 일본헌병에 강제 연행되고 강제 추방되었다. 30일 그는 다시 서울로 돌아와 표훈원에서 여러 사람과 다시 상소했다. 또다시 일본군이 가마에 태워서 강제 추방하자 가마 안에서 음독하여 순국하였다.

이때 각국 공사관에 독립의 권리를 회복시켜 주도록 요청하는 투서와 함께 국민들에게는 충의로서 독립의 기초를 다질 것을 촉구하는 유서를 남겼다.

병세가 죽음에 이르러 국내의 백성들에게 고하노니

병세가 죽음에 이르러 국내의 백성들에게 고하노니, 오호라 이웃의 열강이 맹약을 어기고 간신들이 나라를 팔아먹어 5백 년의 종묘사직이 위급하게 되어 2천만의 백성들이 장차 노예로 되고 말 것이니, 이럴 바에야 차라리 나라를 위해 죽는 게 낫지 어찌 오늘날의 이와 같은 치욕을 참고 볼 수 있겠습니까? 지금은 뜻있는 지사들의 피를 말리며 눈물을 머금게 하는 때라고 할 수 있습니다.

병세가 분노하여 격함이 극에 이르렀으나 나의 힘이 부족하여 상소문을 올리며 이를 받아달라며 궐문 밖에서 오래도록 외쳐댔던 것은 우리의 국권을 우리가 되찾을 수 있도록 하자는 데 있었고, 또한 죽음 가까이에 있는 살아 있는 생령들을 구하고자 함인데, 일이 이미 우리의 뜻대로 되지 않고 대세가 이미 가버렸으니, 이제는 오직 죽음으로써 위로는 국가에 보답하고 아래로는 백성들에게 사죄할 수밖에 없게 되었습니다. 다만 한이 있다면 국세가 회복되지 못하고 우리의 주권을 행사하지 못하고 있는 현실입니다. 우리 전국의 동포들은 나의 죽음을 슬퍼하지 말고 각자가 분발하고 더욱 충성하여 의롭게 하는데 힘쓰고, 나라와 가정을 보좌하여 우리의 독립기초를 다짐으로써 앞으로 우리의 부끄러움을 없애준다면, 병세 비록 구천지하에 있다 하더라도 춤을 추며 기뻐하리니, 국민 각자 모두가 그렇게 될 수 있도록 힘써주기를 바랍니다.

형과 아우가 함께 나라 위해 목숨을 내놓다(송병선 형제)

우암 송시열의 9대 후손인 송병선(宋秉璿)은 명문세가의 후손으로서 학행이 뛰어났으며 주위의 명망이 높아 서연관, 경연관 등의 벼슬을 받았으나 나아가지 않았다.

그는 주로 향리에 머물며 학문을 닦고 기울어 가는 국운에 마음을 쓰며 몸가짐을 항상 바르게 했다. 송병선을 믿음직하게 생각한 고종으로부터 여덟 번이나 대사헌의 벼슬을 받았으나 그는 나가지 않았다. 나날이 기울어 가는 정국에 나아감이 선비의 갈 길이 아니라는 확고한 생각 때문이었다. 그는 큰아버지에게서 동생 송병순과 함께 성리학과 예학을 수학했다. 큰아버지가 죽은 후에도 학문에 더욱 진력하며 때를 기다렸다.

나라의 기운은 자꾸 기울고 강압적으로 을사보호조약이 체결되었다. 국권이 박탈되자 비보를 접한 송병선은 식음을 전폐하고 눈물을 흘리며 통분했다. 그는 곧 상소를 올리고 적신들의 매국한 죄를 엄중히 물어 처형할 것과 아울러 을사보호조약을 철폐할 것을 주장했다.

송병선은 서울로 올라와 고종을 알현하고 시정 개혁과 일본에 대한 경계를 건의하여 적신들을 참수하고 왕법을 바로 펼 것, 을사오적(박제순, 이지용, 이근택, 이완용, 권중현)을 처형할 것, 현량을 뽑아서 쓸 것, 기강을 세울 것 등의 십조봉사(十條封事)를 올렸다.

송병선이 임금 앞에 나아가 필연코 이를 실천에 옮기도록 촉구하자 고종은 그의 소청을 받아들이겠다고 약속했다. 이때 장례원경 남경철이 돌아가서 상소가 받아지기를 기다리라고 하자 그는 궁중에서 일단 물러나왔다. 이때 경무사 윤철규가 교자를 가지고 와서 말했다.

"일본 헌병이 강박할 염려가 있으니 타십시오."

송병선이 교자에서 내린 곳은 남대문 밖이었다. 그제야 송병선은 윤철규에게 속은 것을 알아차렸다. 그때 일본 헌병이 뛰어와서 임금의 명령이라 하며 강제로 그를 열차에 태워 대전역에서 내리게 했다.

송병선은 이 같은 지경을 당하자 탄식했다.

"한 걸음 옮기면 한 걸음 옮기는 치욕이 있고 두 걸음 옮기면 두 걸음 옮기는 치욕이 있구나. 죽음을 구하고자 했으나 몸만 욕을 입었을 뿐이다."

송병선은 순국자결하기로 마음을 먹고 의관을 정제하고 북쪽을 향해 재배했다. 송병선은 먼저 유소(遺疏)를 쓰고, 전 국민에게 고하는 글을 쓴 다음, 약을 마시고 자결했다.

한편 동생 송병순(宋秉珣)은 1888년(고종 25년) 의금부도사가 되었으나 곧 사퇴했다. 1905년 을사보호조약이 체결되자 나라 잃은 슬픔을 억제하지 못하여 일제를 성토하는 격문을 작성하여 8도에 돌렸다. 1910년 국권 피탈이 되자 통분하여 여러 차례 자결을 기도했으나 실패하였고, 두문불출하면서 시문(詩文)으로 망국의 슬픔을 달랬다. 또한 은사금(恩賜金)을 받으라고 찾아온 일본 헌병을 크게 꾸짖어 돌려보내는 등 한국인의 기개와 지조를 유감없이 발휘했으며, 그 후에도 여러 차례 유혹과 협박을 받았으나 끝내 절개를 지키다가 역시 음독 자결했다. 두 형제의 강직한 절개가 실로 안타깝기 그지없다.

죽으려고 하면 살 것이오(송병선의 전 국민에 고하는 글)

저는 초야의 일개 백성에 지나지 않지만 두문분출하고 독서에 열중하며 의를 지키려고 하여왔습니다. 세상의 도가 융성해서 시대가 바뀌려 할 때는 그저 다소곳이 그 변화에 일조하는 것으로 만족하겠습니다. 그러나 현재 국가의 존망이 위태롭게 되어 우리 백성들이 멸종할 때에 처했으나 만세의 번영을 구가하는 큰 공을 세울 수 있기는커녕 우리들의 한 세대를 구할 수 없는 나이지만, 그렇다고 지금의 악독한 참상을 그냥 지나칠 수만도 없으니 차라리 이러한 상황을 모르는 것만 못하지 않을까 후회만 막심할 뿐입니다. 그리하여 이제 오직 죽음으로써 국민에게 사죄하려 하지만 다음의 말은 국민 각자가 잘 생각해 주길 바랍니다. 즉 죽으려고 하면 살 것이오, 살려고 하면 죽을 것입니다. 죽음에 이르러 죽게 되면 그 죽음은 곧 사는 것과 같은 것입니다. 옛말에 이르기를 대중이 한마음 됨은 성을 쌓은 것과 같다고 했으니 오직 국민들에게 바라는 것을 분발하고 힘써서 일심으로 단결하여 충성으로 군을 섬기고 그를 받들어 최고의 방법을 동원해서 꺾이지 않고 움츠리지 않는다면 하늘도 반드시 도울 것이므로 살아갈 수 있는 날을 맞이하게 될 것입니다. 만약 그렇게 하지 못 하고 태만하게 되면, 다음 지하에서 우리 국민을 만나더라도 나는 영원히 외면할 것이니 각자 모든 백성들은 이를 염두에 두도록 하소서!

겨레는 노예가 되었구나(주영공사 이한응)

이한응(李漢應)은 1892년 관립 영어학교를 졸업하고, 1894년 소과에 합격하여, 1897년 한성부 주사가 되고, 1899년 관립 영어학교 교관이 되었다.

이한응이 영국 공사관의 3등 참서관으로서 영국의 수도 런던에 부임한 것은 1901년의 일이었다. 이 무렵은 우리나라를 중심으로 영, 미, 러, 일 등 열강의 세력이 서로 경쟁 각축하던 시기였던 만큼 그는 열강의 동향을 예의 주시하고 면밀히 분석하면서 공사 민영돈과 함께 구국 외교활동을 전개하고 있었다. 1902년 10월 공사 민영돈이 귀국하고 서리공사에 임명된 이한응은 내외정세를 세심하게 살펴가며 그 대책을 강구했다.

이한응의 본격적인 구국 외교활동은 1904년 8월 제1차 한일협약이 체결된 직후부터 시작되었다. 곧, 이한응은 제1차 한일협약으로 말미암아 우리나라의 주권이 흔들리게 되자, 각국에 주재하는 우리나라 공사들에게 전신(電信)으로 연락하여 재외한국공관이 공동 노력하여 한국의 주권 수호에 힘써 줄 것을 호소했다.

1905년, 일본의 한국에서의 보호권을 인정하는 새로운 영일동맹(英日同盟)이 맺어짐으로써, 일본의 한국 침략을 승인하려는 영일 사이의 비밀외교가 진행되고 있었다. 그는 이 조약이 동양 평화를 침해하는 것이라 하여 영국 정부에 엄중히 항의했으나, 영국 정부의 태도는 냉담했을 뿐만 아니라 일본과 비밀리에 연락하면서 이한응공사의 축출을 추진했다. 영국시민들도 그를 망국외교관이라고 비난하면서 노골적으로 냉대했다.

고립무원의 상태에 빠진 그는 제1차 한일협약과 침략적인 영일동맹 개정조약에 죽음으로써 항쟁하기로 결심했다.

"아! 나라는 주권이 없고 사람은 평등을 잃었구나! 모든 교제에 치욕이 이를 데 없으니 혈기 있는 사람으로 이것을 어찌 참으랴. 슬프다. 종묘사직(宗廟社稷)은 머지않아 빈터가 되고 겨레는 노예가 되었구나. 구차스럽게 살아 보았자 치욕만 더 심해질 것이니 한 번 죽어버림이 낫겠다. 이렇게 결정하니 다시 할 말이 없다."

1905년 5월 12일, 그는 마지막으로 피 끓는 유서를 남기고 조용히 음독하여 스스로 목숨을 끊었다. 그의 나이 32세였다.

그 소식이 국내에 알려지자 민영환, 조병세 등도 순국하고 전국 각처에서 망국을 슬퍼하는 죽음이 뒤따랐다.

유해는 주영 한국공사관 명예 총영사 마틴 턴의 주선으로 고국에 돌아와 경기도 용인에 안장되었다.

헤이그 밀사 이준

1906년 6월 러시아 황제로부터 고종에게 네덜란드의 헤이그에서 제2회 만국평화회의 참석 초청장이 극비리에 보내져 왔다. 고종은 이상설(李相卨), 이준(李儁), 이위종(李偉鍾) 등 세 사람을 밀사로 헤이그에 파견해서 우리의 실상을 알리도록 했다.

고종은 을사보호조약이 체결될 때에도 이를 인준하지 않았지만, 그후에도 비밀리에 국내의 유지들과 연락하고, 한국의 입장을 동정하는 외국인 등을 통하여 일제의 불법 침략행위를 열강에 호소한 바 있었다. 그러던 중 다시 헤이그에서 열리는 만국평화회의에 밀사를 보내어 우리나라가 일본의 강압 아래 보호조약을 체결했음을 열국에 호소하려고 했다.

1907년 6월 29일, 이들 밀사는 헤이그에 도착하여 의장인 러시아 대표 넬리도프를 만나 고종의 신임장을 제시하고, 한국의 전권 위원으로

회의에 참석할 것과 일본의 협박으로 강제로 맺은 을사보호조약의 파기를 회의 의제로 삼아줄 것을 요구했다. 그러나 일본의 방해로 회의 참석은 끝내 이루어지지 못했다.

그러나 우리 대표들은 뜻을 굽히지 않고 그곳 신문기자들과 협력하여 한국의 입장을 널리 알리고, 러시아 미국 영국 프랑스 등 각국 대표들을 두루 찾아다니면서 끈기 있게 활동을 계속했다. 을사보호조약이라는 것은 일제에 의하여 강압적으로 체결된 것이며, 황제가 인준하지 않은 것이므로 당연히 무효임을 밝혔다. 황제의 신임장과 평화회의에 보내는 독립요망서를 내놓으면서 약소국의 사정을 이해하여 정의의 편에 서 줄 것을 재삼 요청했다.

그리고 밀사 3인의 연명으로 된 다음과 같은 호소문을 작성하여 주최 측에 제출했다.

1. 일본인은 우리 황제의 동의 없이 마음대로 모든 정사를 시행한다.
2. 일본인은 무력을 가지고 우리 한국 정부에 반대한다.
3. 일본은 한국의 일체 법률과 풍속을 파괴한다.

그러나 이준 등이 국가대표의 자격으로 회의에 참가하는 일은 좀처럼 허락되지 않았다. 이준은 외국어에 능통한 이위종과 함께 다시 각국 대표부를 찾았다. 헤이그에 있는 각 언론기관 신문기자들을 순방하면서 그동안 한국에 대한 일본의 악랄한 침략성을 알리고, 우리나라의 위급한 처지를 구하여 줄 것을 호소했다. 그러는 가운데 일본 측의 필사적인 저지운동에 부딪쳤다. 일부 외국인들은 설령 조약이 무효라 하더라도 실제 일본의 강력한 무력을 어찌할 수 없다는 반응을 보였다.

7월 9일, 이준 등 밀사일행은 민간기구인 국제협의회의 초청을 받아 각국 평화운동 위원들이 참석한 자리에서 일본의 침략 행위를 폭로하였다. 만국평화회의가 고난 속에 있는 한국을 도와주지 않음을 지적하면서 다시 한 번 한국원조에 합의, 협력하여 줄 것을 호소하여 많은 청중들의 환호와 갈채를 받았으며, 이러한 사실은 평화회의에도 반영되기에 이르렀다.

그러나 밀사일행의 이러한 끈질긴 활동에 당황한 일제는 현지 헤이그에서의 외교활동을 통하여 밀사들의 활동을 저지하기에 나서는 한편 국내에서도 국왕을 위협하는 등 악랄한 수법과 행동을 서슴지 않았다.

7월 3일, 밀사들의 활동에 대한 정보를 접한 통감 이토는 즉시 입궐하여 국왕에게 책임을 추궁하고 이렇게 협박했다.

"그와 같은 위험한 수단으로 일본의 보호권을 거부하기보다는 차라리 일본에 대해 선전포고를 하라."

형세가 여기에 이르자 마음이 약한 고종은 밀사파견은 전혀 모르는 일이며 헤이그에 가 있는 이준 등 밀사들이 친서를 위조했을 것이라고 함으로써 결국 밀사들의 활동은 더 한층 제약을 받게 되었다.

아무리 심혈을 기울여 활동하여도 외교권이 없다는 이유로 밀사들의 애국적 호소는 동정 이상의 효과를 거두지 못한 채 끝내 회의 참석이 거부되기에 이르렀다.

그러자 이준은 울분을 참지 못해 그곳에서 자결했다. 이 사건의 결과로 일제에 의한 고종의 강제 퇴위, 한·일 신협약의 강요, 구한국 군대의 해산이 잇달았다.

오늘은 크게 목놓아 울어야 하는 날(是日也放聲大哭)

1905년 11월 20일 황성신문은 평소보다 1만 부를 더 찍었다. 신문은 재빠르게 전역에 배포되었다.

이날의 논설 제목은 장지연(張志淵)의 '시일야방성대곡'이었다. 당시 황성신문의 주필이었던 장지연은 이 논설에서 일제 침략의 원흉 이토 히로부미를 비난하고, 을사오적은 우리나라를 남에게 팔아 백성을 노예로 만들려는 매국노임을 규정했다. 또 고종 황제가 을사보호조약을 승인하지 않았으므로 조약은 무효임을 전 국민에게 알렸다.

일본 경찰이 들이닥쳐 황성신문의 허가증을 압수하였다. 기계에는 자물쇠가 채워지고, 황성신문의 사원 10명도 체포되었다. 장지연은 새벽에 체포되어 경무청에 수감되었으며 심문을 받았다.

"검열에 위반하는 것이 죄가 되는 줄 모르나?"

"이는 나의 직책이다. 내가 내 직책을 수행하는데 죽음을 피하겠는가?"

시일야방성대곡 전문

이 날을 목놓아 크게 우노라! 지난 번 이토 후작이 한국에 옴에 우리 인민들이 서로 말하기를 이토는 동양 3국의 정족(鼎足)의 안녕을 주선하노라 자처하던 인물이라. 오늘 내한함이 필시 우리나라 독립을 공고히 부식케 할 방책을 권고키 위한 것이리라 하여 인천항에서 서울에 이르기까지 관민상하가 환영했더니, 천하의 일이 측량하기 어렵도다. 천만 뜻밖에도 5조약이 어찌하여 제출되었는가. 이 조약은 비단 우리나라뿐만 아니라 동양 3국이 분열을 빚어낸 조짐을 나타낸 것인즉 그렇다면 이토의 본뜻이 어디에 있었던가?

그러나 우리 대황제 폐하께서 성의(聖意)가 강경하시어 거절하고 말았으니 조약이 성립되지 않은 것인 줄 이토 후작 스스로도 잘 알았을 것이다.

그러나 슬프도다. 저 개돼지만도 못한 소위 우리 정부의 외부대신 박제순과 각 대신이란 자들은 자기 일신의 영달과 이익이나 바라면서 위협에 겁먹어 머뭇대거나 벌벌 떨며 나라를 팔아먹는 도적이 되기를 감수했던 것이다.

아, 4천년의 강토와 5백년의 사직을 남에게 들어 바치고, 2천만 생령들로 하여금 남의 노예가 되게 했으니, 청음 김상헌(병자호란 때 최명길이 항복문서를 쓰자 이를 찢었다)처럼 문서를 찢고 곡함도 못하겠고 정동계(병자호란 때의 이조참판으로 척화파였다)처럼 배를 가르지도 못하겠으니, 그저 살아 세상에 남아서 그 무슨 면목으로 강경하신 황상 폐하를 뵈올 것이며, 2천만 동포를 대하겠느냐? 오호라! 원통하고 분한지고! 2천만 노예된 동포여! 살았느냐? 죽었느냐?

단군 기자 이래 4천년 국민정신이 하룻밤 사이에 돌연히 망하고 말았는가. 원통하고 원통하도다. 동포여! 동포여! 〈황성신문 / 1905. 11. 20〉

이토에게 경고문을 쓴 이강년

이토 히로부미에게 경고문을 쓴 의병장 이강년(李康秊)은 1861년(철종 12) 경북 문경에서 태어났다. 유인석의 제자로 무과에 급제하여 벼슬은 선전관에 이르렀으나, 1884년 갑신정변이 일어나자 낙향하여 1894년 동학혁명 때 문경의 동학군을 지휘하여 일본군과 탐관오리를 무찔렀다.

이듬해 을미사변이 일어나자 다시 의병을 일으켜 부정한 관리를 죽이고, 제천에서 유인석 부대에 합류하여 유격장이 되었다.

1896년 유인석이 만주로 망명하자 그를 뒤따라갔으나, 3년 후에 귀국하여 칩거했다. 그러나 1905년 을사보호조약이 맺어지고 1907년 고종이 양위를 강요당하는 등 일본의 침략이 노골화되자 영춘(永春)에서 다시 거병, 원주의 민긍호 부대와 합세하여 충주를 공격했다.

이해 12월 전국 의병연합군이 서울로 진공할 때 1백여 명의 의병을 거느리고 참전했다. 그 후 가평 광악산에서 일본군을 격파한 데 이어, 인제, 양양, 강릉 등지에서도 승리했다.

1908년 청풍 금수산에서 체포되어 사형되었다.

이토에게 보내는 경고장은 1908년 6월 4일에 집필되었다.

이토 히로부미에게 경고함

너희들이 아무리 오랑캐라지만 역시 추장과 졸개가 있고, 백성과 나라가 있고, 만국과 조약을 맺지 않느냐.

한 하늘 아래서 진실로 나라가 없다면 말할 것이 없지만 나라가 있다면 임금과 신하가 있으며 임금과 신하가 있다면 의를 주장하게 되는 것이니 의가 존재하는 곳에는 죽기 한하고 힘을 쓰는 것을 너희는 모르느냐.

우리나라는 너희 나라와 국토가 가장 가까우니 서로 교제하는 일이 있을 수 있고 통상과 교역으로써 족한 것이거늘 어찌하여 무기를 들고 군사를 거느리고 군중을 모아서 남의 국모를 시해하고 남의 임금을 욕보이고 남의 정부를 핍박하고 남의 재물과 권리를 빼앗고 남의 전해오는 풍속을 바꾸고 남의 예법을 어지럽히고 남의 강토를 차지하고 남의 백성을 살해하느냐.

또 이것만으로도 부족하여 읍촌에 불을 지르며 사람 죽이는 것으로 일을 삼으니, 마관조약 16개 항목 중에 이런 조항이 있느냐. 너희 나라 임금이 시켜서 그러는 것이냐. 우리나라가 속국이 되기를 원해서 하는 것이냐.

만일 만국 조약에 의해서 하는 일이라면 다른 각국 공사관에는 이런 악한 일이 없는데 너희만이 혼자서 날뛰는 것은 웬일이며, 우리 정부에서 인장 찍어 허락한 것이라면 어찌하여 2, 3명의 대신이 엎드려 목숨을 바치며, 이역에 나가 죽은 이가 있겠으며, 너희 군장이 시켜서 하는 것이라면 어찌하여 10만의 병력을 동원하여 한번 결사전을 하지 않는 것이 웬일이냐.

이 따위 짓을 너희 나라에 있어서는 반드시 제 임금을 속인 형벌을 받아야 할 것이요. 세계만국에 있어서는 반드시 조약을 어긴 성토를 받아야 할 것이요. 우리나라에 있어서는 반드시 불공대천의 원수가 될 것이다.

너는 반드시 제5적, 7적 이완용, 송병준 같은 놈의 한 짓을 구실로 삼을 것이나 이것은 또 그렇지 않다. 남의 나라 역적을 두호하는 자는 원래 죄책이 있는 것이거늘 더구나 남의 신하를 유인하고 남의 군정을 어지럽히고 남의 나라를 망하게 하는 데 있어서랴.

한나라의 왕망(王莽), 조조나 송(宋)나라의 진회, 왕윤이 역적이 아닌

바 아니지만 금나라 오랑캐가 송나라를 우롱한 죄는 그보다 더욱 심한 것이다. 우리들은 군신간의 큰 의리로나 충성과 반역의 큰 한계로 보아 적개심을 찾을 수가 없어 한 마디로 불러일으키매 8도가 모두 호응하니 공으로나 사로나 백전백승의 계책이 서 있고 화가 되건 복이 되건 한결같이 지키고 한결같이 죽음이 있을 뿐이다.

바다를 두르고 산을 연결하여 총과 칼이 유달리 날카로워서 너와 나의 싸우는 곳에는 비린 피가 내를 이룬다. 만일 시일이 더 지나간다면 한 놈도 돌아가지 못할 것이니 너희는 잘 생각하여 후회가 없게 하라.

제4장

대한제국, 지구상에 없는 나라

1. 세계지도에 더 이상 대한제국은 없다

합방을 청원하다!

을사보호조약으로 외교권을 빼앗은 일본은 합방의 순서를 하나하나 밟아나갔다. 1907년 한일신협약, 즉 정미7조약을 맺어 내각의 일본인 고문을 없애고 각 부 차관을 모두 일본인으로 세워 행정실무를 장악했다. 다음엔 기유각서를 통해 사법권을 빼앗고 한국 군대를 무장해제했다. 그 다음엔 경찰권을 장악해 일본 헌병으로 하여금 한국의 경찰이 되게 했다. 고종과 순종 황제 모두 동의하지 않았지만, 일본에게 대한제국의 황제는 이미 안중에도 없었다. 조선은 시시각각으로 일본의 식민지가 되어가고 있었다.

1909년 10월 26일 대한국인의 손에 이토가 죽자, 일본 내에서는 한국을 합병하자는 여론이 일어나기 시작했다.

일본인 낭인들의 조직인 흑룡회는 한국의 친일단체 일진회와 손을 잡고 한일합방의 막후에서 은밀히 활동하고 있었다. 흑룡회의 스기야마는 일진회의 고문이었다. 스기야마는 일본의 수상 가쓰라 후작을 찾아가 한일합방을 앞당길 묘책을 의논하였다.

스기야마가 먼저 물었다.

"한국이 합방을 청원해온다면 허용할 생각이십니까?"

"청해온다면 당연히 허용해야지."

"그렇다면 곧바로 결행하게 하겠습니다. 각하, 합병을 단행하시지요."

"그럴 수만 있다면 다른 열강국도 이의를 제기할 수 없을 걸세."

"그렇다면 이 방법으로 해야 합니다. 한국 황제와 우리 천황을 대표하는 통감에게 조선의 국민이 건의하게 하는 것으로 해야 합니다."

"합병의 실행은 자연스러운 시기에 해야 하오. 급하게 밀어붙여 일을 그르치지 마시오."

"시기에 대하여는 오로지 각하의 지휘에 따르겠습니다. 다만 합병을 단행할 결의를 하신다면 그것으로 충분합니다."

"그렇다면 좋소."

12월 4일 친일단체 일진회는 백만 명 회원을 대표해서 고종황제, 이완용 총리대신, 소네 통감 앞으로 한일합방청원서를 보냈다.

"……대한제국을 병 앓는 사람에 비유하자면 목숨이 끊어진 지 이미 오래입니다. 신 등이 울고불고 하는 것도 시체를 끌어안고 통곡하는 것과 같습니다. 외교권이 어디 있습니까? 재정권이 있습니까? 군사기밀이 있습니까? …… 우리에게는 육군 1개 부대도 없고, 해군 함대 하나 없으니 이것을 어찌 나라라고 할 수 있겠습니까?(중략) 우리나라와 일본이 국경을 없애고 울타리를 없애서 한 정치와 교화 밑에서 함께 다스려지는

복을 누리게 한다면 형이고 아우고 가릴 것이 무엇이겠습니까? …… 더구나 일본은 세계 1등국 대열에 올랐으니 더 말할 것이 있겠습니까?"

일진회 이름으로 올린 합방상소는 사실 일본의 수상 가쓰라와 비밀스럽게 합의한 흑룡회가 작성한 초안을 잡은 것이었다. 일진회는 스스로 백만 회원이라 허풍을 쳤지만 사실은 4천에 불과하였다.

대한협회를 비롯한 애국단체 황성기독교청년회, 대한매일신보사 등이 연이어 신랄한 반대성명서를 발표했다. 일진회와 가까운 단체와 그들이 급히 만든 유령단체인 대한상무조합, 국민동지찬성회, 13도유생대표회는 합방찬성성명을 발표했다.

대한제국의 멸망은 이제 돌이킬 수 없는 길로 접어들어가고 있었다.

1억 5천만 엔을 내라! 조선을 통째로 넘겨주마!

을사오적보다 더 나쁜 놈 송병준은 일진회에서 활동하며 일본 통감부의 비호 속에 내부대신까지 올랐다. 송병준은 심심하면 가쓰라를 찾아가 이렇게 말했다.

"1억 5천만 엔만 주시오. 조선을 통째로 갖게 해주겠소. 조금도 비싸지 않소. 내각을 내게 맡겨주시오. 그럼 아주 빨리 합방절차를 끝낼 수 있소."

통감부는 합방을 앞당기기 위해 은근히 소문을 퍼뜨렸다. 이완용 내각을 쓰러뜨리고 송병준 내각이 들어설 것이라는 소문이었다. 이완용은 애가 탔다. 잘못하다가는 송병준에게 내각을 송두리째 빼앗기고 자신은 보복을 당하게 될 것이 틀림없었다.

통감 데라우치도 이완용을 만난 자리에서 은근하게 이야기했다.

"동경에서 송병준이 온다는 전보가 왔소. 그가 오면 일이 빨리 진행될 것도 같은데."

실제로 송병준은 가장 악랄한 친일파였다. 송병준과 이완용은 누구랄 것도 없이 경쟁적으로 친일에 앞장서고 있었다. 그런 송병준이 일본에서 돌아온다면, 이완용에게는 당연히 위협이 될 터였다. 이완용에게는 시간이 없었다.

그물도 치기 전에 물고기가 뛰어들다

이완용은 일본어를 하지 못했다. 그렇지만 유능한 비서 이인직이 있었다. 이인직은 〈혈의 누〉, 〈은세계〉 등의 신소설을 쓴 작가로만 알고 있지만, 사실 그는 을사오적만큼 나쁜 친일 주구였다. 그와 송병준을 포함해 을사7적이라고도 한다.

당시 통감부의 합방 실무자는 외사국장 고마쓰였다. 이인직은 관비 유학생으로 동경에서 공부했는데, 고마쓰는 그때 이인직의 스승이었다. 이완용은 망설이지 않고 이인직을 고마쓰에게 보내어 합방의 수순을 밟기 시작했다.

데라우치가 조선의 통감으로 부임한 것은 1910년 7월 23일이었다. 고마쓰는 가을에 합방을 추진할 계획으로 느긋하게 기다리고 있었다. 그러던 어느 날 늦은 밤 10시경에 이인직이 찾아왔다. 이인직은 이완용의 밀명을 받고 데라우치의 속마음을 떠보기 위해 고마쓰를 찾았다.

고마쓰가 말했다.

"한일합가는 일본 정부의 확고한 방침일세. 그렇게 되면 한국인은 일본인과 동등한 지위로 상승하게 된다네. 물론 데라우치 통감은 현재의 이완용 내각을 신임하고 있지. 현재의 내각과 담판을 지을 생각을 갖고 있어. 하지만, 이완용 총리가 이를 피한다면 어떻게 할 것인가에 대해서도 대책을 생각하고 있네. 뭐 다른 괴뢰 내각을 세우느니 황제와 직접 만나 교섭전권위원을 선임하도록 요구하게 될 것 같네. 사실 대한제국은 헌법도 없지 않은가? 굳이 내각에서 합방 안을 다룰 필요도 없을 걸세!"

"데라우치 통감이 현재의 내각을 신임해준다면 이완용 총리는 절대로 책임을 피하지 않을 겁니다. 그렇지만 수백 년 사직을 단절하는 대개혁을 황제께 직접 아뢰는 일이 감당하기 어렵다고 말씀하시며 눈물을 흘리고 계십니다."

"한일합방이 무슨 대사건이라고 소란을 피우는 사람들이 있는 모양인데, 청나라의 속국이었던 조선이 청일전쟁 이후 일본의 속국으로 바뀐 채 오늘에 이르렀네. 일본은 한국을 속국으로 종속관계에 두려는게 아닐세. 일진회가 주장하는 대로 합방을 하게 되면 한국은 일약 일등국 일본의 일부가 되네. 또 그 백성들도 일등국의 신민이 되는 것이네. 신라가 고려가 되고 고려가 조선이 된 것 아닌가. 한국이 일본으로 국호가 바뀔 뿐이라고 생각하면 되네."

"현 내각이 무너진다고 해도 그보다 더 친일적인 내각이 나올 수는 없을 겁니다."

이완용은 이인직을 통해 이완용 내각이 직접 합방조약을 맺겠다는 의지를 확실하게 알렸다.

이인직과 고마쓰는 합방의 조건을 구체적으로 논의하고 다음과 같이 합의했다.

"합방 후에도 한국의 황실에 대해 종전과 같은 세비를 지급하고 일본 황족의 예우를 내리며, 한국 황제의 지위를 일본 황태자의 아래에, 친왕(親王)의 위에 둔다. 내각대신은 물론 다른 원로 고관에게도 평생을 안락하게 보낼 수 있는 충분한 공채(公債)를 주고, 합방에 힘쓴 자 및 옛 대관 원로에게는 은금(恩金)에 영작(榮爵)을 더하고, 그 유력자는 중추원 고문에 임명하여 총독부의 정무에 참여하게 한다."

합방의 조건에 대한 실무조정이 끝나자, 1910년 8월 16일 이완용과 농상공부대신 조중응은 동경이 수재(水災)를 입어 이를 위문한다는 핑계로 서울 남산의 통감 관저로 방문하였다. 이 자리에서 데라우치와 이완용은 '합방' 조약의 내용을 마무리했다.

고마쓰는 위와 같은 한일합방의 막후협상에 관한 내용을 자신의 비망록에 적고 그 소감을 한마디로 적었다.

"그물도 치기 전에 물고기가 뛰어들었다."

조선왕조 518년의 막은 내리고

8월 22일, 오후 1시 어전회의가 열렸다. 이완용은 조약에 반대할 것으로 예상되는 각료는 부르지도 않았다. 일제의 주구 이완용 일당이

합방 조서를 교묘하게 꾸며 시종원경 윤덕영을 시켜 황제에게 올렸다. 윤덕영이 옥새를 찍으라고 강요하였으나 순종황제는 허락하지 않았다.

순정효황후 윤씨는 한일합방을 논의하는 어전회의가 열렸을 때 병풍 뒤에 숨어 엿듣고 있었다. 윤황후는 1906년 황태자비로 간택되어 입궁했는데, 1907년 순종이 황제에 올라 황후가 되었다. 황후는 여학교에 입학하여 궁 안에 여시강을 두어 공부하고 있었다.

친일파들이 순종을 윽박지르며 옥새를 내놓으라고 하자, 순정효황후는 이를 막으려고 옥새를 자신의 치마 속에 감추었다. 황후는 체면을 다 팽개친 채 목을 놓아 대성통곡하였다. 윤덕영은 황후의 숙부였다. 그는 황후를 협박하며 옥새를 내놓으라고 했다.

"황후마마! 울음을 멈추시옵소서. 이렇게 하지 않으면 멸족(滅族)의 화를 당하게 됩니다. 모두 사직을 보존하려는 충심에서 그러는 것이니 어서 옥새를 내놓으소서."

황후는 울기만 할 뿐 옥새를 내놓지 않았다. 윤덕영은 비탄에 빠진 황제와 황후에게서 억지로 옥새를 빼앗았다. 윤덕영은 이 공로로 일제로부터 40만 원의 은사금을 받았다.

궁궐 안팎에는 일본 군대가 철통같이 경계하고 전국은 공포 분위기였다. 해상에는 일본 함대가 떠 있었다.

국내의 각 신문은 정간하고 일본 신문도 압수했다. 애국단체들은 해산되었다. 배일사상을 가졌다고 의심되는 사람 수천 명은 구금되었다. 일본 군인과 경찰이 실탄으로 무장한 채 항구와 시가지 곳곳에 배치되었다.

순종황제는 "조약 체결의 임무를 총리대신 이완용에게 명하니 각 대신들은 이 조항을 잘 심의하라"고 명했다. 이완용은 조약의 사본을 황제에게 1부 진상하고, 각 대신들에게도 1부씩 나누어주었다. 이완용이 각 조항을 설명하고 각 대신들에게 가부를 물었다. 이의를 제기하는 사람은 하나도 없었다. 어전회의는 한일합방조약을 가결하고 1시간 반 만에 끝났다. 궁내부대신 박제순은 전권을 위임하는 전권위임장에 옥새를 찍어 이완용에게 주었다.

전권을 위임받은 이완용은 남산에 있던 일본통감부를 찾았다. 이완용은 데라우치 통감에게 어전회의의 결과를 설명하고 조약을 체결하자고 제의하였다.

"조약의 문안은 의미가 명백하여 빼거나 더할 곳이 하나도 없으니 고칠 것도 없습니다. 조약문의 각 조항을 일일이 심의하거나 토론할 필요 없이 바로 서명만 하면 되겠습니다."

"지난날 총리에게 제출한 각서에 포함되어 있는 세목을 별도로 첨부하여 조인합시다."

"저는 이미 일본 정부를 믿고 있습니다. 이후 조치에 관해 별다른 보증을 요구할 의사가 결단코 없소. 통감각하의 말은 서면 이상으로 확실한 것으로 믿고 의심하지 않습니다."

"이제 희망사항이 있으면 말해보시오."

"첫째 산업을 장려해주시오. 오랜 동안 빈곤으로 비참한 지경에 있는 국민의 생활상태를 돌봐야 하기 때문이오. 둘째는 왕실에 대한 예우를 각별히 배려해줄 것, 왕실에 대한 대우가 후하고 박한 것에 따라 국민 일반의 인심에 중대한 영향을 주기 때문이오. 셋째는 조선인의 교육에 힘써주시오. 만일 조선인에 대한 교육을 등한히 하면, 일본인보다 열등한 지위에 놓으려 한다는 느낌을 조선인에게 줄 우려가 있기 때문이오."

이완용이 언제부터 조선을 사랑했을까? 그는 나라를 넘겨주는 내각의 총리대신으로서 마지막 폼을 잡았을 뿐이었다. 데라우치가 안심하라고 말하고 서로 도장을 찍었다.

한일합방이 되었다. 나라가 없어졌다.

나라를 없애버린 이완용은 데라우치와 함께 샴페인을 터뜨리고 잔에 채웠다. 그리고 서로의 건강을 축복하고 두(?) 나라의 앞날을 위해 축배를 들었다. 데라우치는 가장 어려운 일을 한 방울의 피도 흘리지 않고 해결했다고 스스로 자랑했다고 한다.

이완용 매국 내각은 강압적으로 '한일합방 늑약(보통 조약이라 부르지만, 억눌러서 강제로 맺은 조약이기 때문에 늑약이라 한다)'을 성립시켜 대한제국을 멸망시켰다.

일본국 황제폐하와 한국 황제폐하는 양국간의 특수한 친밀관계를 살펴 상호의 행복을 증진하고 동양의 영원한 평화를 확보하고자 하는 바 이 목적을 달성하기 위해서는 한국을 일본제국에 병합하는 것이 옳다는 것을 확신하고 이에 양국간의 병합조약을 체결하기로 결정하며, 일본국 황제폐하는 통감 자작 데라우치를 한국 황제폐하는 내각 총리대신 이완용을 각각 전권위원으로 임명하여 회동 협의한 뒤 아래의 조문을 협정한다.

제1조 한국 황제폐하는 한국 전부에 관한 일체의 통치권을 완전하게, 또 영구히 일본국 황제폐하에게 양여한다.

제2조 일본국 황제폐하는 전조에 기재한 양여를 수락하고, 또 한국을 일본제국에 병합함을 승인한다.

제3조 일본국 황제폐하는 한국 황제폐하 태황제폐하 황태자 전하 및 그 후비와 후예로 하여금 각기 지위에 상당한 존칭·위엄 및 명예를 향유하게 하며, 아울러 이를 보존하기에 충분한 세비(歲費)를 공급하기로 약속한다.

제4조 일본국 황제폐하는 전조 이외의 한국 황족과 그 후예에 대하여 각기 상당한 명예 및 대우를 향유하게 하며, 또 이를 유지함에 필요한 자금을 공급하기로 약속한다.

제5조 일본국 황제폐하는 공훈이 있는 한국인으로서 특히 표창을 수여함이 적당하다고 인정하는 자에 대하여 작위를 수여하고 또 은사금을 지급한다.

제6조 일본국 정부는 전기(前記) 병합의 결과로서 전면적으로 한국의 시설을 담당하고 동지(同地)에서 시행하는 법규를 준수하는 한국인의 신체 및 재산에 대하여 충분한 보호를 주고 또 그 복리의 증진을 도모한다.

제7조 일본국 정부는 성의있고 충실하게 새로운 제도를 존중하는 한국인으로서 상당한 자격이 있는 자는 사정이 허락하는 한도에서 한국에서의 제국 관리에 등용한다.

제8조 본 조약은 일본국 황제폐하 및 한국 황제폐하의 재가를 거친 것으로서 공포일로부터 시행한다.

이상의 증거로 당해 전권위원이 기명 날인한다.

메이지(明治) 43년(1910년) 8월 22일

통감자작 데라우치 마사다케(寺內正毅)

융희(隆熙) 4년(1910년) 8월 22일

내각 총리대신 이완용(李完用)

이들이 한일합방조약을 맺은 것은 1910년 8월 22일이었다. 그러나 이들이 합방을 발표한 것은 일주일 뒤인 1910 년 8월 29일이었다. 이미 나라가 넘어간 줄도 모르는 백성들이었지만, 조약과 상관없이 나라를 빼앗긴 민족으로 살고 있었다. 일제는 이미 조선을 수탈하고 있었다.

통감부는 조선 총독부로 이름이 바뀌었다. 데라우치 통감이 초대 조선총독이 되었다.

조선총독은 일본 천황이 직접 임명했다. 일본 정부의 지휘감독을 받지 않는, 오직 천황의 명령을 따르는 조선총독은 마치 독립왕국의 전제군주와 같은 존재가 되었다. 조선총독부는 한반도에서 독자적으로 입법, 행정, 사법의 전권을 행사하는 통치기구가 되었다.

일본 경찰은 한국 국민을 불심검문하면서 합방에 반대하는지 찬성하는지를 물어댔다. 만일 반대한다든가 얼른 대답을 하지 않으면 심한 구타를 했다. 합방 찬양문에 강제로 서명 날인하게도 했다. 이를 거절하는 사람은 처벌받았다. 도장을 찍고 싶지 않은 사람들은 도망을 가야 했다. 시골에서는 도장이 없는 사람들이 많았는데 일본 경찰이 도장을 대신 파서 찍었다. 대한제국은 이제 지구상에 없는 나라였다.

대한제국을 강제로 해체하고 국권 침탈을 단행한 일제는 대한제국을 다시 조선이라 부르게 하였다. 고종은 이태왕(李太王)으로, 순종은 이왕(李王)으로 격하되었다. 비록 왕이란 칭호는 남아 있었으나 이름뿐이었다. 한국은 1871년 3부 72현으로 재편된 일본의 지방행정체계에 따라 조선은 일본국 조선부가 되었다.

실제로 일제 침략정책의 기본목표는 한반도를 '일본의 시코쿠나 큐우슈우와 같은 양상을 띠는 지역으로 만드는 것'이었다. 말하자면 조선을 일본화한다는 것이었다.

일제는 조선에 대한 차별정책을 정당화하기 위해 고대에 일본이 한반도를 지배했었다는 임나일본부설을 퍼뜨리고 일한동조론(日韓同祖論, 한국과 일본은 같은 조상의 후손이라는 논리)을 날조하여 우리 역사를 왜곡하고 그들의 식민지지배를 합리화했다. 한반도를 일본 영토의 일부로 귀속시키려는 동화정책은 우리 민족에게 어떤 의미였을까? 우리 문화와 역사를 말살하여 민족의식을 마비시킴으로써 한민족을 일본인으로 동화시키는 것은 다름 아닌 민족말살정책이었다.

일본에 동화시킨다는 것은 조선을 경제적으로 철저하게 수탈한 뒤 동화시켜 일본의 하층민으로 편입시키는 것을 의미했다. 일제는 우리 민족을 식민지 피압박민족으로 취급하여 결코 참정권을 주지 않았다.

짐이 덕이 없는 황제다

한일합방조약을 공표한 1910년 8월 29일 나라를 빼앗긴 순종황제는 백성들에게 그 사실을 알리는 마지막 교지를 내렸다.

"짐이 부덕(不德)으로 어려운 대업을 계승하여 황제가 된 이래 오늘에 이르도록 유신정령(維新政令)에 관하여 나름대로 애를 썼으나 아직 제대로 되지 않았으되 유래(由來)로 몸이 허약한 것이 고질이어서 피폐하기가 극에 달했노라. 단시일 내에 만회할 만한 대책을 세울 가망이 없게 되어, 한밤중에도 걱정만 있고 선후(善後)할 대책이 황망한지라. 이제 이대로 난국을 계속한다면 종국에는 수습할 수도 없겠기에 스스로 낮추어 대임을 남에게 맡기어 완전한 방법과 혁신할 보람을 갖게 함만 못한 고로 짐이 지극히 반성하고 결단을 하였노라.

짐은 한국의 통치권을 이전부터 친밀하게 믿고 의지해온 대일본 황제에게 넘기노니 밖으로는 동양평화를 공고히 하고, 안으로는 8도의 백성을 보전하려는 바이다. 너희들 높고 낮은 관리와 백성들은 나라의 형세와 현재의 조건을 깊이 살펴 소란을 일으키지 말라. 각자 자기 직업에 충실하여, 일본제국의 문명한 새 정치에 복종하고 행복을 함께 누리도록 하라. 오늘의 조치는 너희들 백성을 잊어서가 아니라 백성을 구하고자 하는 지극한 뜻에서 내린 결단이니, 관리와 백성들은 나의 이런 뜻을 몸으로 느낄 것이라." (『일성록』, 『승정원일기』, 『순종실록』 융희 4년 8월 29일)

왕권국가인 조선의 왕통을 이은 대한제국의 마지막 황제는 순종이었다. 왕권국가는 왕이 곧 국가의 주체이다. 순종의 교지 발표로 나라가 망했음을 왕이 공식적으로 확인하였다. 사람에 따라 조선의 마지막 왕을 고종으로 보는 경우도 많다. 조선은 이미 고종 대에 망한 것과 다름없었다.

수많은 우국지사들은 피를 토했다. 나라의 멸망에 임하여 목숨을 끊는 사람들이 줄을 이었다. 나라를 되찾겠다는 독립의 의지 또한 분연히 일어나 많은 젊은 사람들이 독립군이 되었다. 조선민족의 독립은 결코 꺾을 수는 없는 일이었다.

박경리의 대하소설 『토지』의 주인공 최서희는 경상도 하동 땅의 지주였다. 일제 강점기에 집안의 비극을 뒤로 하고 간도의 용정으로 건너간다. 조정래의 『아리랑』의 주인공들도 만주로 올라간다. 이처럼 나라를 빼앗기고, 일제에 수탈당하는 많은 사람들이 생활의 터전을 잃고 북으로 향했다. 태평양을 건너 해외로 빠져나가는 사람도 많았다. 일제의 감시를 받는 사람들도 해외로 망명해야 했다. 나라를 잃은 백성은 자기 나라에서조차 살 수 없게 되었다. 이후 독립운동의 근거지가 중국과 연해주가 된 것은 어쩌면 당연한 일이었는지도 모른다. 한반도는 그야말로 왜놈 발에 밟혀버렸다. 조선의 백성들은 일제 강점기 36년 동안 숨죽여 살아야 했다.

조선을 총칼로 다스려

합방 이후, 일본인 관리들은 각종 통치기구를 장악했다. 데라우치는 한국인 일부를 관리로 등용했다. 물론 매국노와 친일파들이었다. 중앙에는 중추원이라는 조선총독부 직속의 자문기구를 만들어 이들을 참여시키고 친일세력으로 키웠다.

조선총독 데라우치는 식민지 법령을 제정해 정치적 권리와 자유를 억압하고 모든 항일운동을 탄압했다. 통감부시대부터 시행되어온 각종 악법들은 더욱 강화되었다. 이제 조선 사람은 숨도 쉴 수 없게 되었다. 예컨대 신문지법, 출판법, 집회 취재에 관한 법률, 보안법, 학회령, 조선태형령 등은 조선 사람에게 그저 일제의 주구가 되든지 죽음을 택하든지 하는 선택을 강요했다. 집회 · 결사 · 언론 · 출판의 자유는 아예 없었다.

1910년대 조선 사람은 일제에 저항하면 일본 헌병 경찰력을 동원해 조선태형령으로 다스렸다. 조선태형령이란 조선인에게는 재판 전에 신체에 형벌을 가할 수 있도록 한 중세적 법률이었다. 식민지의 조선인은 기본적인 인권도 없었다. 일본의 조선지배는 공포정치 그 자체였다. 데라우치는 "조선인은 우리 법규에 복종하든지 아니면 죽음을 각오하든지 둘 중 하나를 택해야 할 것"이라고 협박했다.

일제 강점기 내내 조선총독은 군부 출신이 도맡아했다. 특히 합방 초기에는 '조선총독부관제'에 '총독은 육·해군 대장으로 충원하며 제반 정무를 통할할 뿐만 아니라 위임의 범위 내에서 육·해군을 통솔하며 조선방비의 일을 관장'한다고 되어 있었다. 일제 총독의 조선지배는 군사통치였다.

일제가 강성인물인 현역 육군대장을 총독으로 내세우고 군사력을 동원하여 한국을 직접 통치하게 된 이유는 이랬다.

첫째, 일본 군부가 한일합방을 주도했다. 당시 일본 군부는 쿠데타를 통해 여러 차례 정권을 뒤엎을 만큼 막강했다. 이 시기 일본 자본주의는 한국을 경제적으로 완전히 지배할 만큼 발전되지 못했다. 일제의 침략 이후 조선은 경제적으로 약탈 대상이었다. 군사력을 동원하지 않고는 불가능한 일이었다. 러일전쟁에서 승리하여 일본 내의 정치적 영향력을 급속히 증대시키고 있던 일본 군벌들에게 한일합방은 일본제국주의의 사활이 걸린 일이었다. 한국을 일본의 영토로 편입시키는데 그치지 않고 군사력에 의한 대륙진출의 전진기지를 마련하기 위한 발판으로 삼으려 했기 때문이다. 일제는 조선총독에게 '조선의 안녕질서를 유지하기 위하여 필요할 때는 조선에 배치된 육군부대와 해군방비대를 사용할 수 있으며, 또 필요에 따라 조선에 주둔한 군인·군속을 만주, 러시아, 연해주(沿海州)에 파견할 수 있는' 권한을 부여한 것을 봐도, 쉽게 알 수 있다.

둘째, 우리 민족의 격렬한 저항 때문이다. 일제가 군사적 무단통치를 하지 않고는 식민지지배가 불가능했다. 그만큼 저항은 심했다. 일제는 대한제국 정부에 갖은 협박과 회유를 가하여 굴복시킬 수 있었지만, 한국 민중의 항일의병투쟁을 막을 수는 없었다. 우리 민족의 항일투쟁을 억누르기 위해서는 일본 군대를 동원해야 했다. 군사통치가 아니면 식민지지배가 아니라 모든 계획이 물거품이 될 지경이었다.

일본 육군은 식민통치의 핵심이 되었다. 육군대장인 총독은 군사통솔권을 갖고 있었다. 각도 장관은 비상시 해당 지방군사령관에 대한 출병 요구권을 갖게 되었다. 조선 사람은 이제 일제의 전국적인 군사체계 속에서 저항하기가 힘들어졌다. 북으로 올라가는 조선인들의 행렬은 더욱 늘어났다.

조선총독부의 헌병사령관은 치안의 최고책임자로서 헌병과 경찰 모두의 지휘권을 갖고 실질적인 강압 통치의 선봉이 되었다. 1913년 경무총장 겸 헌병대사령관 밑에는 13도의 경무부장과 헌병대장, 그 아래에 276개의 경찰서와 헌병 분대가 있었고, 그 밑에 114개의 경찰과 헌병 파출소를 두었다. 맨 아래는 1,410개의 경찰과 헌병 주재소가 배치되어 전국이 물샐틈없는 일제 헌병경찰의 감시망 속에 놓이게 되었다. 헌병경찰은 전국 방방곡곡에 깊이 침투하여 조선인을 탄압하고 만행을 일삼았다. 조선 사람들은 아이가 울면 "뚝 그쳐라. 저기 칼 찬 일본 순사 온다" 할 정도로 공포에 젖어 있었다.

생산된 쌀은 모두 일본으로 실려 나갔고 조선인들은 식량이 없어 굶어야 했다. 일본 상품은 비싼 값에 사야만 했다. 일본 자본주의는 조선을 약탈한 부를 통해 점점 발전했다. 조선에서 빼앗은 경제력은 대륙 침략을 실현할 수 있는 직접적인 교두보가 되었다. 일제에게 한반도는 그들의 생명선으로서 식량을 대주고, 일본인들을 부자로 만들어주는 바탕이 되었을 뿐만 아니라 만주와 몽고, 그리고 중국대륙침략의 전진기지였다.

2. 나라 잃은 백성이 살아서 무엇 하랴!

　나라가 망했다. 전국이 슬픔에 젖었고 온 국민은 통곡했다. 일제에 항거하기 위해서는 나라를 떠나야 했다. 조선의 어느 곳이든 일본의 헌병과 경찰의 감시망에서 벗어날 수 없었기 때문이다. 수많은 사람들이 국경을 넘었다. 그리고 독립군이 되었다.

　나라를 잃은 백성으로 사느니 차라리 죽는 게 낫다며 목숨을 끊은 사람만도 수십 명에 이른다.

　조선은 유교적 충효의 윤리에 입각한 군신과 부자의 의리를 가장 소중하게 여기던 나라였다. 나라가 망했지만 60% 이상의 관리들이 여전히 자리를 지키기에만 급급했다. 목숨을 끊고 항거한 사람은 만조백관과 삼백 육십여 수령 관리들 중에 이범진 공사와 금산군수 홍범식뿐이었다.

　합방조인식 현장에서 마땅히 목숨을 끊어야 할 고관대작들은 기가 막히게도 대부분 일본천황이 하사하는 은사금과 작위를 받았다. 중하급 관리들 역시 대부분 일제에 고개를 조아려 구차하게 자리를 보전하기 바빴다. 오히려 평민과 상민들이 줄지어 자결했다.

조선왕조 500년을 지배해온 유교적 질서가 얼마나 위선에 찬 것이었는가를 여실히 보여주는 것과 다름없었다. 충의를 근본으로 500여년 사직(社稷)을 받들어온 나라 조선, 하물며 그 유교의 덕목이야말로 인간의 도리라고 그토록 강조하는 지배계층 사람들 중에 나라를 잃어버린데 대한 책임을 지는 사람은 없었다. 그토록 신의와 충절을 부르짖던 사대부의 나라 조선에서 나라에 대한 의리를 지키는 사대부는 손에 꼽을 정도였다.

기개와 충절을 지킨 홍범식

금산군수 홍범식(洪範植,1871~1910)은 한일합방에 항거하여 자결(自決)한 순국열사다. 국왕의 눈물어린 칙서(勅書)가 도착하던 날, 41세의 젊은 군수 홍범식은 국가의 관리로는 처음으로 결연히 목숨을 끊었는데 벽에 '나라가 망하고 임금이 쓰러지니 죽지 않고 무엇 하랴' 라는 글을 써놓았다.

그는 정조 때 영의정을 지낸 홍국영, 사도세자 장인이자 영의정을 지낸 홍봉한의 후손이다. 조부는 이조판서, 부친은 병조참판을 지냈을 만큼 명문가 출신이다. 『임꺽정』을 쓴 작가 벽초 홍명희의 아버지가 바로 홍범식이다.

홍범식은 태인군수로 재직할 때 남몰래 의병활동을 도우면서 쓰러져 가는 나라를 일으키고자 노력했다. 금산군수로 자리를 옮긴 뒤에도 백성들에게 선정(善政)을 베풀어 칭송을 받는 진정한 관리였다.

그의 자결 소식을 들은 남녀노소는 통곡했다. 그의 빈소에는 분향하는 인파가 그치지 않았다. 그의 본가는 괴산이었다. 그의 장례행렬에는 관민들 모두가 도로에 나와 호곡을 하였고 괴산까지 따라간 사람만도 수백 명이었다. 그의 순절 소식을 들은 고종임금도 눈물을 흘렸다고 한다.

홍범식의 순절(殉節, 충절을 지켜 죽음)을 기리는 비문에는 다음과 같은 글이 쓰여 있다.

"그러자 공은 다시 힘써 평범한 태도로서 시종이 안심하도록 태연히 담소하다가 홀연히 험한 길을 조종산으로 향하여 달려가 다시 북향요배한 뒤에 사시 변함없이 홀로 청정한 곧은 소나무에 목을 매어 목숨을 끊고 장렬한 순절을 하시었다. 이에 조종산 솔바람이 이 소식을 실어 중의에 전파하자 천하가 진동하고 삼천만 겨레의 의분을 북돋았다. 오호라! 장하도다. 공의 곧은 충성과 위대한 절개여 당시 만조백관과 삼백 육십어 수령 가운데 오직 한분이시며 천추만대의 귀감이 되시도다."

우국시인 황현

황현(黃玹, 1855~1910)은 조선말기의 역사서인 『매천야록』으로 유명한 사람이다. 그는 명재상 황희의 후손으로 일제에 의해 나라를 빼앗긴 후 음독 순국한 우국지사다. 어려서부터 시를 잘 짓고 재질이 뛰어나 이건창(14살에 과거급제를 한 천재), 김택영(『한국소사』, 『교정삼국사기』 등을 쓴 학자)과 함께 한말 3재라 불렸다.

1905년 을사보호조약에 비분강개하여 뜻을 같이 하던 김택영과 함께 중국으로 망명하려 했지만 자금 부족으로 뜻을 이루지 못했다. 그런 와중에 국권을 강탈당하자 죽음을 택했다.

그는 죽음을 앞두고 절명시를 지었다.

난리 속에 살다보니 백발만 성성하네

몇 번이나 목숨을 끊으려다 뜻을 이루지 못했으나

이제 더 이상 어찌 할 수 없게 되었구나

가물거리는 촛불이 푸른 하늘에 비치네

亂離滾到白頭年(난리곤도백두년)

幾合損生却未然(기합손생각미연)

今日眞成無可奈(금일진성무가내)

輝輝風燭照蒼天(휘휘풍촉조창천)

동해에 몸을 던진 김도현

김도현(金道鉉, 1852~1914)은 경상북도 영양 출신으로 어려서부터 기상이 뛰어나고 성품이 남다르게 대쪽같았다.

1895년 을미사변 후 그는 의병을 일으켜 경북 동북부 일대에서 유격 활동을 했는데, 을미 의병장 중에서 가장 오래 저항한 사람이었다. 그는 유생 출신이라 해서 다른 의병장처럼 말이나 가마 위에 앉아 호령하는 사람이 아니었다. 그는 다른 곳 의병장이 요청하면 먼 길을 마다 않고 달려가서 그들을 도왔다. 허훈의 동생 허위가 기인이라는 말을 듣고 그를 찾았고, 강릉의 민용호가 쓴 격문을 보고 먼 강릉까지 올라가 그와 함께 강릉에서 항전하기도 했다. 그의 『벽산선생 창의전말』은 의병활동기록으로 의병운동사 연구에 귀중한 자료이다.

1905년 을사보호조약이 체결되자 김도현은 결사 투쟁하기로 마음 먹고 서울로 올라가면서 삼남 각 고을에 다음과 같은 내용의 통문을 보냈다.

"을미년 화변(禍變) 때를 당하여 시골에 묻혀 있는 몸으로서 의병을 일으킨 것이 후세에 말할 수도 있는 일이기는 하지만, 그 후 10년 간 세상 일은 더욱 침침(寢寢)하여져서 이렇게까지 되었으니 통곡하고 눈물을 흘릴 뿐 다시 말을 하겠습니까. 졸지에 들은즉 이번 10월 20일(음력)에 원수의 사신(使臣) 이토 히로부미가 군사를 거느리고 궁궐을 침범하여 통곡하고 또 통곡할 뿐 다시 무어라 말하겠습니까. 아아, 하늘이 이 사람들을 없이 하려는 것이니 어찌 여우와 승냥이 소굴에 살기를 바라겠습니까. 또 살아야 할 사람이 죽는다면 그 죽음은 의가 아닌 것이요, 죽어야 할 사람이 산다면 그 사는 것이 의가 아닌 것입니다. 한번 사생을 결단한다면 저들이 백만 명의 강적이라 하더라도 무엇이 무섭겠습니까. 바라건대 여러 군사들은 죽을힘을 다하고 분발하여 기운을 내어 빨리 서울로 올라가서 함께 큰일을 도모하시기를 천만 바라나이다."

김도현은 서울에 도착하여 투쟁하였으나 이미 기울어진 대세는 어쩔 수 없었다. 귀향하여 안동의 도산서원을 중심으로 유생들을 모아 의거를 계획하였으나 사전에 발각되어 1907년 2월에 대구감옥에 수감되었다.

출감 이후 1910년, 영양에 영흥학교를 세워 교육에 힘썼으나 일제의 방해로 그마저 여의치 않았다. 1914년 어머니가 세상을 뜬 뒤, 망국을 개탄하는 시를 남기고 동해의 관어대(觀魚臺, 영덕군 영해면) 앞바다에 투신 순국하였다. 김도현은 그의 아들에게 "내 시체를 건지지 말라. 건지면 불효니라"는 말을 남기고 바다에 뛰어들었다고 한다. 그의 후손들은 지금도 바닷고기를 먹지 않는다고 전해진다.

24일간 단식하여 순국한 이만도

이만도(李晩燾, 1842~1910)는 예안출신으로 1866년(고종 3년) 정시 문과에 장원으로 합격하여 벼슬길에 나섰다. 일본과의 수호조약을 반대하여 화를 당한 최익현을 변호하다 파직되었다. 복직하여 양산군수, 공조참의 등의 관직을 지내는 동안 청렴한 관리로서 가는 곳마다 명성이 높았다. 동부승지에 임명되었으나 시국의 돌아가는 꼴이 마땅치 않아 고향에 내려갔다. 1894년(고종 31년)에 갑오경장을 반대하였고, 이듬해 을미사변이 일어나자 안동(安東)에서 의병을 모집, 일본의 침략에 항거했다.

을사보호조약이 체결되자 을사오적의 처형을 상소했으며, 한일합방의 소식을 듣고 의분을 금치 못하여 24일간 단식하고 순국하였다.

환관출신 반하경의 자결

그 밖에 많은 이들이 순국의 길을 걸었다. 환관 출신의 반하경(潘夏慶)은 고종 때 내시(內侍)로서 1905년 을사보호조약이 강제로 체결되자 사임하였다. 그는 경기도 파주에 내려가 은거하고 있다가, 한일합방이 나자 숙부인 홍택주를 찾아가 결별을 고하고 돌아오는 길에 품안에 간직하였던 글을 삽다리 장터 게시판에 내걸고 외쳤다.

"내시와 외관(外官, 지방 관리)이 천함과 귀함이 다르기는 하지만 나역시 임금의 은혜를 받아 수십 년을 살아왔다. 지금 임금이 하정(下庭)하였으니 내 어찌 감히 따뜻한 방에서 죽을 수 있겠는가?"

그런 유언을 남긴 반하경은 백주대로에서 할복 자결을 하고 말았다.

그의 죽음을 지켜본 인근 주민들은 슬피 울어 눈물바다를 이루었고 그를 만고의 충절로 기렸다.

그는 여러 충신들과 함께 지하에서 27대 군주를 모시겠다는 일념과 2천만 동포들이 빼앗긴 나라를 되찾기 위해 일치단결할 것을 바란다는 유서 〈결사게시문〉을 남겼다.

이처럼 나라가 망하자 많은 애국지사들의 자결이 잇따랐고, 더 많은 사람들이 일제에 항거하며 투쟁을 벌이다가 일본경찰에 붙잡혀 옥사하여 세상을 떠났다.

3. 나라를 팔아 부귀영화를 누린 놈들

일본의 귀족이 된 매국노

한국을 병탄한 후, 일제는 을사오적 등의 친일파들에게 모두 일본의 작위(爵位, 벼슬과 지위)를 주어서 귀족계급에 편입시킴으로서 그들이 말하는 이른바 황국신민이 되게 했다.

'조선 귀족령'에 따라서 전, 현직 고위관료들에게 작위를 내렸는데 이들 중 상당수는 이완용이나 송병준 같은 친일파였으나, 일제의 회유에 못 이겨 작위를 받은 인물들도 있었다.

왕족을 포함하여 대한제국의 관료 출신으로 합방 후 일본에 의해 작위를 수여받은 사람은 모두 76명이었다. 이 가운데 김석진, 민영달, 유길준, 윤용구, 조경호, 조정구, 한규설, 홍순형은 스스로 작위를 거부하였다. 결국 일본의 귀족에 편입된 자들은 나머지 68명이었다.

또한 이들 가운데 김가진, 김사준, 김윤식, 이용직, 이용태 등은 후일 3·1운동을 비롯한 독립운동에 관계해 작위를 박탈당하기도 했다.

그 나머지 63명은 일찍이 자신들이 고위관직을 지냈던 나라를 팔고 민족을 배신한 불명예를 택하였다. 그들은 외래침략자 일제에 빌붙어 반민족행위자로 살다가 죽었다.

1909년 12월 이완용이 애국청년 이재명의 칼에 찔려 부상을 당한 예에서 보듯이, 이들은 끊임없는 민족적 분노와 경멸의 대상이 되었다.

*1910년 합병당시 작위를 받은 자

《공작》

이강(고종의 5번째 아들 의친왕), 이재면(흥친왕, 고종의 형), 이준용 (영선군, 흥친왕의 맏아들)

《후작》

박영효, 윤택영, 이재완, 이재각, 이해승, 이해창

《백작》

민영린, 이완용(李完用), 이지용

《자작》

고영희, 권중현, 김성근, 김윤식, 민병석, 민영소, 민영규, 민영휘, 박 제순, 송병준, 윤덕영, 이근명, 이근택, 이기용, 이병무, 이용직, 이완 용(李完鎔), 이재곤, 이하영, 임선준, 조민희, 조중응

《남작》

김병익, 김사준, 김사철, 김영철, 김종한, 김춘희, 김학진, 남정철, 민 상호, 민영기, 민종묵, 민형식, 박기양, 박용대, 박제빈, 성기운, 윤웅 렬, 이건하, 이근상, 이근호, 이봉의, 이용원, 이용태, 이윤용, 이주영, 이재극, 이정노, 이종건, 장석주, 정낙용, 정한조, 조동윤, 조동희, 조 희연, 최석민, 한창수

＊합방 이후 작위를 받은 자

《후작》

　이달용, 이완용

《백작》

　고희경, 송병준, 송종헌

《자작》

　민충식, 정영두, 조중수, 임선재

《남작》

　민건식, 박경원, 성주경, 이인용, 이항구, 장인원, 최정원, 한상억

＊일본 귀족원 의원

　김명준, 박상준, 박중양, 송종헌, 윤치호, 이기용, 한상용

＊일본제국의회 의원

　박춘금(중의원), 이진호(귀족원)

상금에 눈이 어두워 일제의 주구가 된 매국노

　일제는 이들 매국노들에게 작위를 내리면서 거액의 은사금(恩賜金)도 주었다.

　일본은 합방 직전인 1910년 6월, '일한병합준비위원회'를 구성하여 한국 황실에 대한 대우, 한국 원로대신에 대한 조처, 한국 인민에 대한 통치방법, '병합'의 실행에 필요한 경비문제 등을 처리했다. '일한병합준비위원회'는 한국 황제 일가의 1년 세비를 150만 원 지급할 것, '합방' 공신에게는 응분의 작위를 주고 세습재산으로서 공채를 하사

할 것, '합방' 공신에 대한 수당으로서 현 수상에게는 백작 작위와 15만 원, 일반 대신에게는 자작 작위와 10만 원, 기타는 남작 작위와 5만 원을 줄 것, '합방'의 소요경비로서는 공채 3000만 원을 발행할 것 등을 결정했다.

일제는 합방공로로 작위를 수여한 다음 날 이들에게 각각 2만5천~50만4천 원에 이르는 총 1,700여 만 원의 '합방은사금'과 이른바 '은사공채'를 주어 막대한 경제적 혜택을 주었다.

고려대 백동현 교수는 최근 친일파 귀족들이 한일합병에 협조한 대가로 일왕으로부터 받은 돈을 말하는 '은사금'의 합계가 모두 605만 엔으로 현 시가로 계산하면 3600억원이 넘는다고 말했다. 친일 매국노들은 나라를 팔아서 작위를 얻고, 막대한 은사금으로 36년간이나 계속된 식민치하에서 호의호식을 하며 떵떵거리고 살았다.

제5장

서쪽은 압록강, 동쪽은 토문강

1. 북방영토란 어디를 말하는 걸까?

우리가 되찾아야 하는 북방영토

우리 민족이 되찾아야 하는 북방영토는 어디일까? 학자들 사이에는 여러 가지 견해가 있지만, 한민족공동체발전협회에서는 1712년 청나라와 조선이 실제로 국경을 함께 답사해 건립한 백두산정계비의 '서위압록·동위토문(西爲鴨綠·東爲土門, 서쪽은 압록강, 동쪽은 토문강)에 근거하여 우리의 북방영토를 획정하고자 한다.

이것에 따르면 우리의 북방영토는 압록강－백두산정계비－토문강－송화강－흑룡강－동해에 이르는 지역이다. 이곳은 오늘날 중국의 연변 조선족 자치주가 속해 있는 간도와 러시아의 연해주를 포함하는 드넓은 지역으로 우리 한반도 면적의 2배가 넘는다.

조선시대만 해도 이 지역 전체를 간도라 불렀다. 현재는 두 국가가 점유하고 있는데, 중국이 점유하고 있는 곳을 간도라 하고 러시아가 점유하고 있는 곳을 연해주라 한다. 간도와 연해주는 고조선과 부여의 영토였고, 고구려와 발해의 영토였다. 이후에도 조선인들이 계속 점유하며 살아온 곳이다.

〈한민족 영토〉

간도는 보는 관점에 따라 다른 데 크게는 만주 전체를, 작게는 송화강 이남을 가리킨다. 압록강 건너편 지역을 서간도라 부르고, 두만강 건너편 지역을 동간도라고 부른다. 동간도는 다시 두 개로 나누어 백두산과 송화강 상류지방을 동간도 서부, 백두산 동쪽으로부터 두만강 건너편 지역을 합하여 동간도 동부라고 부른다. 이 동간도 동부지역을 일명 북간도라고 하는데 보통 간도라고 하면 이 북간도를 뜻하는 경우가 많다.

간도는 어디서 유래한 이름일까? 여러 가지 설이 있으나, 병자호란 후에 청나라가 이 지역을 봉금지역(封禁地域, 출입을 금지하는 무인공간지대)으로 정하고 청나라와 조선인 모두의 출입을 금지한 데서 생긴 이름으로 본다. 청나라와 조선 사이(間)에 아무도 드나들 수 없는 섬(島)과 같은 땅이라는 뜻에서 유래했다고 한다.

만주는 한민족이 삶의 터전으로 삼아 고조선, 부여, 고구려, 발해에 이르기까지 3000년 이상 지배해온 땅이다. 발해가 망한 뒤 1,000년 동안에도 오랑캐인 거란과 여진이 지배한 일은 있었지만 중국의 한(漢)족이 지배한 일은 없었다. 역사상 중국이 만주지역을 지배한 것은 100년도 되지 않는 기간일 뿐이다.

먼 옛날 우리 선조들이 지배한 땅이었고, 그 증거로 현재도 유적 및 유물이 널려 있다든가 하는 감상적 차원에서 간도에 대한 연고권을 부르짖을 수는 없는 일이다. 하지만 간도 지역은 우리에게 우리의 영토라고 주장할 수 있는 법적, 물질적 증거가 충분한 곳이다. 우리는 확실한 역사적 근거와 국제법적 정당성을 갖고 간도가 우리 민족의 영토임을 분명히 하고자 한다.

1860년 청나라는 러시아와 북경조약을 맺으면서 네르친스크조약을 파기하고 연해주 일대를 조선의 동의도 없이 러시아에 넘겨주었다. 당시의 조선은 민란이 끊이지 않아 내부적으로 혼란에 빠져 있었다. 우리의 북방영토인 연해주는 우리도 모르게 청나라에 의해 러시아의 손에 넘어가고 말았다.

을사보호조약으로 대한제국의 외교권을 빼앗은 일본은 1909년 청나라와 간도협약을 맺었다. 이때 우리의 북방영토인 간도는 청나라에게 넘어갔다. 당시의 대한제국은 일본의 무력 앞에 꼼짝도 할 수 없는 상태였다. 이로써 우리의 북방영토인 간도와 연해주는 모두 남의 손에 빼앗긴 셈이 되었다. 우리가 되찾아야 할 우리의 북방영토는 바로 간도와 연해주이다.

어떻게 되찾을 수 있을까? 일본이 청나라에 팔아넘긴 간도는 1909년 청일간의 간도협약이 무효임을 확정하면서 되찾아야 한다. 연해주의 영유권은 간도 영유권을 되찾고 난 뒤 러시아와 거론할 문제다.

여기서는 당면한 문제인 간도를 중심으로 이야기해 보려고 한다.

만주에 터를 잡은 한민족

역사상 우리 한민족이 처음 세운 나라는 고조선이다. 고조선은 지금의 요녕지방을 중심으로 만주지역과 한반도 북부를 잇는 넓은 지역을 통치하는 국가로 발전했다. 고조선 이후 한민족은 만주와 한반도 지역 곳곳으로 퍼져나가 부여, 고구려, 옥저, 동예, 삼한 등의 여러 나라를 세웠다.

가장 강성한 국가였던 고구려는 광개토대왕과 장수왕을 거치면서 5세기말에는 전성기를 맞았다. 고구려는 요동을 포함한 만주 전역과 한반도의 중부 이북 지역을 차지하여 동북아시아의 강대국이 되었다. 고구려의 패망 이후 고구려의 유민 대조영은 고구려의 유민과 말갈족들을 중심으로 발해를 세웠다. 해동성국 발해는 만주 지역의 대부분과 연해주를 지배했다.

발해가 유목 민족인 글안에게 패망한 이후, 만주 지역에는 뚜렷한 지배세력이 없었고, 글안, 숙신, 읍루, 물길, 말갈, 거란, 여진족들이 번갈아 차지하였다. 유목 민족인 이들은 한 곳에 정착하지 않고 살았기 때문에 북방지역은 한동안 버려진 땅이 되었다. 이때부터 수백 년 동안 우리의 북방영토는 유목민족들이 지나다니는 벌판일 뿐이었다.

고려 태조 왕건은 고구려를 계승하여 나라 이름도 고려라 했다. 건국 후 지속적으로 북진정책을 폈다. 거란족이 요나라를 세우고, 다시 여진족이 금나라를 건국하고 세력을 키우면서 고려의 북방영토 회복의 꿈은 좌절되고 말았다.

여진족은 원래 고려를 부모의 나라라 하여 말과 화살 등의 조공을 바치며 섬겼다. 고려는 식량과 농기구 등을 주어 그들을 회유했다. 그러나 완안부(完顔部, 하얼빈 근처)를 중심으로 종족을 통일한 여진족의 금나라가 점차 세력이 커져 천리장성 부근까지 내려와 고려와 충돌하게 되었다. 금나라는 거란의 요나라를 멸망시키고 만주와 몽고, 중국의 북부를 지배하는 거대한 나라가 되었다. 금나라의 팽창은 고려에 압력이 되기 시작했다. 고려는 금나라와 형제 맹약을 맺어 평화 관계를 유지할 수 있었으나, 북진 정책은 한동안 중단되었다.

그 후 조선 세종 때에 압록강과 두만강 방면의 여진 무리를 몰아내고 4군과 6진을 설치하면서, 조선은 북쪽 국경선을 확정하게 되었다.

『조선왕조실록』 세조 14년인 1468년에 조선과 명나라 사이의 빈 땅에 백성들이 들어가 토지를 개간했다는 내용이 나온다. 조선인들의 간도 이주는 조선조 초기인 세조 때 이미 시작되고 있었다. 많은 조선인들이 압록강과 두만강 건너의 간도 땅에 들어가서 산삼을 캐고 때론 농사를 지으며 살았다.

조선 성종, 연산군 때 사람인 최부(崔溥, 1454~1504)는 『표해록』에서 중국여행의 경험을 적었다. 그는 이 책에서 15세기 말의 요동성에 우리 민족이 얼마나 많이 살고 있었는지를 증언하고 있다.

"이 지방은 옛날 우리 고구려의 도읍지로 1천년 동안 고구려 땅이었기에 우리 고구려의 풍속이 아직도 많이 남아 있다. 또한 고려사(高麗祠)라는 사당을 지어 시조를 받들어 공경하고 제사를 지내 근본을 잊지 않고 있다. 요동성 서쪽에는 고려시(高麗市)까지 이르는 사이에 인구와 주택의 번성함이 대단하였다.

요동성 고려동(高麗洞)에 들렀다. 해주, 요동 등에서는 반은 중국사람이요, 반은 우리나라 사람이어서 차림새며, 말(언어)이나, 여자들의 패물도 우리나라와 같았다."

5백여 년 전까지 요동 땅에는 고려시, 고려동이라는 행정지역이 있었다. 15세기라면 고구려가 멸망한 지 800년 후다. 그때까지 요동의 우리 민족은 사당에서 동명성왕을 제사지내고 있었다. 우리 민족이야말로 대를 이어 요동 땅을 떠나본 적이 없다.

중국 역사서에도 이미 15, 16세기부터 봉금지역에 조선인이 상당수 거주한 사실이 기록돼 있다.

1998년 중국 연변(延邊)에서 발간된 『이야기 중국조선족력사』에는

"명나라 초기에 요동 일대에는 수만 명의 고려인이 살고 있었다. 이들은 명나라 초기 요동지역 총인구의 10분의 3을 차지했다"고 인정하고 있다.

이들 중에는 명말청초인 병자호란의 혼란기에 포로로 끌려간 사람들도 있었다. 포로로 간 사람들의 자손들은 민족정신이 아주 강해서 아직도 '나는 조선인의 후예'라는 뿌리의식을 갖고 있다. 요녕성 본계현의 박가보(朴家堡)촌과 하북성 청룡현 박장자(朴杖子)촌은 당시에 형성된 대표적인 조선족 마을인데 조선말은 잊어버렸지만 아직도 동성동본 금혼과 같은 우리 민족 특유의 풍습이 남아 있다. 이들의 존재는 중국 정부가 1980년대에 인구조사를 실시하면서 밝혀졌다.

2. 백두산정계비

아무도 들어갈 수 없는 곳 그곳은 육지속의 섬이었다

1627년 청나라(당시는 후금)와 조선은 북방영토분쟁의 시발점인 '강도회맹(江都會盟, 정묘조약의 다른 이름)'을 체결한다. 강도회맹을 통해 조선과 청나라는 '양국은 각각 경계를 봉하여 서로 온전하게 한다'고 하여 양국간의 경계를 정했다. 그러나 강도회맹에서는 국경에 대한 지도나 국경지대의 명확한 지명이 언급되어 있지 않다. 당시 어디를 국경으로 삼았는지는 구체적으로 알 수가 없다.

강도회맹 이후 청나라는 국경지대의 상당히 넓은 지역에 봉금지대(封禁地帶)를 설정하고 봉금정책(封禁政策)을 실시했다. 봉금정책이란 봉금지대에 아무도 들어가지 못하게 하는 것을 말한다. 봉금지역은 양국간의 완충지대 내지 중립지대였다. 봉금지대는 자연스럽게 양국 사이의 경계지역으로 설정되었다.

청나라는 왜 봉금지대를 설정했을까? 첫째 조선과 청나라 양국 변방에서 서로의 충돌을 막기 위해서라고 하지만, 실상은 청나라 황실이 청나라의 발상지로 백두산을 포함하는 이 지역을 신성시하였기 때문이다. 둘째는 청나라가 심양에서 북경으로 천도한 이후 중국 대륙을 다스리기 위해 만주족(청나라 태종 이후 여진족은 만주족이라 불렀다)을 전국으로 이주하게 했기 때문이다. 만주족이 만주를 떠나 중국 전역으로 가면서 만주는 텅 비어버렸다. 청은 만주족이 떠나버린 만주에 중국 한족들이 들어가 자리잡는 것을 막아야 했다. 그것이 봉금정책의 실상이었다.

봉금지대가 언제 어디에 설정되었는지에 대해서는 정확한 기록이 없다. 대체로 청 태종 때인 1626년에서 1643년 사이에, 책문(柵門)밖 100리의 땅을 비워 두었다고 한다. 조선과 청나라 모두 엄격하게 봉금정책을 시행한 약 200년 간 봉금지대에는 어떤 사람의 접근도 금지되었다. 이 봉금정책을 공식적으로 먼저 깬 것은 청나라다. 1867년 청나라는 일방적으로 봉금정책을 파기하고 중국의 한족들을 이주시켰다.

청나라가 정한 조선의 국경

조선인들은 이 무인지대에 품질 좋은 산삼과 약재가 많이 난다는 것을 알고 있었기 때문에 지속적으로 간도 지역으로 진출했다. 청나라의 외교 문서인 『동문회고』에는 1639년부터 1704년까지 14건의 적발사례가 기록돼 있다. 『숙종실록』에는 조선인들이 일시적으로 강을 넘어가 산삼을 캐거나 사냥을 하는 정도였던 것이 점차 경작을 하고, 경작 범위가 커지면서 이주해서 정착하고 있음을 보여주고 있다.

조선인들의 간도 이주가 늘자 청나라는 경계를 확실히 해야 할 필요를 느꼈다. 게다가 러시아가 동쪽의 시베리아 아래로 남진정책을 펼치면서 흑룡강 연안으로 진출하여 청나라를 건드렸다. 청나라 건국 이후 최대의 전성기를 맞은 강희제(1661~1722)는 1689년 네르친스크조약

(Treaty of Nerchinsk)을 체결하여 러시아와의 국경을 흑룡강 이북으로 합의하였다. 네르친스크조약은 유럽과 아시아 국가 사이에 맺은 최초의 국경조약이다. 북쪽 국경을 확실히 한 강희제는 이제 조선과 맞닿은 동쪽 경계를 확실히 하고 싶었다.

그는 먼저 당시 북경에 와 있던 서양의 선교사들을 보내 청나라의 영토를 측량하게 하였다. 강희제의 명에 따라 신부 레지(Regis), 부베(Bouvet), 쟈또(Jartoux), 프리델리(Friedeli) 등은 만주와 내몽고 일부를 실측하였다.

1709년 5월 8일 위의 네 신부와 동행한 알레 망(Alle Mand) 일행이 북경을 출발하여 만리장성을 넘었다. 이들의 토지측량작업은 1716년에야 끝났다. 무려 15년이나 걸린 작업이었다. 1710년 레지는 조선의 국경을 넘을 수 없어 조선왕실에서 보관하고 있던 지도의 부본을 참고하였는데 매우 정확했다고 한다.

유럽에서 온 신부들이 실측한 측량자료는 독일인 신부 쟈또(Petrus Jartoux)의 감독 아래 각 지역별 지도로 제작되었다. 이들은 측량을 끝낸 2년 뒤인 1718년에 지도첩을 완성했다. 강희제는 이 지도를 『황여전람도(皇輿全覽圖)』라 이름하였다.

쟈또는 지도의 원고를 신부이자 동양학자인 듀·알드에게 보냈고, 듀·알드는 다시 왕실 측근의 지리학자 당·빌에게 보냈다. 당·빌은 총 42매의 중국지도를 제작하였다. 이 가운데 31번째의 지도가 조선과 관련된 지도이다. 당·빌의 지도는 『황여전람도』의 필사본이나 다름없다.

이 무렵 프랑스 왕실에서 펴낸 『중국지(Description de l'Empire de la Chine)』에도 중국전도와 만주, 조선의 서북부가 실려 있다. 그 서문에는 레지의 비망록이 있다.

  "봉황성(鳳凰城, 오늘날의 봉성으로 고구려가 압록강 너머 북쪽에 세운
오골성이다. 안시성이라는 설도 있는데, 중국은 고구려식 이름인 오골성
을 중국식 이름인 봉황성, 봉성이라고 고쳤다.) 동쪽에는 조선의 서쪽 국
경이 있다. 만주는 명나라를 침공하기에 앞서 조선을 먼저 정복하였는데
그때에 장책(長柵)과 조선과의 국경사이에 무인지대를 둘 것을 의정(議
定)하였다. 이 국경이 도상(圖上)에 점선으로 표시되어 있다."

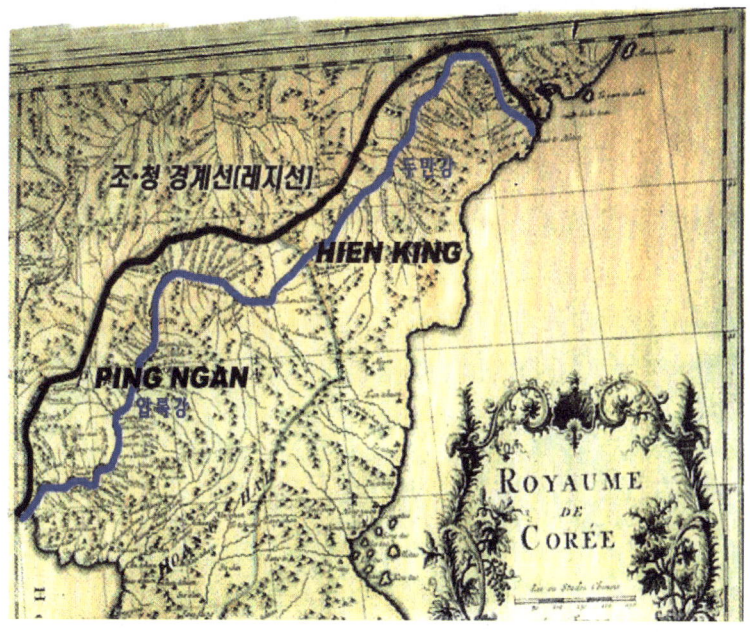

〈당빌지도(1737년 제작)〉

이곳이 국경이었다는 것은 그 이전의 기록에서도 찾을 수 있다. 병자호란이 끝난 이듬해인 1638년 청 태종의 명령으로 봉황성에 방압공사(防壓工事)를 실시하였다. 압록강 하류 지점인 남반에서 봉황성을 거쳐 오늘날의 경흥과 회인지역을 지나 성창문과 왕청변문에 이르는 지역의 대공사였다고 한다. 남반에서 왕청변문은 압록강 하구로부터 약 150리 내지 200리(80km, 약 서울에서 천안까지의 거리) 가량 북쪽에 있다. 당시 청나라 호부(戶部)의 이 기록에는 새로운 경계가 이전의 경계에 비해 50리 더 확장되었다고 적혀 있다.

『당빌 지도』에 의하면 조선과 청나라의 경계는 압록강과 두만강 너머에 있었다. 특히 압록강 너머에 '평안(중국식 발음, PING NGAN)'이라는 지명까지 적혀 있다. 우리 국경이 압록강, 두만강 선보다 훨씬 북쪽에 그어져 있어 아주 중요한 지도다. 북방영토 연구의 선각자인 김득황 박사는 이 지도의 조선과 청나라의 경계선을 '레지선' 이라 명명했다.

당시의 지도는 조선이 만든 것이 아니라 강희제의 명을 받아 서양의 측량기사들이 만든 청나라의 지도다. 청나라의 지도에 압록강 이북이 우리 땅으로 표시되어 있다는 것은 청나라 황제도 압록강, 두만강 이북의 상당지역이 우리나라 영토라는 사실을 알고 있었다는 사실을 증명한다.

공식적인 국경 협정이 된 백두산정계비

청나라는 1677년 무묵눌이 백두산을 답사한 것을 포함하여 1684년과 1710년, 모두 세 차례 백두산 일대를 탐사했다.

강희제는 오라(烏剌 : 당시 만주 일대를 일컫던 말)지역 총관 목극등을 조선과의 국경획정 대표로 임명하였다. 강희제는 실지답사와 서양 인들의 과학적 측정 결과를 목극등에게 주고 백두산을 중심으로 한 국 경선을 확정할 것을 직접 명령하였다.

1712년(숙종 38년) 5월, 목극등 일행은 백두산에 오르기 쉬운 함경도 쪽을 택하여 조선으로 건너왔다. 이때 목극등이 국경을 정하는 과정은 여러 책에 세세하게 기록되어 있다.

목극등 일행을 맞이한 접반사(接伴使, 사신을 맞는 관리) 박권을 수 행했던 역관(통역관) 김경문의 아버지 김지남은 역시 역관이었다. 김 지남은 『북정록(北征綠)』에 아들 김경문에게서 세세하게 들은 백두산 정계비가 세워진 내력을 자세히 적었다. 『북정록』은 임진년(1712년) 2 월 24일 청나라 강희제가 변경을 조사하기 위해 관리를 파견하니 이를 맞으라는 통고가 평안감사의 장계(狀啓, 보고문서)를 통해 오는 데서 시작한다.

"예부에 알린다. 강희 50년(1711년) 8월 초4일 태학사 온달 등이 올린 장계에 따르면, 금년에 목극등 등이 황제의 뜻을 받들어 봉황성에서 장 백산(백두산)까지 우리 변경을 조사하려 한다. 그러나 길이 멀고 물이 커 서 바로 그곳에 이르지 못하니, 내년 봄 얼음이 녹을 때 차사관으로 하여 금 목극등 등과 함께 의주 강가에서 조그만 배를 만들어 물을 따라 올라 가려 한다. 그리고 만약 배가 전진할 수 없게 되면 육로를 따라 토문강에 가서 우리 지방을 조사할 것이다……."

청나라 사절 목극등이 함경도 방면으로 입국하자, 조선 조정은 참판 박권(朴權)을 접반사로 임명하여 함경감사 이선부(李善溥)와 함께 파견하였다. 조선과 양국의 관리들이 양국 경계의 공동 조사를 위해 혜산진에서 만났다. 하지만 목극등은 조선 측 사절로 온 접반사가 너무 늙은 노인인 것을 보고 이렇게 말한다.

"100리가 넘는 산길을 칠순 노인이 가기는 어렵겠소. 만일 함께 가다가 도중에 무슨 사고라도 만나면 공사(公事)를 그르치게 될 것이오."

목극등은 접반사 일행 가운데 군관 이의복, 순찰사 군관 조태상, 차사관 허량, 박도상, 통역관 김응헌, 김경문 등 조선의 하급관리 6명만 거느리고 백두산에 올랐다. 목극등은 일방적으로 정계비의 위치를 정하고, 백두산정계비(높이 72㎝, 아랫부분 나비 55㎝, 윗부분 나비 25㎝)를 세웠다. 백두산정계비가 세워진 곳은 백두산 정상이 아닌 압록강과 토문강의 분수령인 천지 남동쪽 4km, 해발고도 2,200m 지점이었다. 정계비에는 위에 크게 '대청'(大淸)이라고 가로로 적고 다음과 같은 82자의 한문을 정면과 측면에 새겨 넣었다.

烏喇摠管 穆克登(오라총관 목극등), 奉旨査邊(봉지사변)

至此審視(지차심시), 西爲鴨綠(서위압록), 東爲土門(동위토문)

故於分水嶺上(고어분수령상), 勒石爲記(늑석위기)

康熙 五十一年 五月十五日(강희 51년 5월 15일)

筆帖式 蘇爾昌(필첩식 소이창), 通官 二哥(통관 이가)

朝鮮軍官 李義復 趙台相(조선군관 이의복 조태상)

差使官 許樑 朴道常(차사관 허량 박도상)

通官 金應憲 金慶門(통관 김응헌 김경문)

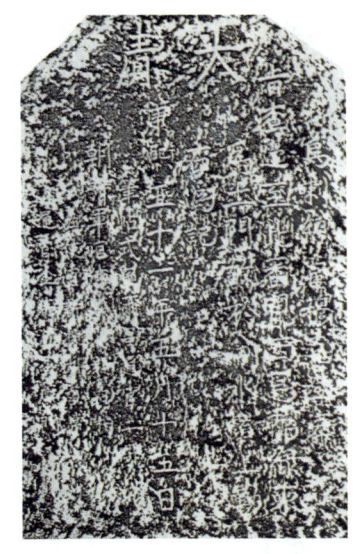

〈백두산정계비 탁본(국립중앙박물관 소장)〉

大清

烏喇摠管穆克登奉
旨查邊至此審視西爲鴨綠東
爲土門故於分水嶺上勒
石爲記
康熙五十一年五月十五日
筆帖式蘇爾昌通官二哥
朝鮮軍官李義復趙台相
差使官許樑朴道常
通官金應憲金慶門

〈백두산정계비 비문〉

오라 총관 목극등이 천자의 명을 받들어 변방의 경계를 직접 조사하고
자 이곳에 이르러 살펴보니 **서쪽은 압록이고 동쪽은 토문이다.** 그러므로
물이 나뉘는 고개 위에 돌을 새겨 기록하노라.
강희 51년(1712년) 5월 15일
글쓴이 : 소이창, 통관 : 이가, 조선 군관 : 이의복 · 조태상
차사관 : 허량 · 박도상, 통관 : 김응헌 · 김경문

국사편찬위원회에 있는 연구자들이 우리 선조들이 지은 많은 사료
들을 번역하여 출간하였다. 『조선시대선비들의 백두산답사기』 역시
그들의 연구결과로 나온 책이다. 조선시대만 해도 선비들은 언문 한글
을 쓰지 않고 한문으로만 기록했다. 직접 읽기 어려운 자료들을 번역

해주는 연구자들이 있어 참으로 기쁜 일이다. '백두산정계비'와 관련한 직접적 사료들은 『북정록』을 포함하여 위의 『조선시대선비들의 백두산답사기』에 다 들어 있다. 여기서도 많은 인용을 했는데, 궁금한 독자들은 직접 읽어보기 바란다.

서쪽은 압록이고 동쪽은 토문이다

김지남의 『북정록』 서문에는 목극등이 꽤나 경우 바르고 일 잘하는 사람이라는 말이 나온다.

"무릇 대국인이 소국에 사신으로 오면 대개 돈과 재물을 뜯어내는 데 혈안이다. 이 폐단은 명나라 때 가장 심하였다. 더구나 우리들은 청나라 사람들은 오직 뇌물만 받으려 하는 자들이라고 봐왔는데, 이 사람들은 전연 그렇지 않았다. 깊은 산 궁벽한 들판에 가면서도 식량을 천 리나 끌고 와 스스로 식사를 해결했으며, 우리들이 바친 음식은 비록 한 그릇의 밥이라도 모두 거절하고 받지 않았다. (중략) 청나라 사신도 또한 가히 충량하고 일을 잘 하는 사람이었다."

깐깐한 성격의 목극등은 꼼꼼하게 경계가 되는 분수령 위에 정계비를 세웠다. 동쪽으로 물이 흐르다가 물줄기가 끊어진 곳에서 100여 리를 직접 가거나, 조선 사람과 통역관 하인들을 시켜 수일 동안 물이 솟아나는 곳을 두루 찾도록 하였다. 경계를 확인하기 어려운 곳에는 돌 또는 흙으로 돈대(墩臺, 흙과 돌을 쌓아 만든 축대)를 쌓아가며 아래쪽 강물에까지 연결했다.

홍세태(洪世泰, 1653~1725)의 『백두산기(白頭山記, 목극등과 함께 백두산정계비에 이름이 오른 역관 김경문은 아버지 김지남이 『북정록』을 썼기 때문에 본인이 다시 백두산기를 쓸 수 없어 홍세태를 통해 간접적으로 백두산 기행문을 썼다.)』에도 "토문(土門)의 수원이 끊기는 지점에 높직하고 평평한 돈대를 쌓아서 그 하류와 연결시켜 경계를 분명히 했다"라고 기록되어 있다. 『조선왕조실록』에도 백두산 정계(定界)와 관련한 전 과정이 빠짐없이 수록되어 있다.

김경문이 기록한 『통문관지』의 기록을 보자. 정계비를 세울 당시 목극등은 김경문에게 이렇게 말했다.

"내가 황제의 명을 받들고 왔는데 어찌 험한 것을 꺼리겠는가? 너희 나라 경계가 여기에 있다고 말하는데 이것은 황제께 아뢴 후 정한 것인가, 아니면 역사책에 근거할 만한 것이 있는가?"

김경문이 대답했다.

"우리나라가 옛날부터 이곳을 경계로 삼았음은 부녀자와 어린 아이라 할지라도 모두 알고 있는 일입니다. 어찌 이것을 황제에게 청하겠으며, 또한 무엇 때문에 문자로 기록하여 증거를 삼겠습니까? 작년에 황제께서 창춘원(暢春苑)에 계실 때 우리 사신을 불러서 서북 지역의 경계를 물으셨을 때 이러한 내용을 사실대로 대답하였으니, 공께서도 틀림없이 들으셨을 것입니다. 대개 두 강의 발원이 이 못에서 시작하여 천하의 큰 강이 되었으니, 이는 하늘이 남북의 한계를 그은 것입니다. 공께서 지금 한 번 보고 결정하도록 하십시오."

목극등은 토문강이 양국간의 경계임을 분명히 알고 있었고 서로의 합의가 이루어진 상태에서 목책설치작업을 하였다.

"토문강은 수원의 단류처가 많아 표시 없이는 경계가 명확하지 않으므로 형편에 따라 흙과 돌을 세우고 목책을 설치하는 것이 좋다하여 조선 측 부담으로 8월부터 공사를 시행하게 했다. 당시 차사관이었던 허량, 박도상은 비 아래 25리는 목책과 흙을 쌓았고 물이 나는 곳 5리와 20여리 마른 곳은 산이 높고 경계가 분명하여 쌓지 않았다. 그 아래는 목책을 쌓았고 정계비 아래 골짜기 즉 토문강원에는 목책, 돌각담을 쌓았다."

비로소 조선과 청, 두 나라의 경계선이 확정되었다.

그러나 조선 조정에서는 목극등이 고집하는 지점에 정계비를 세우고, 정계비 상에 난데없이 토문(土門)이란 말이 튀어나오자 처음에는 무척 당황했다고 한다. 토문강에 대해서 제대로 알지 못하고 있었기 때문이다. 이 소식을 들은 숙종은 탄식을 했다.

"앉아서 잃으면서도 그 잃는 바를 알지 못하니 족히 나라 땅을 줄인 것만으로 의논할 일이 아니다. 원통하고, 분하고, 한심하고 애석해서 자못 노한 머리털이 장차 관을 뚫을 것이로다."

목극등은 백두산정계비를 세우면서 강희제에게 바칠 지도를 그렸다. 그 지도에는 백두산 정상부의 모습과 정계비의 위치, 정계비를 기점으로 흘러내리는 압록강과 토문강의 물줄기가 잘 나타나 있다. 숙종은 목극등이 그려서 보낸 백두산도(白頭山圖)를 보고는 기쁜 마음으로 탄식을 거두었다.

"그전에 경계를 두고 다투던 근심이 이로써 모두 사라졌네(向時爭界慮 從此盡消磨, 향시쟁계노 종차진소마)."

목극등이 국경을 정할 때 조선의 관리들은 그저 목극등이 하는 대로 볼 수밖에 없었다. 병자호란에서 패한 조선이 승전국 청나라에 대항할 수 없었기 때문이다. 숙종은 영토가 많이 줄어든 줄 알고 있다가 목극등이 보낸 지도를 보고는 안심했다.

만주는 우리땅이다

『이야기 중국조선족력사』에는 이렇게 적혀 있다.

"1845년 뗏목을 몰던 평안도 초산 일대 80여 가구의 농민들이 처음 훈(渾)강 유역에 논을 만들었다. 1875년에는 평안도 사람들이 환인(고구려의 옛 성)에 정착해 벼농사를 지었다. 130여 년 전 훈강 유역에서 시작된 논농사가 간도 전역으로 신속히 퍼졌다."

벼농사의 성공 이후 간도로 향하는 조선인들의 발걸음은 더욱 많아졌다. 북간도에서도 용정시 개산둔진 천평 일대와 해란강변의 서전대야 일대에서도 벼농사가 시작되었다. 처음에 조선의 농민은 두만강 이남의 함경도에서 살면서 강을 건너다니며 넓은 간도를 개간하고 농사를 지었다. 경작지가 넓어지면서 점차 두만강 너머로 집을 옮기는 사람이 늘게 되었다. 지방관의 학정이 날로 심해지고 민란이 끊이지 않자, 아예 조선 관리의 권한이 미치지 않는 간도 깊숙이 들어가서 생활 터전을 마련한 이들도 많아졌다.

그러자 조선의 지방관들 중에는 기아에 허덕이는 주민들을 간도로 집단이주 시키는 이들도 생겨났다. 이 무렵 회령부사로 부임한 홍남주는 주민들이 개간청원서를 내면 이를 허용해주는 방식으로 두만강 건너로의 이주를 지원했다. 홍남주는 그 지방 유지인 이인회에게 이주를 독려하도록 요청했다. 이인회는 적극적으로 협력했다. 밥을 굶는 가난한 농민들에게 두만강을 건너가서 농사를 지을 것을 권유하였고, 많은 주민들이 개간청원서를 부사에게 제출하여 개간을 위해 강을 건너 이주하는 것이 합법적으로 공인되기에 이르렀다.

그 동안 간도지역은 국법으로 도강을 금지하던 곳이었다. 개간 허가 소식이 전해지자 가난한 농민들이 앞을 다투어 간도로 향했고 이주민의 수가 크게 늘어남에 따라 황무지 개간도 활발하게 진행되어 농경지도 크게 늘어났다.

이 무렵 압록강 접경지역의 군수들은 서간도 일대의 땅을 28개 면으로 나눠 7개 면은 강계군, 8개 면은 초산군, 9개 면은 자성군, 4개 면은 후창군에 나누어 속하게 했다.

이들 지방 관헌들이 간도지역에 행정력을 펼칠 수 있게 된 데는 서북경략사(평안도와 함경도 변경지방을 관장하는 벼슬) 어윤중이 중앙정부 차원에서 한인의 간도 이주를 강력하게 뒷받침해 준 덕이었다.

그는 1883년 서북경략사로 파견된 후, 백두산 일대를 탐험하고 회령 등지의 변경지대를 순회하면서 간도 개간문제를 제대로 파악했다. 그는 조정에는 백두산정계비의 탁본을 떠서 보내며 간도가 우리 영토라고 보고했으며, 조선인들이 두만강 북쪽 너머 간도에서 농사짓는 것을 권장했다.

그는 간도의 개간지에 대하여 정부 차원에서 인정해주는 토지 소유권인 '지권(地券)'을 발급해 조선인의 간도 이주를 실질적으로 승인했다.

1883년 3월, 어윤중은 의주에서 청나라 대표 장석란과 중강무역장정(中江貿易章程)을, 6월에는 회령에서 팽광예와 회령통상장정(會寧通商章程)을 각각 체결해서 북방무역에서 조선 측의 이익을 증진시키며 국경을 튼튼히 하기 위해 노력했다. 그는 이러한 활동의 공로를 인정받고 1884년에 서북경략사와 병조참판을 겸임했다.

1891년 평안감사 민병석은 고종에게 변방지대의 상황에 관한 보고서를 보냈다.

"압록강변의 9개 읍이 중국과 인접해 있는데 그쪽으로 건너간 조선 사람들은 10만 명도 넘습니다."

간도지역으로 이주하는 조선인들의 숫자는 더욱 많아져서 간도지역 주민의 80%를 차지하는 형편이 되었다.

다음은 최근 '뉴스메이커'에 실린 그 당시 상황을 기록한 기사다.

"1872년에 참으로 중요하고 흥미로운 일이 일어났다. 군관 최종범 · 김태홍과 하급관리 임석근이 밀파되어 1,500리를 정탐하고 돌아온 것이다. 그들은 놀라울 정도의 강한 의무감을 갖고 임무를 수행해 『강북일기』라는 기록과 상세한 채색지도를 남겼다.

강북일기는 간도 땅의 정황이 어떠했는가를 매우 세밀하게, 그리고 심정적인 요소를 빼고 냉정하게, 가감 없이 보여준다. 간도에는 이미 회상제라는 조선인 자치기구가 단단히 뿌리내리고 있었다. 간도의 작은 산맥인 노령 남쪽에 2개소, 북쪽에 2개소가 있었다. 4개 회상제의 우두머리를 도회두라고 불렀으며, 그 아래에 회상을 두어 각 마을을 관리하게 했다.

최종범 일행은 마치 이주하려는 사람들처럼 위장해 노령 남쪽의 회상 도회두인 신태의 집에서 유숙했다. 신태가 관장하는 지역은 압록강 북안부터 400리에 이르는 지역의 18개 부락이었고 조선인 인구는 193호－1,673명이었다.

노령 남쪽 또 하나의 회상기구는 도회두 김원택이 관장하고 있었다. 그는 150리 지역, 조선인 인구 277호 1,466명을 통치했으며 22개의 휘하 회상을 두었다. 회상들 가운데 4명이 중국 한족이라고 한 것을 보면 한족이 조선인 기구에 흡수돼 있었음을 짐작할 수 있다.

그들 도회두들은 강력한 카리스마를 가졌던 것으로 보인다. 위에서 예를 든 신태의 회상은 청국식 소총 85정, 대총(大銃) 20정, 화승총 48정으로 무장한 310명의 군사조직을 갖고 있었으며, 김원택의 회상 조직은 대총 20정, 청국식 소총 216정으로 무장한 420명의 군사조직을 갖고 있었다.

책에는 홍진사 일가에 관한 이야기도 있다. 홍진사는 가족과 머슴 수십 명, 추종자들 300명을 이끌고 평안도 강계에서 여유 있게 압록강을 건넜다. 그러나 곧 홍호적(紅胡賊)의 습격을 받아 아내와 딸과 재물을 모두 빼앗기고 30여 명이 죽었다. 추종자들도 뿔뿔이 흩어졌다.

정탐군관들이 동포들 조직 속으로 깊숙이 들어가면서 신분을 속인 것과 도회두들이 압록강을 건너오는 조선 토벌대의 공격에 대비했다는 기록은 그 당시에 현지 사정이 복잡했음을 말해준다. 그러나 당시 만주땅에 발호하던 홍호적 마적단으로부터 동포들을 지키려는 것이 주목적이었음은 물론이다.

정탐군관들이 목숨 걸고 임무를 수행한 이 기록을 보면 그때가 간도땅을 회복할 수 있는 절호의 기회였음을 느낀다. 그러나 불행하게도 우리는 그때 국력이 쇠할 대로 쇠해 천추의 한을 남겼다."

국경분쟁의 씨앗이 된 동쪽의 토문강

1880년대에 이르자 청나라 정부는 간도 개척을 위해 중국 한족(漢族)들의 이주를 적극 권장하는 정책을 취하게 되었다. 청나라는 1882년, 간도주민들을 자국인으로 편입하겠다는 방침을 고시했다.

청나라는 백두산정계비에서 말하는 토문강이 두만강을 뜻한다고 주장하면서 두만강 이북에 사는 조선인을 모두 본국으로 돌아가라고 통고했다.

조선은 그 동안 간도 땅의 영유권을 행사하면서 간도지역의 조선인에게 세금을 받고 있었다. 그런데 느닷없이 청나라가 이들 간도의 조선인들에게 청나라 백성이 되든지 두만강 이남으로 내려가든지 양자택일을 하라고 강요했다. 간도지역 조선인들은 생활의 터전을 잃게 생겼고 조정에 도움을 청하였다.

"청나라와의 경계는 토문강입니다. 두만강과 토문강은 엄연히 별개의 것이므로 두만강 이북지역에 대해 배타적인 권리를 행사하려는 청의 시도를 막아주십시오."

주민들은 종성부사 이정래에게 두만강과 토문강을 제대로 알지 못하는 청나라의 잘못 때문에 일어난 일이니 이를 바로잡아달라고 요청하였다.

조선은 간도주민들의 청원을 받고 청나라와 담판에 나서게 된다. 서북경략사 어윤중은 청나라의 무모한 주장을 꺾기 위해서는 양국이 감계사(국경조사관)를 파견하여 경계를 살펴야 한다고 보고했다. 조정에서는 청나라에 백두산정계비의 국경을 다시 확인하자며 감계담판을 제의하였다. 이것이 1885년 이루어진 을유년의 감계회담이다.

토문강은 두만강이 아니다

백두산정계비가 확정한 서쪽 경계인 압록강에는 양국간에 이견이 없었다. 1885년 을유 국경회담에서 문제가 된 것은 토문강이다. 청나라가 토문강이 두만강의 다른 이름이라고 주장하면서 조선과 청나라 간의 국경분쟁이 시작되었기 때문이다.

백두산정계비는 두만강과는 아무런 관계가 없다. 백두산정계비를 세워 양국간의 국경을 확정한 목극등의 임무는 청나라 황실에서 성지로 생각하는 백두산을 확보하는 것이었다. 백두산정계비에 따를 경우 조선은 백두산과 천지를 청나라에게 내주게 되지만 토문강을 국경선으로 삼게 되어 두만강 이북의 만주 땅과 연해주 일대의 상당부분을 차지하게 된다.

목극등이 과연 두만강을 토문강으로 잘못 알았을까? 서양인들이 15년 동안 측량한 실측자료를 손에 쥐고 온 목극등이 토문강과 두만강을 착각하는 어마어마한 실수를 했을까?

명나라 때부터 조선과 중국의 국경은 압록강에서 북쪽으로 120리쯤 떨어진 요동이었다. 명나라는 요동 동북쪽 변경에 중국 측이 울타리를

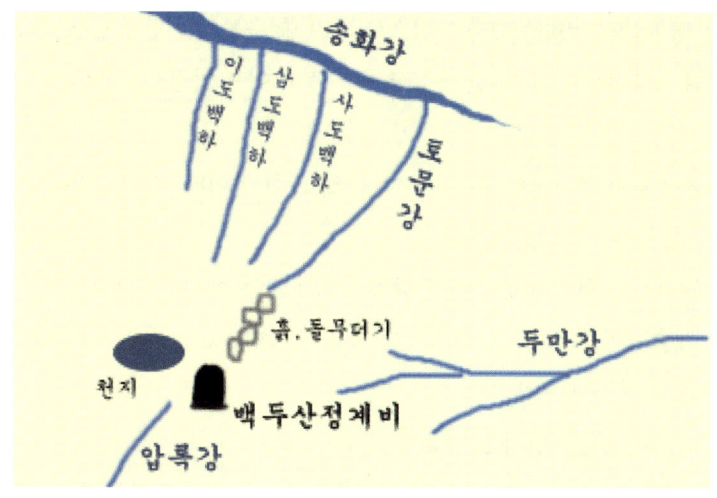

〈백두산정계비 부근도〉

참조 : 「한국유이민사」, 현규환저, 1976년

둘러 '책문(柵門)'을 설치했는데 실질적인 조선과의 국경은 이곳 책문이었다. 청나라 때인 1660년대 이곳에 버드나무를 심고 참호를 판 '유조변(柳條邊)' 역시 실질적인 양국 간의 국경선 역할을 했다. 청나라 역사서인 『길림통지』는 "조선의 변경이 심양에서부터 길림에 접했다"고 적고 있다.

목극등과 동행해 백두산정계비에 이름을 남긴 역관 김경문이 쓴 『통문관지』는 봉황성 부근을 국경으로 기록하여 그 사실을 증명하고 있다.

역관 김경문의 아버지 김지남은 목극등에게 늙어서 백두산에 오를 수 없으니 백두산 도면 한 장을 그려달라고 요청하였다.

"대국산천(大國山川)을 그림으로 그려 줄 수는 없지만, 백두산은 그대의 나라 땅이니 그림 한 폭 그려주는 것이 어찌 어렵겠는가?"

목극등은 백두산이 조선의 것임을 알고 한 말이다. 그런 그가 '토문강'의 위치를 몰랐겠는가?

목극등은 청나라로 돌아가 강희제에게 모든 과정을 기록한 보고서를 제출했는데 지금 그 자료는 남아 있지 않다. 중국 측은 '당시 목극등의 이 행적 때문에 백두산의 반을 조선에게 넘겨주고 말았다'고 평가하면서 그를 비난하고 있다.

육당 최남선은 『백두산 근참기』서문에서 동위토문의 문제를 이렇게 정리하고 있다.

"한·청의 국경 문제는 동방 외교사상에 있는 꽤 어수선한 쟁의로, 학자와 외교관이 여러 십 년 동안 머리를 앓던 일이니, 요컨대 이것은 간도 소속권의 문제요, 간도 문제란 것은 두만강 토문강의 이동(異同) 문제요, 이 문제의 장본은 정계비의 글 중에 '동위토문'(東爲土門)이란 구의 해석이었다. 원래 정계비라는 것이 청의 강희제가 목극등에게 명령하여 저희 멋대로 독단적으로 세운 것이다. 그 토문이라는 강은 정계비 있는 데서 시작하여 북으로 서로 흘러 송화강 상류가 되는 것이 사실임에 불구하고, 저네는 토문을 곧 두만이라 하여 간도 지방을 자기네 땅이라고 우겨대었고 우리 측은 비문도 그렇거니와 조선인의 민족의 요람이 본디 백두산의 이북에 있어 백두산을 나라 안의 종산으로 여겼을 뿐 아니라, 실제로도 간도 지방은 옛날부터 조선인이 피와 땀으로 개척하여 민족의 생활지로 삼아왔으므로 우리의 정당성을 주장하게 된 것이다."

사라진 백두산정계비

현재 백두산정계비는 남아 있지 않다. 백두산정계비가 없어진 시기는 언제일까? 1908년 5월 중국은 장봉대, 유건봉, 이정옥 등이 백두산을 답사했을 때에 백두산정계비가 있었으나 1909년 9월 청조와 일본이 간도협약을 체결할 때에는 이미 없어졌다고 밝혔다.

일본학자 나가이 가쵸오의 『북선간도사(北鮮間島史)』에 백두산 등반대가 백두산정계비를 배경으로 1923년에 찍은 사진이 실려 있다. 백두산정계비는 중국이 주장하는 것처럼 1909년 이전에 없어진 것이 아님을 확인할 수 있다.

백두산정계비가 없어진 것은 정확히 1931년이다.

1931년 7월 28일 백두산을 찾은 등산객들은 올라가면서 백두산정계비를 보았다. 그런데 놀랍게도 정계비 근처에 일본 혜산진 수비대원 50여 명과 무산, 삼장 수비원 약 50명이 머물고 있었다. 그들 등산객들은 그 오지에 웬 일본군대가 그렇게 많이 있을까 의아하게 생각하였다. 이들 등산객들이 산을 내려온 것은 그 이튿날이었다. 이들이 내려와 보니 백두산정계비는 간 곳이 없고 비석이 섰던 자리에는 '백두산 등산로'라는 푯말만 있었다고 한다. 백두산정계비는 이들 일본군들의 손에 없어진 것이 분명하였다. 하지만 심증만 있고 물증은 없다. 그것을 지켜본 목격자도 없었다.

3. 아! 북간도

내 목을 자를지언정 국토는 한 치도 내어줄 수 없다

1882년 임오군란 이후, 청나라는 서울에 군대를 주둔시키고 강압적으로 '압록강—두만강 국경'을 확정지으려 하고 있었다. 1885년, 조선조정은 함경도 안변부사였던 이중하(李重夏)를 토문감계사(土門勘界使)로 임명한다. 이중하는 세종대왕의 다섯째 아들인 광평대군의 후손이었다.

1885년, 을유 감계담판에서 청나라 측은 두만강이 양국의 국경이니 두만강 상류의 여러 갈래 지류 중 하나를 선택하면 된다는 입장이었다. 이중하는 백두산정계비 비문에 나타난 토문강은 두만강이 아니라고 주장하며 정계비를 공동답사하자며 고집을 꺾지 않았다.

이중하는 정계비 답사를 원하지 않아 마지못해 따라오는 청나라 대표들을 이끌고 11월(음력 11월은 양력 12월 전후다)의 매서운 추위를 무릅쓰고 백두산을 올랐다. 1885년 11월 함경도 회령을 출발, 무산을 거쳐 백두산정계비에 갔다가 무산에 도착하는 한 달 동안의 강행군이었다. 청나라 측 대표는 진영과 덕옥, 가원계이었다.

이중하는 『백두산 일기』에서 백두산을 겨울에 올라 고생한 이야기를 다음과 같이 썼다.

"10월 17일 (음력)

불편을 참고 날이 밝자 밥을 재촉하여 먹고 바로 출발했다. 새벽달이 희미하게 비추고 잔설이 내리고 있었다. 20리를 갔는데 눈은 더욱 세차게 내렸다. 장산령을 넘을 때는 길이 좁고 눈에 덮여 미끄러워 일이 걱정스러웠다. 또 20리를 가서 가척봉의 엽막(사냥꾼들의 쉼터)에 도착했다. 말에게 먹이를 주고 즉시 출발하여 개울을 따라갔다. 개울의 이름은 월로수였다. 10리를 못 가니 못이 있었는데 두만강 발원지라고 한다.

또 30리를 가서 절파총수의 엽막에 도착하니 날이 저물어서 잤다. 이 막사는 지어진 것이 매우 열악하였고 온돌도 없었다. 종일토록 눈과 싸워온 나머지 사람과 말이 모두 얼었는데도 노천에서 새벽을 기다렸다. 어렵게 하룻밤을 지냈다."

이중하는 힘겹게 백두산에 올라 정계비에 얼어붙어 있는 얼음을 녹여내고 탁본을 떴다.

내가 말하기를, "지금 쌓인 눈이 정강이까지 차고 여기서 백두산까지 거리가 60리나 된다. 깊은 밤에 가는 것은 인명에 관계되니 매우 불가하다"고 하니, 그(청나라 대표를 말함)가 크게 화를 냈다. 대개 그 뜻은 처음부터 감계에는 뜻이 없고 나에게 행할 수 없는 일을 요구하여 우리가 가는 계획을 정지시키려는 데 있었다. 내가 최두형과 상의하여 드디어 한밤중에 밥을 짓고 말에게 꼴을 먹이고 일제히 산에 올랐다.

때는 차가운 눈이 흩날리고 달빛이 비쳤다 가렸다 하였는데 눈을 뚫으며 길을 열었다. 대각봉 북쪽 낭떠러지를 따라 올라가는데, 그 옆은 천 길이나 되어 깊이를 알 수 없는 계곡이었다. 한 번이라도 혹 실족하면 생사를 알 수 없었다. 앞서 가며 짐을 짊어진 역부가 이렇듯 추운 혹한에 배는 고프고 얇은 옷을 입었으니 추위에 얼어 쓰러질까 매우 염려되었다. 그런데도 오히려 힘을 다해 앞으로 나아가 나무를 베고 산을 뚫고 눈을 뚫어 길을 내는데, 마치 싸움터에 나가 적을 대하는 기세와 같이 어려운 기색이 조금도 없으니 그 정성이 더욱 감탄할 만했다. 내가 몇 리를 걸어가다가 눈이 깊어 발을 옮길 수가 없었다. 드디어 오위장 최오길의 말에 올라타 눈을 뚫고 절벽을 따라 나아갔다. 말이 혹 넘어지고 혹 엎어지니 그 고생이 갖가지였다. 오직 춘돌과 이돌이 나를 뒤따르며 떨어지지 않았다. 나는 말 위에서 시를 지었다.

남아의 벼슬길 모두가 어려우나
이 먼 곳 유람할 줄 어찌 생각했을소냐
적막한 산 삼백 리에 눈만 첩첩 쌓였는데
오경에 말을 몰아 산봉우리 오르노라

(중략)

조금 후 출발하려 하는데 저 중국 관원들의 코고는 소리가 마치 우레와 같아 조금도 움직일 뜻이 없었다. 그들은 우리 일행이 일제히 출발하는 것을 보고 비로소 밥을 지었다. 천천히 좇아오는 것이 마지못해 하는 모습이어서 또한 가소로웠다.(중략)

비석의 동쪽 가의 계곡을 따라 둔덕을 쌓았는데 돌로 쌓기도 하고 흙으로 쌓기도 하여 삼포까지 90리에 끊이지 않았으니, 생각건대 옛 사람이 힘쓴 것이 매우 크다고 하겠다. 비석의 표면은 얼음이 얼어붙어 있어 깎아도 떨어지지 않아 불을 때서 녹여 세 장을 인출(印出)하여 한 장은 진영(청나라 대표)에게 주고 두 장은 품 안에 넣었다(이중하가 뜬 탁본은 현재 국립중앙박물관에 남아 있다).

이때 음습한 바람이 더욱 심해지고 눈꽃이 어지럽게 흩날려 잠시도 머무를 수 없었다. 서둘러 일어나 길을 되돌아가는데 겨우 수십 보를 가자마자 길이 희미해져서 걸을 수가 없었다."

이중하는 청나라와의 공동답사를 통해 백두산정계비와 토문강의 발원지를 밝혀냈다. 토문강과 두만강은 같은 강인데 이름이 다르게 불린 것뿐이라고 주장하던 청나라 대표들은 토문강이 송화강의 원류라는 이중하의 주장을 반박하지 못하고 그냥 되돌아갔다.

이중하는 이 탐사를 통해서 백두산 천지의 동남쪽에서 발원하는 토문강은 잠시 땅으로 스며든 건천이 되었다가 다시 땅 위로 솟아 송화강 본류로 흘러들어간다는 사실을 밝혀내고 조정에 이렇게 보고했다.

"토문 주위의 형편으로 보아도 백두산정계비의 동쪽으로 건천이 있고 100리(40㎞) 지나서 비로소 물이 나오는데 동북쪽으로 흘러 다시 북으로 꺾이며 송화강으로 유입합니다. 송화강은 흑룡강 상류의 한 줄기입니다. 길림, 영고탑 등의 땅은 모두 그 안에 있습니다."

그러나 청나라는 2년 후, 서울에 주재하고 있던 원세개(袁世凱)를 앞세워 압력을 가하면서 다시 국경회담을 열자고 주장했다. 그들은 두만강이 곧 토문강임에도 불구하고 조선이 각기 다른 강이라고 주장하며 영토 확장의 야심을 드러냈다고 억지를 부리며 다시금 감계할 것을 요구해 온 것이다. 조선 조정은 또다시 이중하를 대표로 보냈다.

제2차 회담인 정해감계회담은 1887년 4월에 회령에서 시작되었다. 정해담판에서 청측은 더욱 고압적인 자세로 나왔다. 청나라 대표들은 두만강, 도문강, 토문강이 동일한 강이라는 전제하에서 협상을 하자며 백두산정계비의 답사를 거절했다.

이중하는 계속적인 청의 강압에도 굴하지 않고 정계비에 적힌 토문이 송화강 상류임을 거듭 주장하였다. 그는 청나라 측 대표 덕옥, 가원계, 진영 등과 함께 직접 백두산정계비를 답사하면서 논란이 된 강의 물줄기를 조사했다.

정계비 인근에는 압록강과 송화강 지류의 물줄기가 위치해 있었고 정계비와 송화강 지류 사이에는 문헌에 나타난 대로 나무, 돌 울타리가 처져 있었다. 이 답사로 청나라 측은 자신들의 주장이 먹혀들어가지 않게 되었지만 거듭해서 토문이 두만강이라는 주장을 펼치며 이중하를 압박했다.

청나라는 백두산정계비는 청나라가 국경을 시찰한 비이지 국경의 분계를 의미하는 비는 아니라고 억지를 부렸다. 청나라는 송화강으로 흘러들어가는 토문강이 아니라, 두만강이 경계라는 주장을 다시 내세웠다. 청나라는 두만강으로 흘러가는 상류의 물줄기 가운데 하나인 홍단수(紅丹水)를 국경으로 할 것을 강요하며 위협을 가했다. 이중하는 도문과 두만은 같은 강이지만, 토문과 두만은 다르다며 한 치도 물러서지 않았다.

청나라 대표들은 홍단수를 경계선으로 주장하면서 이곳에 15개의 비석을 세우려고 했다.

그러자 이중하는 "내 목을 자를지언정 국토는 한 치도 내줄 수 없다 (吾頭可斷 國土不可縮, 오두가단 국토불가축)" 고 강하게 항변하여 결국 회담은 결렬되었다.

이중하는 두만강을 국경선으로 확정해서 간도를 차지하려는 청나라의 강압적인 태도에 목숨을 걸고 막아냈다. 훗날 그는 '이미 나라의 지배 밖으로 밀려난 유민들의 터전을 지켜주기 위하여 목을 내걸고 항쟁한 의인' 이라는 칭송을 받았다.

두 차례의 국경회담이 결렬됨으로써 두 나라의 국경선 문제가 분쟁 상태로 남게 되었다.

1888년 청나라가 다시금 감계 재개를 제의해 오자 정부는 또다시 이중하를 제3차 감계사로 임명했다.

그러자 청나라는 현지 국경에서는 회담이 어렵다고 판단하였다. 청나라는 외교적 교섭을 통해 한성의 조선 조정과 국경문제를 해결할 생각이었다. 이에 따라 3차 감계회담의 교섭은 자연 중단되었다.

1888년 4월 28일 청국교섭공사인 원세개가 조선 외무독판 조병직에게 보낸 문서에서 "1887년의 감계는 협정에 이르지 못하고 경계는 후일의 감계를 기다릴 것" 이라고 말함으로서 당시 국경 문제가 아직 해결되지 않았음을 확인하고 있다.

우리 땅은 우리가 지킨다

1894년 청일전쟁에서 일본이 승리를 거두자 조선에 대한 청나라의 간섭이 없어졌다. 나라 안에서는 독립협회 등의 자주적 근대국가 건설 운동이 활발해졌다. 1897년에 조선은 대한제국으로 국호를 바꾸고 새롭게 출발하였다. 대한제국은 청나라와의 새로운 관계를 모색하게 되었고, 간도 문제에 있어서도 적극적인 태도를 보이기 시작했다.

1897년, 정부는 간도 문제 해결을 위해 함경북도 관찰사 조존우에게 백두산정계비를 분수령으로 하는 물줄기의 근원에 관해 철저히 조사해서 보고하도록 지시했다. 조존우는 현지를 답사해 도본(圖本)과 대요 설명서인 『담판오조(談判五條)』를 제출하여 국제공법상 토문강이 한·청간의 경계라고 밝혔다.

토문강이라는 명칭은 『전요지』와 『요동지』에 '토문하(土門河)'로 불리며 '백두산 북쪽 송산에서 원류가 시작되어 동쪽으로 흘러 송화강으로 들어간다'는 기록이 있다.

1898년에 간도문제와 관련한 상소가 올라오자 내부대신 이건하는 함경북도 관찰사 이종관에게 또다시 현지를 조사하라고 지시했다. 이종관은 경원군수 박일헌과 관찰부사 김응룡을 파견해 철저하게 현지를 답사하도록 했고, 답사를 마친 박일헌 등은 다음과 같은 〈국경답사 보고서〉를 올렸다.

"토문강이 오륙백 리를 흘러서 송화강과 합하여 흑룡강에 이르러 바다로 들어가니, 토문강과 발원지로부터 바다에 들어가는 흑룡강 하류 동쪽은 우리의 땅이다. 우리나라는 변경의 분쟁을 염려하여 유민을 엄금하고 땅을 비웠다. 그런데 청나라가 이를 선점하여 자기 땅이라 하고 러시아에게 천 여리의 땅(연해주)을 부당하게 넘겨주었으니, 토문강으로 정계한 것에 비추어 절대로 용인할 수 없다. 민생이 이로써 곤란을 받고 변경문제가 늘어가니 한국, 청나라, 러시아 3국이 함께 답사하여 각국 통행의 국제법규에 따라 공평히 타결해야 한다."

이렇게 두 차례의 상세한 현지답사를 통해 대한제국 정부는 토문강 상류로부터 하류를 거쳐 바다에 들어가는 강줄기의 동쪽에 위치한 땅인 간도와 더 나아가 청나라가 1860년 러시아에 할양한 연해주(沿海州) 땅까지 우리의 국토임을 확신하게 되었다.

대한제국 정부는 1897년 서상무를 서변계관리사로 임명했고, 1900년, 평북관찰사 이도재는 압록강 대안지역을 각 군에 배속시키고 충의사(忠義社)를 조직해 이주민 보호에 나섰다.

또한 1900년 러시아가 간도를 점령하자 1901년 대한제국은 간도에 있는 조선인을 보호하기 위해 두만강 인근의 회령에 변계경무서(邊界警務署)를 설치하고 무산과 종성에 분서를 두고 사법, 행정, 위생을 돌보게 했다. 1902년에는 종3품 이범윤(李範允)을 간도로 파견해 간도의 실태를 조사 관리토록 함으로써 영토 주권을 행사하기 시작했다.

간도를 지켜라!

이범윤은 훈련대장 이경하의 아들로, 법부대신과 러시아 공사를 지낸 이범진의 동생이다. 그는 1902년 5월 22일 고종황제에게서 '간도시찰사'의 명을 받고 1902년 6월 간도에 도착하였다.

이범윤은 1년 간 전력을 다해 조선인 인구와 살림살이 등을 조사하였다. 이범윤은 조사활동 결과를 바탕으로 간도주민의 호적부를 만들었다. 편제된 호적부는 52책이나 되었다. 당시 간도 일대의 조선인의 인구는 2만7,400여 호, 10여 만 명에 달했다. 황현이 쓴 『매천야록』에 따르면 이범윤이 그때 작성한 호적부를 『북여요람』이라는 이름을 붙여서 정부에 제출했다고 한다. 하지만 아쉽게도 이 책은 아직까지 발견되지 않고 있다.

김노규가 지은 『북여요선』에는 두만강 일대에서 토문강 하류에 이르기까지 땅은 지면이 멀고 넓어 어림잡아 수천리가 되고, 조선인 거주자가 무려 기십 만호라고 하였다.

이범윤은 주민 보호에 앞장서는 한편, 간도 영유권을 강력히 주장할 것을 정부에 건의했다. 의정부 참정 김규홍은 이범윤의 건의를 받아들여 '간도주민보호관의 파견이 필요하다'는 적극적인 대안을 정부에 제출했다.

대한제국 정부는 이범윤을 간도관리사(間島管理使)로 임명해 간도주민에 대한 직접적인 관할권을 행사하도록 조처했다. 간도지역을 우리 영토로 인식한 고종황제는 이범윤을 임명하면서 암행어사를 상징하는 유척과 마패를 함께 내렸다. 행정권을 행사하여 자국민을 다스리고 보호하라는 뜻이었다.

이범윤은 청나라 관리들의 폭정에 맞설 수 있게 교민보호관을 설치하고 한인의 보호를 위해 군대를 파병해 줄 것을 조정에 요청했지만 허락되지 않았다. 이범윤은 스스로 장정들을 모집해 '사포대(私砲隊)'라는 충의군을 조직했다. 간도주민을 청나라의 위협에서 보호하기 위해서였다. 사포대는 연발총을 비치하여 군사훈련을 했고, 모아산, 마안산 및 두도구 등에 병영을 설치했다. 이범윤은 10호를 1통(統), 10통을 1촌(村)으로 하는 행정체계를 수립하고 도민에게 세금을 징수하여 군대유지비를 충당했다. 그는 간도주민들이 청나라에 납세할 의무가 없다고 선언했다. 이후 청나라 군대와 충돌이 늘면서 교전이 일어나고 주민살해와 가옥방화도 계속되면서 간도분쟁이 끊일 사이가 없었다.

간도분쟁은 조정 내의 권력쟁탈전으로 비화했다. 이범윤이 건의한 간도파병문제도 당시 내부대신, 경무대신, 원수부 장관 등의 알력 때문에 결정되지 못했던 것이었다. 국경지대의 변계관들도 간도주민보호라는 커다란 임무를 수행하기보다는 이범윤을 물러나게 하는 쪽이 낫다고 생각했다. 1904년 그들은 청나라 관리들과 한·청변계선을 임의로 약정했다. 이에 따라 청나라는 대한제국 정부에 대해 이범윤을 소환하라고 강력히 요구하였다. 분쟁이 확대될까 두려워한 정부는 1905년 5월, 이범윤의 소환을 명령했다.

하지만 이범윤은 이 같은 정부의 소환명령을 따르지 않았다. 그는 부하들을 이끌고 간도를 떠나 러시아의 연해주로 근거지를 옮겨서 의병활동을 시작하였다.

간도관리사 이범윤이 의병을 일으키다

이범윤은 연해주에서 의병양성소를 건설하기 위해 러시아 측과 교섭했으나 여의치 않자 노키에프스크로 가서 창의회(彰義會)를 조직하여 의병부대를 재정비했다. 그는 이미 러시아에서 활약하고 있는 많은 독립투사들과도 교류했다. 그는 최재형, 이위종, 엄인섭 등이 조직한 독립단체인 동의회(同義會) 회장으로 추대되었다. 특히 연해주 한인지도자의 최고 영수이며 자산가인 최재형을 만나 결의형제를 맺고 그의 도움으로 대규모의 의병부대를 편성하여 러시아 내의 독립운동가 중에서 가장 유력한 지도자의 한 사람이 되었다.

그는 3,000명의 부대원을 이끌고 1908년부터 국내진공작전을 폈다. 그의 지휘 아래 있던 안중근(이토 히로부미를 하얼빈에서 사살한 독립투사), 엄인섭, 전덕제 등이 100명 내외의 소부대를 이끌고 국내로 침투하여 갑산, 혜산진, 무산, 회령 등지의 일제가 만들어 놓은 기관들을 공격했다. 그 결과 많은 성과를 얻었으나 일본군의 총반격으로 큰 희생을 치르기도 했다.

1910년 8월 일제가 한반도를 강점하자 이범윤은 의병장 유인석 등과 성명회(聲明會)를 조직하여 합병무효를 선언하는 전문과 선언서를 각국 정부에 보냈다. 또한 러시아와 만주 동포들에게는 합병반대를 위해 무장투쟁에 나설 것을 호소하는 격문을 발표했다.

연해주 일대는 조선 사람이 많이 사는 곳으로 항일투쟁의 본거지가 되었다. 1910년 9월 한일합방 직후 일본은 러시아에 대해 강력히 항의하고 나섰다. 일본의 기세에 눌린 러시아는 이범윤을 비롯한 성명회와 13도의군(十三道義軍)의 간부 20여 명을 체포·수감하고 한인들의 모든 정치활동을 금지했다.

이범윤은 이르쿠츠크로 강제 추방되었다가 다시 연해주로 돌아와, 이상설, 홍범도 등과 함께 의병5군단(義兵五軍團)을 조직했다. 1911년 5월 그는 블라디보스토크에서 조직된 권민회(勸民會) 총재로 추대되었다. 이 조직은 유인석이 수석총재, 최재형과 최봉준이 부총재, 이상설이 의장, 홍범도가 경찰부장을 맡아 구성한 러시아 최대 최고의 한인기관이었다.

그의 의병부대는 후에 독립군으로 개편되었다. 이동휘 등과 국내진입을 계획하는가 하면 대한의군부를 조직해 청산리대첩에도 참가하는 등 무장투쟁을 본격화했다. 일본군의 간도 출병으로 독립군들이 러시아로 근거지를 옮긴 후에도 이범윤의 독립군은 만주에 남아 계속해서 활동했다.

1921년 자유시참변(自由市慘變, 러시아령 자유시에서 대한독립군과 러시아 공산군이 교전한 사건)으로 대한독립군단이 거의 전멸할 정도의 희생을 당한 후, 노년의 그는 국내로 비밀리에 입국하여 은거하다가 여생을 마쳤다.

청나라와 벌인 감계담판에서 목숨을 걸고 영토를 지켜낸 의인이 토문감계사 이중하라면, 간도 거주민의 안위를 직접 챙긴 의인은 간도관리사 이범윤인 셈이다.

4. 우리 땅을 일본이 청에 팔아넘겨?

간도는 한국 땅이다

을사보호조약 이후 일본은 대한제국에 통감부를 설치하고 이른바 보호정치를 실시하기 시작했다.

1906년에 참정대신 박제순이 통감부에 간도에 거주하는 우리나라 사람을 보호해 주도록 요청하였다. 1907년 8월 일본은 간도에 조선통감부 간도파출소를 용정촌(龍井村)에 설치하였다. 일제가 간도를 한국 영토로 인정한 것이다.

일본이 간도에 통감부파출소를 설치하고 일본 헌병과 일부 한국관리를 포함시킨 파출소원들을 파견하자 청나라는 큰 충격을 받았다. 청나라는 이에 항의하면서 간도는 연길청에 속하는 청나라 영토이며, 간도에 거주하는 한인들은 청나라에 밀입국하여 몰래 농사짓는 자들이라고 주장하였다. 청나라는 자기들의 영토 간도에서 청나라가 경찰권을 행사할 것이니 일본의 통감부파출소는 철수하라고 요구했다.

이에 일본 측은 간도가 한국 측의 영토에 귀속된다는 논리를 펴고 다음과 같은 방침을 정했다.

(1) 간도는 한국의 영토이다.

(2) 한인은 청국의 재판에 복종할 필요가 없다.

(3) 청국관헌이 징수하는 일체의 조세는 인정하지 않는다.

(4) 청국관헌의 법령은 일체 이를 인정하지 않는다.

(5) 청국관헌이 임명한 도향약(都鄕約) 향약(鄕約) 등에 대해서는 일반 한인과 동일한 취급을 한다.

기타 변발 청국인 복장을 한 자는 한인으로 인정하지 않으며, 병기의 사용은 만부득이한 정당방위의 경우가 아니면 사용할 수 없다고 하는 등의 내용이 추가되었다.

일본은 간도구역을 북도소, 회령간도, 경성간도, 무산간도 등 4개 처로 나누고 각 구역마다 도사장 1명을 두고 다시 이를 41개사로 나누어 사장을 두고 또 이것을 290촌으로 나누어 각각 촌장을 두었다.

간도 내의 항일세력을 감시하려는 목적으로 시작된 간도에 대한 일본의 간섭은 직접적 지배로 변하였다. 일제는 호구조사를 실시하여 간도주민들에 대해 철저히 파악하였다. 일제는 간도보통학교를 설립하였다. 겉으로는 조선인을 교육한다는 명분이었지만 사실은 달랐다. 조선인들이 세운 학교는 항일의식을 일깨우는 교육을 할 것이 분명하니 이를 막으려는 의도였다. 학교에는 간도파출소 사무관을 명예교장에 앉히고, 사립학교 교칙을 강화해 반일 민족교육을 못하게 했다. 위생시설과 통신·교통기관을 정비하고, 농업개량을 위한다는 명분으로 농사시험장을 설치했다. 지질 및 광산물을 직접 조사하고 시장을 개설하는 등 간도의 경제를 장악하였다. 일제는 실질적인 간도경영에 나섰다.

간도가 조선 땅이면 곧 일본 땅이다

일본의 간도파출소가 편찬한 『한청국경문제의 연혁』은 토문강은 송화강 상류로서 두만강과 관계가 없으며, 두만강은 국경선이 아니라고 여러 조항에 걸쳐 설명하고 있다. 간도출장소에 소장으로 취임한 일본 육군 중좌 사이토는 "간도는 한국 영토로 간주하고 행동할 것"이라고 강조했다.

1909년에 조선통감부는 청나라의 변무독판(邊務督辦) 오녹정에게 간도는 한국 영토의 일부임을 통첩하고, 간도 거주 한국인은 청나라 정부에 대한 납세의 의무가 없음을 밝혔다. 일본이 청나라에 대해 간도가 대한제국의 영토라고 확인한 것이었다.

일본이 대한제국의 간도 영유권을 주장했던 것은 대륙침략의 발판으로 삼기 위해서였을 뿐이었다. 간도가 대한제국의 영토로 확정될 경우 일본은 한반도의 병합만으로도 간도를 수중에 넣을 수 있었기 때문이었다. 간도를 거점으로 만주에 일본의 세력을 침투시키는 것은 그만큼 쉬워질 터였다.

무엇하고 바꿀까?

청나라와 일본은 1907년 8월에서 1909년 2월까지 약 2년에 걸쳐 간도영유권에 대한 회담을 벌였지만 성과를 거두지 못하였다. 일본은 대륙침략정책 차원에서 간도문제보다 더 큰 만주 전역에 대한 문제를 들고 청나라와 교섭하기 시작했다. 1909년 2월 6일 일본은 간도를 주는 대신 청나라로부터 얻어낼 것을 요구하는 '동삼성육안(東三省六案)'을 제시하였다.

동삼성육안이란 흔히 만주지방이라고 하는 동부의 3개의 성, 즉 흑룡강성, 길림성, 봉천성(현재의 요녕성)에 관한 6개의 안이란 것으로 '전(前) 5안' 과 '후(後) 1안' 으로 구분되어 있다. 전5안은 '일본이 청나라에 만주철도·탄광 등 5가지 이권을 부여해 줄 것을 요구' 하는 것이다. 후 1안은 그 대가로 '일본이 청나라의 간도 영유권을 인정한다' 는 협약이다. 일본은 간도가 조선의 영토임을 분명히 하던 태도를 갑자기 바꾸어 버렸다. 간도를 포기하는 대신 만주 전역에 대한 이권을 청나라로부터 얻어내려는 속셈이었다.

청나라는 일본의 '동삼성육안' 의 제안을 받아들였다. 그 결과 1909년 9월 4일 북경에서 청·일양국은 '간도협약' 과 '만주협약' 을 체결하였다. 그 중 간도협약은 '동삼성 6안' 중 후 1안, 즉 '청에 간도를 넘긴다' 는 내용이다. 만주협약은 '청나라는 일본에 5가지 이권을 준다' 는 내용의 '동삼성 6안' 의 전 5안이다. 이 5개의 이권이란 만주철도의 병행선인 신법철도에 대한 부지권 문제, 무순·연대 탄광의 채굴권 문제 등 다섯 가지였고 이권에 이어 나온 여섯째가 간도 귀속문제였다.

이 같은 사실은 외교부가 1996년 1월 15일 공개한 '외교문서 251건' 에 포함된 『간도문제와 그 문제점』이란 비밀해제 문서를 통해 사실로 밝혀졌다. 이 보고서는 일본이 '간도지방이 조선의 영토라는 점을 전제로 정책을 폈다' 는 사실을 명확히 밝히고 '일본이 남만주 철도의 안봉선 개축문제로 이해가 대립하자 이를 해결하기 위해 간도를 희생시켰음' 을 증명해 주었다.

일제는 간도가 한국의 영토라는 당초의 주장을 번복하고 만주침략 정책의 일환으로 간도를 청나라에 불법 할양(割讓, 영토를 다른 나라에게 넘겨줌)하였다. 이로 인해 우리 민족의 영토인 간도는 현재까지 중국이 불법 점유하고 있다.

이 동삼성육안의 타결로 전 5안에 의해서 일본이 만주철도와 광산 개발을 하게 되었다. 일본은 필요한 인원과 장비뿐만 아니라 그것을 보호한다는 명분으로 병력을 투입할 수 있게 되었다. 일본은 군대를 합법적으로 만주에 파견할 수 있게 되었고, 이는 대륙진출에 꼭 필요한 일이었다.

만주에 군대를 진주시키는 일은 간도를 청에 귀속시켜도 장기적으로는 그들의 대륙침략정책을 위하여 훨씬 유익하다는 일본의 판단이었다. 실제로 간도협약 이후에도 일제는 간도경영에서 손을 떼지 않았다.

청나라는 형식적으로는 간도를 얻었으나, 오히려 일본에 대륙 침략의 발판을 마련해 주는 결과가 되고 말았다. 그 이유는 일본이 간도협약을 통해 영사관 등을 설치할 수 있고, 조선인 이주민에 대해 일본영사의 재판 입회권(방청권), 공소권, 재심 청구권 등의 권리를 유지하였기 때문이다. 일본이 간도에 대한 행정권을 청으로부터 인정받게 된 이유도 그만큼 간도에 조선인이 많았기 때문이다.

간도협약 체결 당시 간도지방 주민조사에 나타난 한국인은 82,900여 명이고, 청국인은 단지 27,300여 명에 불과했다. 일본은 간도지역에서 행사할 수 있는 영사재판권의 범위가 넓어지면서 중국 대륙 진출에 한 걸음 다가섰다.

일본이 우리 땅을 청나라에 넘기다

간도협약은 전문과 7개조로 되어 있으며, 한인잡거(雜居)구역도가 첨부되어 있다. 이 협약의 내용은 다음과 같다.

대일본국 정부와 대청국 정부는 선린 관계와 우의에 기초하여 도문강이 청국과 한국 두 나라의 국경으로 된 사실을 서로 확인한다. 동시에 타협의 정신으로 관련된 모든 제도를 토의 확정함으로써 청국과 한국의 변방 백성들이 영원히 편안하고 치안의 행복을 누리게 하기 위하여 다음의 조항을 체결한다.

제1조 일·청 두 나라 정부는 도문강(두만강)을 청국과 조선의 국경으로 하고 강 원천지에 있는 정계비를 기점으로 하여 석을수를 국경을 삼는다.

제2조 용정촌, 국자가(局子街), 두도구(頭道溝), 면초구(面草溝) 등 네 곳에 영사관이나 영사관 분관을 설치한다.

제3조 청국 정부는 이전과 같이 도문강 이북의 개간지에 한인이 거주하는 것을 승인한다. 그 지역의 경계는 별첨의 지도에 표시한다.

제4조 간도 지방에 거주하는 한인은 청국의 법권(法權) 관할 하에 두며, 납세와 행정상 처분도 청국인과 같이 취급하고, 단 인명에 관한 중대한 사항은 먼저 일본 영사관에 통보하여야 한다.

제5조 간도 거주 한인의 재산은 청국인과 같이 보호되며, 선정된 장소를 통해 두만강을 출입할 수 있다. 단, 병기를 휴대한 자는 공문 또는 호조(護照, 여행증명서) 없이 월경을 할 수 없다.

제6조 청국 정부는 앞으로 길장철도(吉長鐵道)를 연길 이남으로 연장하여 한국의 회령에서 한국의 철도와 연결할 수 있다.

제7조 본 협약은 조인 후 즉시 효력을 발생하며, 2개월 이내에 일본의 간도통감파출소 및 문무의 인원을 철수하고 영사관을 설치한다.

간도협약에서 일본이 간도영유권을 포기한 대가로 〈동삼성오안에 관한 일청협약〉에서 획득한 주요 이권은 다음과 같다.

(1) 러일전쟁 중에 군용철도로 부설한 안봉선(安奉線)을 본 철도로 개축한다.

(2) 만철병행선(滿鐵幷行線)인 신민둔(新民屯)·법고문(法庫門)의 철도부설에 대해서 일본과 상의한다.

(3) 대석교(大石橋), 영구간(營口間)의 지선(支線)을 일본이 부설하고 그 지선을 영구(營口)까지 연장한다.

(4) 무순(撫順), 연대(煙臺)의 탄광채굴권을 인정한다.

(5) 봉안철도(奉安鐵道) 및 남만주철도(南滿州鐵道)의 철도부설과 운영에 대해서 일본과 상의한다.

(6) 경봉철도(京奉鐵道)를 봉천(奉天), 성근(城根)까지 연장한다.

5. 북방영토의 회복을 위하여

을사보호조약이 무효라면 당연히 간도협약도 무효다

일본이 청나라와 간도협약을 체결한 것은 1905년의 을사보호조약을 근거로 한다. 간도협약의 법적 근거인 을사보호조약은 강박에 의해 체결된 것으로 국제법상 무효이다. 때문에 이를 근거로 일본이 우리나라를 대신해서 외국과 체결한 조약 및 국내 식민지법은 모두 무효다.

국제법상 국가간에 맺은 조약이 무효가 되는 것은 불평등 조약, 강박에 의한 조약, 보호국의 권한 외 행위에 의해 체결된 조약의 경우다. 무효나 종료 사유가 있는 조약의 상속도 역시 인정되지 않는다.

1963년 UN 국제법위원회가 제출한 '조약법에 관한 빈협약'에 따르면, 강제나 협박에 의해 체결된 조약은 무효라고 되어 있다. 더군다나 그 협약은 위협과 강박으로 체결된 조약의 전형적 사례로 1905년 을사보호조약을 예로 들고 있다. 사실 을사보호조약은 그 당시 황제였던 고종의 비준도 없이 외무대신 박제순과 내각총리대신 이완용의 이름만으로 체결된 것이므로 당연히 무효다.

'조약법에 관한 빈(Vienna)협약'(1981년 효력 발생)은 조약 체결에서 교섭국의 자유의사에 의하지 않고 다른 교섭국 대표자에 대한 개인적 강제가 있는 경우와, 교섭국에 대한 무력적 강제가 있는 경우 모두 무효라고 규정하고 있다.

국제법상에는 불평등조약에 의거하여 차지한 영토는 무효라는 원칙이 있다. 무릇 불평등조약이나 국가주권 평등 원칙을 위반하여 체결한 조약은 그 목적이 강국이 약소국에 대해 통제하고 강압한 조약이기 때문에 전부 무효이다. 그러므로 불평등조약은 국제법의 국가평등 원칙과 자유 동의 원칙을 위반한 것이기 때문에 법률효력을 발생하지 않는다.

백만 번 양보해서 강압에 의해 체결된 을사보호조약을 국제적으로 인정한다 하더라도, 간도협약은 무효다. 을사보호조약에 조선의 영토를 일본에서 팔 수 있는 영토처분권이 규정된 조항은 어디에도 없기 때문이다. 조선의 영토를 팔거나 양도할 권한이 없는 일본이 한쪽 당사자로 돼 있기 때문에 간도협약은 원천적으로 무효다. 조약체결의 권한과 자격이 없는 일본과 청나라가 맺은 간도협약은 효력이 없다.

을사보호조약 제1조는 "일본 정부는 동경 외무성을 통해 금후 한국 관계에 대한 사무감리를 지휘할 수 있다. 일본국 외교 대표자 및 영사관은 외국에 있는 한국 신민 및 이익을 보호한다"라고 했다. 일본이 가지는 보호권의 범위는 외교관과 재외국민에 관한 것으로 국한된다.

을사보호조약의 규정은 법적 차원에서 대한제국의 외교권 전체를 일본이 가지는 것을 의미하지 않는다. 이것은 제2조의 내용으로 명백해진다. '한국 정부는 이후의 일본국 정부의 중개를 거치지 않고는 국제적 성질을 갖는 어떤 조약이나 약속을 하지 않는다"는 조약 및 약속의 주체가 대한제국 정부임을 분명히 하고 있다. 대한제국을 대신하는 일본의 외교교섭권은 '대한제국의 이익을 보호하기 위하여 개입의 형태로 대한제국을 대리하여 외국과 교섭할 권한을 가지며, 조약을 체결할 경우에는 그 교섭의 결과를 토대로 대한제국이 조약 당사국이 되어 조인하는 것'으로 해석해야 한다. 일본의 권리는 대리권으로서의 외교교섭권한을 의미할 뿐 조약체결권까지 포함하지 않는다. 일본이 대한제국을 병합하는 과정에서 대한제국의 외교권을 박탈했기 때문에 효력이 있다는 것은 정치적 차원에서의 무리한 해석일 뿐이다.

을사보호조약이 실제로 유효하게 시행되었다 하더라도 간도협약은 을사보호조약에서 규정된 일본의 보호권의 범위를 벗어난 것이기 때문에도 무효다. 일반적으로 보호국의 보호권, 즉 외교문제에 대한 대리권은 무제한의 것이 아니다. 그 조약의 명칭에서부터 나타나는 태생적 단서가 따라붙는다. 일본은 보호관계에 내재하는 피보호국인 조선을 보호해야 할 의무를 행해야 하므로 보호대상국인 조선의 주권을 본질적으로 침해하는 행위는 할 수 없다.

앞에서 살펴본 대로 백두산정계비는 조선과 청나라 사이의 조약이다. 이 정계비로 인하여 양국 사이에 국경분쟁이 계속되었으나, 양국 간에 이 정계비를 개정 또는 수정한 다른 조약은 그 후에 없었다. 그렇다면 일본은 조선과 청나라 사이에서 맺어진 약정을 보호하지 못하고 청나라에 간도를 넘겨주었으니 이는 일본의 권한을 넘은 불법행위다.

간도협약이 유효하려면 대한제국의 이름으로 또는 적어도 일본이 대한제국을 대리해서 체결되었어야 한다. 간도협약이 체결된 1909년은 합방조약이 체결된 1910년 이전이다. 을사보호조약이 체결된 후에도 대한제국은 존속하였다. 대한제국은 을사보호조약으로 대외관계에 대한 행위능력에는 제한이 있었다고 해도 국제법상 주권국가로서의 권리능력을 갖고 있었다. 따라서 조약체결권 자체는 여전히 대한제국에 있었다.

간도협약은 제3국에 의한 영토처분이며, 제3국의 권한을 중대하게 침해한 국제조약이다. 간도협약은 그 자체로 주권침해라는 불법행위를 구성하므로 무효다. 국제법상 조약은 당사국에만 효력이 있을 뿐 제3국에는 영향을 미치지 않는다는 원칙이 있기 때문이다.

만주협약과 간도협약 자체는 그 동안 조선과 청나라 사이의 영토분쟁지역인 간도가 어느 나라의 영토인가를 밝히는 것이 아니다. 청나라와 일본이 양국간의 이권을 두고 약정을 맺은 것이다. 단지 그 두 나라가 우리나라의 영토인 간도를 놓고 흥정했을 뿐이다.

간도협약과 만주협약은 사실상 하나의 조약이나 마찬가지다. 그럼에도 불구하고 일본과 청나라 양국이 하나의 조약으로 이를 해결하지 않고 두 개의 조약으로 분리하여 체결하였다. 간도 영유권 문제의 해결이 타당하지 못하다는 것을 스스로 인식하고 이를 감추려는 일본과 청나라의 의도를 확인할 수 있는 부분이다.

또한 간도가 청나라의 영토가 확실하다면 굳이 일본에게 경제적 이권까지 빼앗기면서 간도협약을 체결할 이유는 없다.

간도는 청·일간의 논의대상이 아니다. 간도협약에 의해 한국의 간도영유권이 무효화될 수는 없다. 최근까지 중국이 간도를 점유하고 있다고 해서 간도의 주권이 조선에서 중국으로 변경되었다고 할 수 없다.

1941년 이전에 중국과 일본이 맺은 모든 조약, 협약, 협정은 무효다

제2차 세계대전을 마무리하는 과정에서 일본이 대륙침략 과정에서 체결한 모든 조약과 이권 및 특혜를 무효 또는 원상회복의 조치들이 취해졌다.

그러나 일본이 청나라와 맺은 간도협약은 아직까지 청산되지 않은 채 중국이 우리의 영토인 간도를 점유하고 있다. 인천대학에서 국제법을 강의하는 노영돈 교수는 '청일 간도협약의 무효와 한국의 간도 영유권'이란 논문에서 간도협약이 무효인 까닭을 다음과 같이 명료하게 밝히고 있다.

"1943년 12월 1일 미국, 영국, 중국 3국에 의한 카이로 선언은 '일본으로 하여금……그리고 만주, 대만, 팽호제도 등 일본이 중국으로부터 도취(盜取)한 모든 지역을 중국에 반환케 하는 것이 미국, 영국, 중국 3대 연합국의 목적이다'라고 규정하고 있다. 이어 1945년 7월 26일, 미국, 영국, 중국의 포츠담 선언의 제8항에도 '카이로 선언의 모든 조항은 이행되어야 하며……'라고 규정되어 있다.

그런데 이 선언들은 당사국인 미국, 영국, 중국 3국에만 구속력을 가지는 것이었다. 일본은 같은 해 8월 14일 포츠담 선언을 수락하였다. 다시 9월 2일 항복문서에서 이 선언을 수락한다고 명기함으로서 결국 카이로 선언에 대한 법적 구속력을 재차 확인하였다.

카이로 선언에서 '일본이 중국으로부터 도취한 모든 지역'이란 것은 문맥상 1895년 청일전쟁 이후에 일본이 청으로부터 탈취한 모든 지역을 말하는 것이며, '반환'은 원상회복을 의미한다.

'동삼성육안'을 기초로 체결한 만주협약의 교환으로 일본이 중국으로부터 탈취한 이권과 특혜지역은 중국에 반환되었다. 만주협약은 대한제국의 간도영유권을 놓고 흥정을 빚은 것이었다. 그러나 만주협약의 흥정 대상을 규정한 간도협약에 의해 중국에 불법 귀속된 간도는 원상회복되지 않았다. 카이로 선언에서 규정된 반환이 원상회복이라면 법적으로 간도영유권 문제는 적어도 1895년(청일전쟁) 이전의 상태 즉, 한국과 청나라의 분쟁상태로 원상회복되어야 한다.

　1952년 4월 28일의 중일 평화조약 제4조에 '중국과 일본 양국은 전쟁의 결과로서 1941년 12월 9일 이전에 체결된 모든 조약, 협약 및 협정을 무효로 한다'고 규정했다. 이것은 일본이 중국에 대하여 침략적 행위를 시작한 때부터 태평양 전쟁이 발발할 때까지의 전 기간을 말한다. 여기서 일본이 중국에 대하여 침략적 행위를 시작한 때란 역시 1895년이다. 이 기간 중에 체결된 모든 조약, 협약 및 협정을 중일 양국은 무효화했다.

　따라서 1909년 청일 간에 체결된 간도협약도 필연적으로 무효다. 간도협약은 중국 자신에 의해서도 명백히 무효가 되었다. 그럼에도 불구하고 현재 중국이 간도를 자국의 영토인 양 태도를 취하는 것은 중국이 스스로 맺은 국제조약을 스스로 깨는 것이다. 간도협약은 제국주의가 청산된 뒤에도 원래대로 환원되지 않은 거의 유일한 국제조약이다."

　중국의 등소평(鄧小平)은 영국이 홍콩에 대한 식민통치 기간을 연장하려 했을 때 영국과 직접 담판하면서 이렇게 말했다.

　"지금의 중국은 과거의 청나라가 아니오. 홍콩은 불평등한 조약으로 점령되었소. 따라서 불평등한 조약은 당연히 무효요."

등소평의 말대로 을사보호조약은 무효다. 따라서 간도협약은 당연히 무효다.

현재 중국이 간도를 점유하는 것은 정당한 지배가 아니라 사실상의 불법 지배에 불과하다. 따라서 오늘날의 간도영유권문제는 최소한 분쟁상태에 있다고 보는 것이 그 법적 표현으로 타당하다고 하겠다.

북한과 중국의 국경은 어디일까?

1949년 정부를 수립한 중국은 지금까지 간도영유권문제에 대한 정책적인 연구를 계속해 왔다. 지금까지 북한은 중국에 대하여 간도영유권문제를 거론한 사실이 없는 것으로 알려져 있다.

1962년, 북한과 중국은 조중변계조약(朝中邊界條約)을 맺어 양국간 경계는 압록강−백두산 천지−두만강으로 확정했다. 백두산과 천지를 나누고 간도는 중국의 관할로 두는 것을 골자로 하는 이 조약은 비밀조약으로 그 원문이 공개되지 않았다.

1974년 6월 중국 길림성 혁명위원회 외사판공실이 펴낸 '중조, 중소, 중몽 유관조약, 협정, 의정서 회편' 이라는 소책자에 조·중변계조약 전문이 실려 있다.

조·중변계조약으로 합의된 경계는 백두산 천지의 55%가 북한, 45%가 중국의 소유다. 두만강 경계를 보면, "홍토수(두만강의 가장 북쪽에 있는 지류로 토문강보다 남쪽에 있다)의 물 중심선을 따라 내려와 약류하와 만나는 지점에 이른다"고 적혀 있다. 현재 이곳에는 국경비가 세워져 있다고 한다.

청나라와 일본 간의 간도협약에서 정해진 경계는 석을수다. 이보다 북쪽으로 올라가 약 280㎢의 땅이 북한쪽으로 넘어왔다. 이 조약의 서

명자는 북한의 김일성과 중국의 주은래였다. 6개월의 탐사측정을 거쳐 2년 후인 1964년 3월 20일 북경에서 체결된 '조·중변계의정서'가 발효되면서 확정되었다. 이 조약을 통해 북한은 백두산의 60%와 압록강과 두만강 위에 있는 모든 섬의 영유권을 얻었다. 간도협약 때보다는 영토가 늘어났다고 하지만, 간도를 중국 땅으로 인정한 셈이다. 이는 종래 조선과 대한제국이 간도영유권문제를 백두산정계비를 근거로 송화강 지류인 토문강을 주장한 것과는 전혀 달리 확정된 것이다.

영토분쟁은 계속되고 있다

우리나라는 간도협약을 무효화하고 백두산정계비에 나타난 토문강 이남의 동간도 지역을 회복해야 한다. 압록강 이북의 지역은 정계비에 의해서 청나라에 귀속되었지만 두만강 이북지역, 토문강 지역은 우리의 영토로 남아 있다. 이 지역은 청나라가 강압적으로 편입하려다가 조선의 이의제기에 의하여 분쟁상태에 들어가게 된 것이다. 불법적인 1909년의 간도협약에 의해서 이 지역마저 청나라의 영토가 되어 버렸다.

우리가 회복할 수 있는 영토는 두만강 이북지역이다. 간도영유권문제를 해결함에 있어서 백두산정계비를 기준으로 할 경우 우리는 토문감계사 이중하가 주장한 대로 압록강－백두산정계비－토문강－송화강－흑룡강－동해에 이르는 우리의 영토를 찾아야 한다. 그것은 백두산정계비를 세운 목극등과 청나라 강희제가 인정한 우리의 영토이기 때문이다.

남북한이 통일되면 북한과 중국이 맺은 조·중변계조약은 계속 효력을 갖게 될까?

북한과 중국 사이에 맺어진 밀약은 체결 당사국간엔 법적인 구속력을 갖고 있으므로 통일 한국이 이 조약을 승계하면 압록강—백두산 천지—두만강 국경선을 인정하게 된다. 그러나 통일 한국이 조약 승계를 거부하면 다르다. 유엔에 등록되지 않은 조약은 제3국에 대한 구속력을 갖지 못한다.

1978년 '조약에 관련된 국가 상속에 관한 빈 협약'은 국경의 안정성 보장을 위해 자동 상속의 형식을 취하였지만 이 역시 절대적인 것은 아니다. 불평등 조약, 강박에 의한 조약, 보호국의 권한 외 행위에 의해 체결된 조약과 같이 무효나 종료 사유가 있으면 조약은 상속되지 않는다.

이제 우리나라는 작은 나라가 아니다!

우리는 언제나 우리나라는 작다고 생각해 왔다. 실제로 우리 맘속에는 알게 모르게 일본이 심어놓은 잘못된 지식, 왜곡된 역사가 자리잡아 왔다.

일제는 우리나라에 청동기시대도 없었다고 가르쳤다. 중국의 철기 문명이 우리나라의 석기시대에 전해졌다고 했지만, 사실 우리나라의 고조선은 세계 최고의 청동기 문명을 지니고 있었다. 우리나라의 청동기 문명은 중국의 것보다 훨씬 이른 시기에 시작되었음이 밝혀져 세계를 놀라게 하였다. 평양에서 발견된 비파형 동검은 중국이 내세우는 최초의 청동기유물인 기원전 22세기보다 훨씬 빠른 기원전 26세기의 것이었다.

일본은 단군은 신화일 뿐이며 역사로 볼 수 없다고 가르쳤다. 우리나라의 역사는 고조선을 멸망시킨 한나라가 설치한 한4군에서 시작한다고 가르쳤다. 그래서 우리나라의 역사는 식민지로 출발했다고 가르쳤다. 하지만 한4군은 한나라가 고조선을 멸망시키고 설치한 것이다. 고조선의 역사는 엄청나게 쏟아져 나온 청동기 유물로도 충분히 증명할 수 있고, 중국 역사책『한서』에도『8조법금』과 함께 고조선 사회가 소개되어 있다.

한4군 가운데 임둔군과 진번군은 25년 만인 기원전 82년에 폐지되었다. 현도군이 고구려에게 망한 것은 설치된 지 32년 만인 기원전 75년이다. 낙랑군이 가장 오래 있었다고는 해도 그 영역은 아주 좁았다. 그저 오늘날 서구의 대도시에 있는 차이나타운보다도 작은 규모였다.

일본은 한국을 강제로 점거해 잔학한 수탈만 일삼은 것이 아니라 우리의 역사와 문화를 말살하려 했다. 하지만 우리 민족은 그 굳센 의지로 항일독립투쟁을 멈추지 않았고, 해방 이후 반세기만에 세계에 우뚝서는 경제대국이 되었다.

이제 우리나라는 더 이상 작은 나라가 아니다. 우리에게는 되찾아야 할 영토 간도가 있다. 간도는 명백히 중국이 불법적으로 점유하고 있는 우리의 영토다. 우리 선조들의 땅 간도는 기필코 우리가 되찾아야 한다. 우리는 근세 이래 빼앗기고만 살았다. 이제 21세기에는 되찾을 일만 남았다. 우리에겐 나라를 넓힐 수 있는 희망이 있다.

1975년 국회도서관은『간도영유권관계발췌문서』를 발간했다. 국책사업의 하나였던 이 간도관계자료집은 미국 의회도서관에 보관되어 있던 일본제국 외무성 및 육해군성 기밀문서를 바탕으로 만들어졌다. 그 가운데 1908년 5월 10일 청국주재 일본공사가 일본 외무대신에게 보낸 공문에서 한국과 청나라간의 국경을 명확히 한 내용이 있다.

"양국의 경계는 백두산정계비를 기점으로 하여 그 동서에서 발원하는 2개의 물줄기를 따라 국경을 정해야 함은 백두산정계비문에 비추어 명료하다. 그런데 서쪽에서 발원하는 것은 압록강이라 할지라도 동쪽에서 발원하는 것은 절대로 두만강이 아니다. 따로 하나의 물줄기가 존재해 있음은 답사에 의해 확실한데 이 물줄기가 곧 한국이 지칭하여 토문강이라 하는 것으로 정계비문에 소위 '서위압록동위토문(西爲鴨綠東爲土門)'이라고 한 기록은 이리하여 비로소 정확히 지리와 부합(일치)하는 것을 알 것이다."

『간도영유권관계발췌문서』에는 조선 초의 간도 이주에 대한 내용도 들어 있다. 일본의 대표적인 간도문제 연구자인 나이토 코지로(內藤虎次郎)가 일본 통감부간도파출소와 제작한 『포이합도하연안고적도(布爾哈圖河沿岸古蹟圖)』가 그것이다.

포이합도하(부르하통하)는 오늘날의 연길시를 관통하는 강이다. 나이토는 이 강 주변을 실측해 지도를 제작하였다. 그는 해제에서 지도상에 보이는 강 주변의 석벽과 흙무더기는 여진족의 것이 아니며 『동국여지승람』(조선 성종 때 제작)에 등장하는 조선의 봉수대로 보았다. 그는 나아가 "한인(韓人)의 간도지방 거주는 매우 오랜 역사를 가진 것 같다"고 지적했다.

일본은 간도가 우리나라의 땅인 것을 정확히 알고도 청나라에 넘겨주었다. 하지만 그 근거가 되는 을사보호조약은 무효이다.

국제적으로 국제조약이 100년을 경과하면 관습적으로 이를 인정한다. 이제 을사보호조약으로부터 100년이 되는 2005년, 우리는 을사보호조약이 무효라는 사실을 정확히 세계에 알려야 한다. 을사보호조약의 무효는 1909년 청·일간의 간도협약의 무효로 이어진다는 당위성을 세계 만방에 확인시켜야 한다.

역사는 국가보다는 민족의 것이다. 많은 왕조와 국가가 흥망성쇠를 거듭해도 민족은 그대로 오늘날에 이르고 있다. 민족에게 역사는 바로 생명줄이다. 역사가 없는 민족은 그 존재가치가 없게 된다. 간도를 찾는 일은 역사를 되찾는 것과 같다. 우리 민족이 수천 년 동안 차지했던 우리 땅 간도는 그래서 꼭 찾아야 한다.

물론 간도를 되찾는 일에 우리나라가 적극적으로 나선다는 것은 매우 많은 문제를 야기하게 될 것이다. 게다가 우리나라는 남북으로 분단되어 있고, 간도는 북한의 경계에 속하는 일이기 때문이다. 그러나 별 어려움 없이 어떻게 우리땅을 되찾겠는가? 역사를 바로세우고 잃었던 영토를 되찾는 일은 그만큼의 희생을 감내할 만한 가치가 있다.

20세기 초 일본에 강점당했던 우리 민족은 이제 새로운 역사를 향해 나아가고 있다. 멀지 않은 장래에 통일을 이룰 것이고 통일한국은 21세기 세계의 강한 나라로 거듭나게 된다. 우리의 후손들은 20세기의 민족적 고통을 이겨내고 힘차게 21세기를 열어낸 우리 세대를 뿌듯하게 생각할 것이다.

120년 전 토문감계사 이중하가 지켜낸 땅 간도와 연해주는 우리 땅이다. 우리 민족 모두가 한마음으로 뜻을 모으면 간도와 연해주는 필히 우리 땅으로 되돌아온다.

우리 모두 뜻을 하나로 모으자. 토문감계사 이중하의 말씀을 우리 가슴 깊이 새겨 꼭 이루도록 하자. 새 희망의 내일을 향해 기운차게 외쳐보자.

"내 목을 자를지언정 국토는 한 치도 내어줄 수 없다."

〈통한의 역사 연대표〉

년도	일어난 일
1623년	**인조반정(仁祖反正)** 개요 : 서인일파가 광해군을 몰아내고 능양군(인조)을 왕으로 세운 사건. 설명 : 이 사건으로 광해군은 왕위에서 쫓겨나고 인조가 조선 제16대 왕으로 등극하였다.
1624년	**이괄의 난(亂)** 개요 : 평안병사 이괄이 인조반정의 공헌에 대한 대우에 불만을 품고 일으킨 반란. 설명 : 이괄은 인조반정의 1등 공신이었지만, 무인이라는 이유로 홀대받고 한직으로 밀려난 것에 대한 화를 참지 못하고 반란을 일으켰다. 이로 인해 서북방어군이 붕괴됨으로써 정묘호란을 겪는 빌미를 제공하였다.
1627년	**정묘호란(丁卯胡亂)** 개요 : 만주에 본거지를 둔 후금의 침입으로 일어난 조선과 후금 사이의 전쟁. 설명 : 인조가 후금을 배척하는 정책을 펴자 명나라 침입을 준비하던 후금은 조선의 명나라 지원을 막는 동시에 물자부족을 해결하기 위해 조선을 공격하였다. **강도회맹(江都會盟) 체결** 개요 : 정묘호란으로 강화도에 피난 간 인조는 후금의 화평제의를 받고 4개 조항에 합의하여 전쟁을 끝내게 되었다. 설명 : 조선과 청나라 양국간의 정묘호란에 대한 화친조약으로써 각존봉강이라 하여 각각 경계를 정하여 서로 온전케 한다는 양국간의 경계를 정하였으나 명확한 위치와 지명에 관한 사료 및 문헌은 찾아볼 수 없다.

1636년	**병자호란(丙子胡亂)** 개요 : 1636년 12월~1637년 1월에 청나라의 제2차 침략으로 일어난 조선과 청(淸)의 싸움. 설명 : 조선의 청나라에 대한 강경한 배척정책에 분개한 청 태종은 10만 대군을 이끌고 조선을 침략하자 인조는 남한산성에 피난을 가서 항전하지만 결국 항복하고 말았다.
1637년	**삼배구고두(三拜九叩頭)** 개요 : 병자호란의 패배로 인조가 청나라 태종에게 항복 의식으로 행한 치욕스러운 사건. 설명 : 1월 30일 인조는 남한산성에서 나와 청이 세운 수항단 앞에서 청 태종에게 세 번 절하고 아홉 번 머리를 조아리는 항복의식을 행하였다.
1639년	**대청황제공덕비(大淸皇帝功德碑) 건립(일명 : 삼전도비)** 개요 : 청나라의 강요에 따라 병자호란 때 청 태종의 공적과 덕을 자랑하려고 세운 전승비 설명 : 이 비석은 전면에는 한문, 후면에는 만주문과 몽골문으로 쓰여진 것으로 청의 조선 출병이유, 조선의 항복사실, 청이 피해주지 않고 돌아간 내용이 기록되어졌다.
1689년	**네르친스크 조약 (Treaty of Nerchinsk一條約)** 개요 : 청나라와 러시아가 네르친스크에서 맺은 국경 획정 조약. 설명 : 청나라가 유럽국가와 최초로 대등하게 체결한 조약으로 국경획정, 월경자 처리문제, 양국 간의 통상 자유에 관한 내용으로 구성되어 있다. 흑룡강 이북인 아르군 강과 야블로노이산맥을 국경선으로 획정하여 러시아

1689년	의 흑룡강 이남진출을 저지하였다. 이 조약으로 인하여 백두산정계비문에 의한 국경회정시 흑룡강 이남이 우리의 북방영토에 편입되었다.
1710년	**이만건 월경(越境) 사건** **개요** : 이만건 외 8명이 월경하여 청인 5명을 살해하고 재물을 약탈한 사건. **설명** : 이 사건을 계기로 청나라는 조선과 국경을 명확히 해야겠다는 계획을 세우게 되었다.
1712년	**백두산정계비(白頭山定界碑) 건립** **개요** : 서위압록 동위토문 : 압록강과 송화강으로 유입되는 토문강을 조선과 청의 경계로 한다는 내용. **설명** : 청나라는 백두산을 자기들의 근원지로 생각하였기 때문에 청나라 강희제는 목극등을 파견하여 숙종 38년에 백두산에 일방적으로 양국간의 경계비를 설치하였다. 이 경계비에 의하여 우리의 영토는 압록강—백두산정계비—토문강—송화강—흑룡강—동해에 이르는 지역이 된다.
1860년	**북경조약(베이징조약)** **개요** : 청나라가 영국·프랑스·러시아 등 3국과 개별적으로 체결한 3개 조약. **설명** : 영국, 프랑스, 러시아와 개별적으로 체결한 조약으로 특히 러시아는 영국과 프랑스와의 조약 체결에 공로가 있다는 이유로 청나라에서 한국의 영토인 연해주 지방을 자기 영토로 만들어 버렸다.

1866년	**병인양요(丙寅洋擾)** 개요 : 대원군의 천주교도 학살 · 탄압에 대항하여 프랑스함 대가 강화도에 침범한 사건. 설명 : 프랑스는 천주교 탄압으로 조선을 침공하여 강화를 점 령하지만 조선의 저항으로 11개월 만에 물러간다. 이 를 계기로 대원군의 쇄국정책은 더욱 강도를 높여가게 되었다.
1867년	**봉금령 해제(청나라)** 개요 : 청나라가 생활고에 시달리던 한족과 조선인들의 봉금 지대 잠입이 늘어나자 봉금령을 해제하였다.
1876년	**운요호사건 (雲揚號事件 : 운양호사건)** 개요 : 일본 군함 운요호의 불법침입으로 발생한 조선군과 일 본군의 충돌사건. 설명 : 조선의 대일개방정책이 지연되자 일본은 무력을 앞세 워 강화도를 침략하여 승리하게 되었다. 이를 계기로 일본은 조선과 강화도조약을 체결하여 강제개국을 하 게 만들었다.
1882년	**임오군란(壬午軍亂)** 개요 : 일본식 군대제도 도입과 민씨 정권에 대한 반항으로 일어난 구식군대의 반란. 설명 : 구식군대는 개화정책에 따라 설립된 일본식 군대인 별 기군과의 차별대우와 밀린 군대 월급에 대한 불만으로 반란을 일으켰다.
1883년	**봉금령 해제(조선)** 개요 : 청의 일방적 봉금령 폐지에 대해 경제적 이유로 간도 로 월경하는 조선인들을 정식으로 허용하게 되었다.

1884년	**갑신정변(甲申政變)** 개요 : 김옥균을 비롯한 급진개화파가 개화사상을 바탕으로 조선의 자주독립과 근대화를 목표로 일으킨 정변. 설명 : 급진개화파는 청나라와의 사대관계를 청산하고 민씨 정권을 타도하려는 목표를 갖고 일본의 지원을 받아 정변을 일으키지만 명성황후가 청에 도움을 받아 진압해 오자 일본이 이들을 배신함므로써 3일천하로 정변은 끝이 났다.
1885년	**을유국경회담(乙酉國境會談)** 개요 : 조선과 청 사이의 국경문제를 해결하기 위한 제1차 현지답사 통한 회담으로 합의 실패. 설명 : 청나라는 강압적으로 국경문제를 해결하기 위해 백두산 정계비에 적혀 있는 토문강이 두만강이라고 주장하며 조선을 압박했지만 조선의 토문감계사였던 이중하는 토문강은 두만강이 아니라고 주장하며 목숨을 걸고 정계비 답사를 실시하여 청의 주장을 무력하게 만들었다.
1887년	**정해국경회담(丁亥國境會談)** 개요 : 제2차 현지답사 통한 조선과 청의 국경회담으로 또다시 합의도출에 실패. 설명 : 청나라는 강압적으로 두만강을 국경으로 확정하려 했지만, 토문감계사 이중하는 강하고 논리적인 주장을 하면서 실사를 통해서 청의 주장을 반박하여 국경회담은 다시 결렬되었다(토문감계사 이중하 "내 목은 자를지언정 국토는 한 치도 내어줄 수 없다").
1894년	**갑오개혁(甲午改革) : 갑오경장(甲午更張)** 개요 : 조선 개국 이후 500년을 이어온 구제도를 일신한 제도

1894년	상의 근대적 개혁으로서의 성격을 지니고 있으나, 일본의 침략적 의도에 따라 강행된 타율적인 개혁. 설명 : 조선의 구제도를 근대적으로 바꾼 개혁적인 내용이 많았으나 일본의 침략적 의도에 따라 강행된 타율적 개혁이었기 때문에 국내의 항일세력이 크게 반발하였다. **청일전쟁(淸日戰爭)** 개요 : 1894~1895년 사이에 청(淸)나라와 일본이 조선의 지배권을 놓고 다툰 전쟁. 설명 : 동학운동을 진압하기 위해 조선은 청나라에 원병을 요청하자 일본도 출병하여 조선을 공동으로 지배하려고 했지만 청의 거절로 어렵게 되자 청나라와 전쟁을 벌여 일본의 승리로 끝나게 되었다.
1895년	**시모노세키 조약(下關條約(하관조약))** 개요 : 청·일전쟁의 전후처리를 위해 청국과 일본이 일본 시모노세키에서 체결한 강화조약. 설명 : 일본은 요동반도, 대만 등을 넘겨준다는 내용으로 이 전쟁의 승리로 조선에 대한 지배권을 확보하고 대륙으로의 진출을 위한 교두보를 마련하게 되었다. **을미사변(乙未事變) : 명성황후(明成皇后) 시해사건** 개요 : 일본공사 미우라 고로(三浦梧樓)가 주동이 되어 명성황후(明成皇后)를 옥호루에서 시해하고 일본세력 강화를 획책한 정변. 설명 : 일본주한공사 미우라 고로를 중심으로 하여 러시아를 끌어들여 일본을 견제하던 명성황후를 10월 8일 새벽 옥호루에서 살해하고 시신을 불태운 뒤 땅에 묻는 만행을 저질렀다.

1895년	**3국 간섭(三國干涉)** **개요** : 청일전쟁의 강화조약인 시모노세키조약에서 인정된 일본의 요동반도 영유(領有)에 반대하는 러시아 · 프랑스 · 독일의 공동간섭. **설명** : 일본은 청일전쟁의 승리로 얻게 된 요동반도 땅을 러시아, 프랑스, 독일의 간섭으로 이 땅을 청나라에 반환하게 되었다.
1896년	**을미의병(乙未義兵)** **개요** : 명성황후 시해사건과 단발령에 분격한 유생들이 친일내각의 타도와 일본세력을 몰아내기 위해 일으킨 항일의병. **설명** : 일본의 만행으로 전국에서 일어난 의병활동은 아관파천으로 친러내각이 세워지면서 내려진 여러 조치를 통해 잠잠해졌다. **아관파천(俄館播遷)** **개요** : 명성황후가 살해된 을미사변 이후 신변에 위협을 느낀 고종과 왕세자가 1896년 2월부터 약 1년간 왕궁을 버리고 러시아 공관에 옮겨 거처한 사건. **설명** : 일본의 세력이 강해지자 친러파 세력은 자신들의 세력 만회와 신변에 위협을 느끼던 고종의 희망에 따라 러시아 공사 베베르와 협의하여 고종을 러시아 공관으로 옮기게 하였다.
1902년	**영일동맹(Anglo-Japanese Alliance, 英國日本同盟)** **개요** : 1902년 러시아의 남진정책을 저지하기 위해 체결한 영국과 일본 사이의 군사 의무를 수반하는 동맹.

1902년	설명 : 영국과 일본은 중국과 조선에서 자신들의 이익을 보호하기 위해서 남하정책을 펼치는 러시아를 막으려고 공조체제를 갖추게 되었다. 간도관리사 이범윤 파견 개요 : 간도의 실태를 조사하고 관리함으로써 한국의 영토에 대한 주권을 행사하였다.
1904년	러일전쟁(Russo-Japanese Wars) 개요 : 1904~1905년에 만주 · 한국 · 동해에서 싸운 러시아와 일본 간의 전쟁. 설명 : 조선과 만주의 분할을 놓고 싸운 러시아와 일본의 전쟁으로, 승리한 일본은 조선의 지배권을 확고히 하였다. 제1차 한일협약(第一次韓日協約) 개요 : 일본이 조선을 재정 및 외교정책을 개선하기 위해 외국고문을 초빙해야 한다며 한국을 강압해서 체결한 협정. 설명 : 이 협약으로 인해 조선의 재정, 외교, 군사 등의 중요정책은 일본의 손에 넘겨진 것과 다름없었다.
1905년	을사보호조약(乙巳保護條約) 개요 : 일본이 한국의 외교권을 박탈하기 위해 한국 정부를 강압하여 체결한 조약. 설명 : 고종의 참석 없이 어전회의에서 이토와 하야시의 강압으로 조약이 승인되었고, 일본은 조선의 모든 일을 감독할 수 있는 통감부를 설치하여 조선지배를 본격적으로 시작하게 되었다.

1905년	**가쓰라-태프트밀약** **(Katsura-Taft Secret Agreement, 密約)** 개요 : 미국 대통령 특사 육군장관 윌리엄 하워드 태프트와 　　　일본의 총리 가쓰라 다로(桂太郎)가 도쿄에서 은밀하 　　　게 맺은 협정. 설명 : 미국이 필리핀을 지배하고 일본은 필리핀을 침략할 의 　　　도가 없으며, 미국은 조선을 일본의 보호국으로 만드 　　　는 것을 승인하는 내용이었다.
1907년	**한일신협약(韓日新協約) :정미 7조약(丁未七條約)** 개요 : 일본이 한국을 병탄하기 위한 마지막 조치로 강행한 7 　　　개항의 조약. 설명 : 대한제국의 국가체제를 완전히 무너뜨리기 위해서 법 　　　령제정권, 행정권 등을 일본의 동의를 거치도록 만든 　　　것으로 이완용과 이토의 명의로 아무 장애없이 체결되 　　　었다. **헤이그밀사 사건** 개요 : 고종 황제가 이준(李儁) 등에게 친서와 신임장을 휴대 　　　시켜서 네덜란드의 헤이그에서 열리는 만국평화회의 　　　에 출석하게 하여 을사조약 체결이 한국 황제의 뜻에 　　　반하여 일본의 강압에 의한 것임을 폭로하고 이를 파 　　　기하려고 시도했던 일. 이 사건으로 인하여 일본은 강 　　　제로 고종황제를 퇴위시키고 순종을 즉위시켰다. 설명 : 일본의 방해공작으로 회의에 정식으로 참석하려는 노 　　　력이 좌절되자 언론을 통해 을사조약의 부당함을 알리 　　　려고 노력하다가 이준열사는 분을 이기지 못하고 자결 　　　하였다.

1907년	**간도파출소 설치** 개요 : 일본은 간도가 조선의 땅이라고 못 박으면서 간도에 파출소를 설치하였으며 중국과 간도협약을 맺은 1909년까지 운영하였다. 설명 : 일본은 대륙침략의 발판을 위해 간도를 조선의 땅이라고 주장하면서 간도 내에서 파출소를 설치하여 조선인들의 독립운동을 감시하는 동시에 중국과의 협상에서 유리한 고지를 차지하게 되었다.
1909년	**동삼성육안(東三省六案)** 개요 : 일본이 청나라에게 요구한 동부 3성에 관한 6개의 안(案). 설명 : 간도협약 당시 일본이 간도의 영유권을 포기하는 대신 청나라에게 만주지역에 관한 이권을 요구한 제안을 말한다. **간도협약(間島協約)** 개요 : 동삼성육안의 후1안으로 일본이 간도영유권을 넘겨준다는 제안. 설명 : 일본은 대한제국의 외교권을 박탈한 뒤 청나라와 간도 문제에 관한 교섭을 벌여 오다가 남만주 철도부설권 등 5대 이권을 얻는 대가로 한국 영토인 간도를 청나라에 넘겨주었다. **만주협약(滿洲協約)** 개요 : 동삼성육안의 전5안으로 일본이 만주지역의 이권을 요구하는 제안. 설명 : 청나라는 간도를 얻는 대가로 일본에게 5대 이권을 넘겨주는 협약을 맺었다.

1909년	**안중근 의사 의거** 개요 : 10월 26일 중국 하얼빈 역에서 일본인으로 가장한 안 중근 의사는 러시아 군의 환영을 받는 이토 히로부미 를 사살하였다.
1910년	**한일병합조약(韓日倂合條約)** 개요 : 8월 29일 일본의 강압 아래 대한제국의 통치권을 일본 에 양여함을 규정한 한국과 일본과의 조약. 설명 : 일본의 데라우치와 총리대신 이완용은 조약을 몰래 조 인하고 1주일 후인 8월 29일에 윤덕영을 시켜 황제의 어새를 날인하여 병합조약을 선포하여 조선왕조는 사 실상 멸망하고 일본의 식민지가 된 것이었다.
1931년	**백두산정계비 소실** 개요 : 만주사변시 일본군에 의하여 백두산정계비가 소실되 었다.
1943년	**카이로선언** 개요 : 제2차 세계대전 말기인 1943년 11월 27일 연합국 측의 루스벨트 · 처칠 · 장계석이 카이로회담의 결과로 채 택한 대일본 전쟁의 기본목적에 대한 공동 성명. 설명 : 특별조항에 '한국의 국민이 노예상태 아래 놓여 있음 을 유의하여 앞으로 한국을 자유독립국가로 하겠다는 결의를 가진다' 라고 명시하여 처음으로 한국의 독립 이 국제적으로 보장받았다.
1945년	**포츠담선언** 개요 : 제2차 세계대전 종전 직전인 1945년 7월 26일 독일 포 츠담에서 미국 대통령 루스벨트, 영국 총리 처칠, 중화 민국 총통 장제스[蔣介石] 등이 모여 일본의 무조건 항 복을 최종적으로 통첩한 선언.

1945년	설명 : 일본에 대해서 항복을 권고하고 제2차 세계대전 후의 대일처리방침을 표명한 것으로, 이 선언은 모두 13개 항목으로 일본의 무모한 군국주의자들이 세계인류와 일본국민에 지은 죄를 뉘우치고 이 선언을 즉각 수락할 것을 요구하는 내용이었다.
1952년	**중일평화조약** 개요 : 1952년 중국과 일본 사이에 맺은 평화조약. 설명 : 4월 28일 이 조약에서 '중일 양국은 1941년 12월 이전에 체결한 모든 조약 협약 및 협정을 무효로 한다'고 명시하여 1909년에 체결된 간도협약이 무효임을 뒷받침해 줄 수 있는 근거를 제공하고 있다.
1959년	**우장춘 박사 타계** 개요 : 천인공노할 명성황후 시해 사건의 조선인 가담자인 우범선의 아들로서 아버지의 죄값을 치르고자 1950년 고국에 돌아와서 죽는 그날까지 육종학 연구를 통해 한국의 농업발전에 큰 기여를 하였다.
1962년	**조 · 중변계조약** 개요 : 백두산 천지 외에 압록강과 두만강으로 연결되는 백두산의 분할이 구체적으로 언급됨. 설명 : 양국 사이에 강물이 흐르는 곳을 공유하는 원칙으로 국경을 세밀하게 정하였다.
1975년	**간도영유권문제 발췌문서** 1975년 국회도서관은 국책사업의 일환으로 미국 의회도서관에 보관되어 있던 일본제국 외무성 및 육해군성 기밀문서를 입수하여 『간도영유권관계 발췌문서』라는 간도관계자료집을 발간하였다.

〈참고문헌〉

조선왕조실록

민족문화대백과사전, 정신문화연구원

두산대백과사전, 두산동아

조선시대 선비들의 백두산답사기, 김지남 외 저, 이상태 외 역, 도서출판
　　　혜안, 1998

한국통사, 박은식 저, 김승일 역, 범우사, 1999

잊혀진 고토 만주의 역사, 김득황 저, 삶과 꿈, 2003

고등학교 국사, 교육인적자원부, 2004

고구려는 중국사인가, 신형식 외 저, 백산자료원, 2004

한국사 새로보기2-조선 전기에서 식민지 시기까지, 전국 역사교사모임, 우
　　　리교육, 1997

유라시아 유목제국사, 르네 그루쎄 저, 김호동 외 역, 사계절, 1998

당쟁으로 보는 조선역사, 이덕일, 석필, 1997

한국의 영토관리정책연구, 양태진, 산업연구원, 1996

임진왜란과 한중관계, 한명기, 역사비평사, 1999

친일파 99인 1. 분야별 주요인물의 친일이력서, 반민족문제연구소, 돌베
　　　개, 2002

한권으로 보는 한국사 101장면, 정성희, 가람기획, 2002

조선은 왜 일본의 식민지가 되었는가. 이덕주, 에디터, 2004

근대일본의 조선침략과 대아시아주의 - 우익낭인의 행동과 사상을 중심으
　　　로, 강창일, 역사비평, 2002

인물로 보는 친일파역사, 역사문제연구소, 역사비평, 1996

친일파 100인 100문 - 친일의 궤변, 매국의 논리, 김삼웅, 돌베개, 1995

한국사이야기 12(국가재정과 청의 침입), 이이화, 한길사, 2001

신봉승의 조선사나들이, 신봉승, 도서출판 답게, 1996

한권으로 읽는 조선왕조실록, 박영규, 들녘, 1996

한국고대사, 윤내현, 삼광출판사, 1991

한반도가 작아지게 된 역사적 사건 21가지, 박현, 두산동아, 1997

조선시대 사람들은 어떻게 살았을까, 한국역사연구회, 1996

한국사를 뒤흔든 여인들, 구석봉, 을유문화사, 1995

동북민족원류, 손진기 · 임동석 역, 동문선, 1992

역사에세이, 정옥자, 문이당, 1996

잃어버린 역사를 찾아서, 서희건, 고려원, 1989

조선왕조 오백년의 선비정신, 강효석, 화산문화, 1997

한권으로 읽는 조선인물실록, 김형광, 시아출판사, 1998

규원사화, 북애 · 고동영 역, 한뿌리, 1992

북방영토론, 유정갑, 법경출판사, 1991

한국의 북방영토, 백산학회, 백산자료원, 1998

간도협약에 관한 연구, 이일걸, 성균관대 대학원 박사학위 논문

통일을 전후한 시기의 한국영역 및 국경에 관한 연구, 노영돈, 인천대학교

〈웹사이트〉

국사편찬위원회 http://www.nhcc.go.kr

국정홍보처 http://www.news.go.kr

안중근의사기념사업회 http://www.greatkorean.org

민족문제연구소 http://www.minjok.or.kr

광주시청 http://www.gj21.net

서울육백년사 http://seoul600.visitseoul.net/seoul-history

광복회, http://www.kla815.or.kr